GENEVA LEE

ROYAL FLAMES

Autorin

Geneva Lee ist eine hoffnungslose Romantikerin und liebt Geschichten mit starken, gefährlichen Helden. Mit der »Royal«-Saga, der Liebesgeschichte zwischen dem englischen Kronprinzen Alexander und der bürgerlichen Clara, traf sie mitten ins Herz der Leserinnen und eroberte die internationalen Bestsellerlisten im Sturm. Geneva Lee lebt zusammen mit ihrer Familie im Mittleren Westen der USA.

GENEVA LEE

ROYAL
Flames

Roman

Band 12

Deutsch von Charlotte Seydel

blanvalet

Die Originalausgabe erschien 2021 unter dem Titel »Break Me«
bei Ivy Estate, New York.

Sollte diese Publikation Links auf Webseiten Dritter enthalten,
so übernehmen wir für deren Inhalte keine Haftung,
da wir uns diese nicht zu eigen machen, sondern lediglich auf
deren Stand zum Zeitpunkt der Erstveröffentlichung verweisen.

MIX
Papier | Fördert
gute Waldnutzung
FSC® C083411

Klimaneutral*
Druckprodukt
ClimatePartner.com/14044-1912-1001

Penguin Random House Verlagsgruppe FSC® N001967

1. Auflage

einem Unternehmen der Penguin Random House Verlagsgruppe GmbH,
Neumarkter Str. 28, 81673 München
Redaktion: Susann Rehlein
Umschlaggestaltung und -motiv: © Johannes Wiebel | punchdesign,
unter Verwendung von Motiven von stock.adobe.com (FC, pacrovka)
LA · Herstellung: sam
Satz: Uhl + Massopust, Aalen
Druck und Bindung: CPI books GmbH, Leck
Printed in the EU
ISBN 978-3-7341-1152-5

www.blanvalet.de

Für Josh,
in jeder Liebesgeschichte geht es um dich

I

BELLE

Die eisige Kälte drang bis in meine Knochen. Der schneidende Wind peitschte mir das Haar ins Gesicht. Ich sah nichts als Weiß und hörte nur das Pfeifen des Windes, der die Schneeflocken um mich herum tanzen ließ. Es war seltsam friedlich trotz der Kälte. Dann durchbrach ein lautes Jammern den stillen Morgen. Es kam von weit her. *Weinte irgendwo ein Baby?*

Ich wollte mich dem Weinen zuwenden und das Kind trösten, aber es war zu weit weg. Bald war nur noch das Rauschen der Stille um mich herum zu hören, ich war allein in meiner winterlichen Schneekugel. Meine Fingerspitzen kribbelten von der eisigen Kälte, aber das machte mir nichts aus. So entspannt hatte ich mich schon lange nicht mehr gefühlt. Warum konnte es nicht immer so sein?

Ruhig.

Friedlich.

Allein.

In meinem Hinterkopf meldete sich eine leise Stimme und flüsterte mir Gedanken zu, die ich nicht hören wollte. *Sie ist besser ohne dich dran,* murmelte die Stimme, *aber was für eine Mutter wärst du, wenn du sie verlassen würdest? Nimm sie mit. Es ist ganz einfach, dann hört sie auf zu weinen. Ihr beide hört auf zu weinen. Dann ist alles besser.*

Ich ging einen Schritt vorwärts und näherte mich dem weißen Vergessen vor mir, das Erlösung versprach.

Die Stimme begleitete mich in letzter Zeit beinahe ständig. Sie suchte mich im Schlaf heim und flüsterte mir die Wahrheit zu, die ich so lange zu ignorieren versucht hatte. Aber es stimmte ja. Wir würden beide glücklicher sein, sobald wir uns in die Arme der friedlichen Kälte geschmiegt hatten, die darauf wartete, uns zu sich zu holen. Ich konnte Penny nicht zurücklassen. Ich war für sie verantwortlich. Und irgendwo tief in mir wusste ich, dass ich sie liebte. Vielleicht konnte ich das Gefühl zu diesem Wissen auf der anderen Seite finden – an dem Ort, wo wir wieder sicher und glücklich wären.

»Belle!«

Das hier war nicht die angenehm leise Stimme. Sie sagte nie meinen Namen. Diese andere Stimme war tief, sie strahlte Autorität aus, wobei auch ein Hauch von Panik in ihr anklang. Ein Teil von mir wollte sich ihr zuwenden und ihr erklären, dass alles gut war. Ich hatte es endlich herausgefunden. Ich musste nur auf das kalte, helle Licht zugehen, dann würden Penny und ich frei sein.

»Meine Schöne!«, rief die andere Stimme. Ein neuer Gedanke formte sich in meinem Kopf: Smith. Er könnte uns begleiten.

Nein, flüsterte die Stimme. *Das wird er nicht verstehen.*

Zum ersten Mal meldeten sich Zweifel in mir. Die Stimme kannte Smith nicht so, wie ich ihn kannte. Natürlich würde er es verstehen. Er würde da hingehen wollen, wo ich hinging.

Nein! Ich habe dir gesagt, dass du ihm nichts von mir erzählen darfst, warnte die Stimme.

Ich ignorierte sie und drehte mich langsam um, immer noch sicher von der friedlichen winterlichen Landschaft umgeben. Mein Blick traf Smiths, doch bevor ich ihn auffordern konnte, sich mir anzuschließen, bat er: »Komm zu mir, meine Schöne.«

Ich blinzelte, und er streckte die Arme aus und flehte mich an, zu ihm zu kommen. Warum wollte er, dass ich diesen friedlichen Ort verließ? Aber seine Worte zogen mich zu ihm, dagegen war ich machtlos. Wieder weinte ein Baby, und ich erinnerte mich daran, dass Penny in meinen Armen lag. Ich blickte hinunter, um sie zu trösten, und sah das Eis unter mir.

»Smith?«

Ich wusste nicht, wie ich hierhergeraten war. Und was ich hier wollte. Mein ganzer Körper kribbelte und bebte. Ich drückte Penny fester an mich und hatte Angst, dass sie meinen tauben Händen entgleiten könnte. Ich war zu verängstigt, um mich zu bewegen, starr nicht nur vor Kälte, sondern auch vor Schreck. Warum war ich hier? Was war geschehen? Ich wartete darauf, dass die Stimme es mir sagte, aber sie blieb stumm.

Smith kam so nah an den Rand des Eises heran, wie er es wagen konnte, und drängte mich, zu ihm zu kommen. Seine Stimme war fest, doch ich konnte die Angst darin hören. Ich zwang mich in seine Richtung, schob einen Fuß über die dünne Eisfläche des Teiches, unter der ich das Wasser sehen konnte. Ein kleiner Riss schoss über die Fläche und splitterte neben meinen Füßen. Mir blieb fast das Herz stehen. Smith war da, redete ich mir gut zu. Penny lag in meinen Armen. Es kostete mich meine gesamte Kraft, mich vorwärtszubewegen. Sobald ich nahe genug war, streckte Smith den Arm aus und fasste mich um die Taille. Er zog mich an sich, und in dem Moment gab das Eis nach. Noch vor wenigen Sekunden hatte ich dort gestanden, wo jetzt schwarzes Wasser war. Wenn er nicht gekommen wäre – wenn er mich nicht gefunden hätte … Ich wagte nicht, daran zu denken, was dann passiert wäre.

Wir umschlossen Penny mit unseren Körpern, während ich mich an ihm festhielt und er die Arme um mich schloss. »Smith … Smith. Hilf mir. Ich weiß nicht, warum …«

Ich verstand das alles nicht. Ich verstand mich selbst nicht.

Lange sagte Smith nichts und sah mir nur durchdringend in die Augen, dann legte er eine Hand um meinen Nacken und zog mich näher an sich. Schließlich rückte er von mir ab und suchte in meinem Gesicht nach Antworten.

»Alles ist gut«, sagte er und klang, als würde er sich ebenso wie mir Mut zusprechen. »Du bist in Sicherheit. Alles ist gut.«

Ich schüttelte den Kopf und wich zurück, dann drückte ich Penny an seine Brust. Ich wollte sie nicht länger festhalten. Ich wollte ihr nicht wehtun.

»Nichts ist gut«, stieß ich hervor. Ich konnte das alles nicht erklären. »Smith, ich glaube, ich werde verrückt.«

2

SMITH

Penny lag in eine Decke gepackt auf dem Wickeltisch, und ich zählte ihre Finger und Zehen. Ich küsste und rieb jede ihrer kühlen Gliedmaßen, bis der bläuliche Schimmer verschwand und sie wieder warm und rosig war. Ich nahm eine Bewegung wahr, und als ich aufsah, kam Nora nervös mit einer frischen Wärmflasche ins Zimmer. Als ich merkte, dass sie es war, verließ mich der Mut. Belle weigerte sich, das Kinderzimmer zu betreten. Ein Teil von mir war dafür dankbar. Denn ich bekam das Bild nicht aus dem Kopf, wie sie mit unserer Tochter im Arm auf dem Eis gestanden hatte. Vermutlich war es das Letzte, was ich sehen würde, wenn ich eines Tages für immer die Augen schloss. So etwas brannte sich einem ins Gedächtnis ein. Der andere Teil von mir fragte sich besorgt, wie lange Belle sich für ihr seltsames Verhalten bestrafen würde.

»Sie hat Hunger«, sagte ich, nahm Penny auf den Arm und trug sie zum Schaukelstuhl. Ein frisches Feuer knisterte im

Kamin des Kinderzimmers, und ich drückte Penny an mich und wiegte sie, während Nora mir die Flasche brachte. Sie zeigte mir, wie man Penny das Fläschchen gab, und sagte ansonsten nicht viel.

»Es geht ihr gut«, flüsterte Nora nach ein paar Minuten.

»Ich weiß«, erwiderte ich etwas barsch. »Belle würde ihr nie wehtun.«

Erschrocken trat Nora einen Schritt zurück, schlug sich eine Hand vor die Brust und schüttelte den Kopf. Tränen standen in ihren dunklen Augen. »Ich wollte nicht etwa andeuten …«

»Tut mir leid«, sagte ich erschrocken. »Meine Nerven liegen blank.«

»Das verstehe ich.« Aber sie blieb auf Distanz und begann, im Kinderzimmer herumzuräumen.

Es war ihre Aufgabe, sich um das Baby zu kümmern. Sie war jetzt zurück, was bedeutete, dass ein zweites Augenpaar auf Penny achtgeben würde. Das sollte mich eigentlich beruhigen, aber ich war mir nicht sicher, ob es ausreichen würde. Am liebsten hätte ich eine Festung um meine Tochter und meine Frau errichtet. Die Frage war, sollte ich sie in getrennten Türmen unterbringen oder in einem?

In meinen dunkelsten Gedanken überlegte ich, ob Penny bei Belle vielleicht nicht sicher war. Es widerstrebte mir zutiefst, mir das überhaupt einzugestehen. Aber Belle war mit ihr aufs Eis gegangen. Und der Blick, den sie mir zugeworfen hatte, als sie sich zu mir umdrehte – es war, als hätte ich in die Augen einer Fremden geblickt. Es war nicht meine Frau gewesen, die unser Kind hielt. Ich verstand nicht, was mit Belle geschah, aber ich würde alles in meiner Macht Stehende tun, um es herauszufinden. Bis dahin musste ich entscheiden, ob ich ihr das Baby anvertrauen konnte.

Wenn Penny etwas zustieße, würde Belle sich das nie verzeihen. Das wusste ich. Ich wusste auch, dass sie sich sorgte, dass sie ihr Baby nicht genug liebte. Ich wünschte, sie könnte sehen, was ich sah: ihre grenzenlose Liebe zu unserem Baby. Diese Liebe trieb Belle dazu, das Baby jemand anderem zu übergeben, weil sie sich selbst nicht mehr traute. Manchmal bedeutete Liebe loszulassen. Aber ich wollte Belle nicht loslassen, und ich wollte nicht, dass sie mich oder Penny losließ. Ich musste ihr helfen. Und der erste Schritt dazu war, dass wir aufhörten, einander zu meiden. Wir mussten das gemeinsam durchstehen.

Vorsichtig stand ich auf. Penny protestierte, weil sie gestört wurde, schloss eine Hand um die Flasche und die andere um meinen Finger. Als ich zu ihr hinuntersah und sie mich aus ihren blauen Augen betrachtete, wusste ich, dass ich sie über jeden stellen musste, sogar über Belle. Das würde Belle von mir erwarten. Ich musste Penny in Sicherheit bringen, bis Belle wieder sie selbst war, und das würde sie – bald schon. Etwas anderes wollte ich mir gar nicht vorstellen.

»Möchten Sie, dass ich sie nehme?«, fragte Nora vorsichtig.

Ich nickte. »Bitte. Ich sollte nach meiner Frau sehen.«

»Ich habe sie gesehen«, murmelte Nora, als ich näher kam. »Sie ist nicht sie selbst. Sie hat genauso wenig Schuld wie Sie.«

»Ich weiß.« Ich reichte ihr Penny, was mir ein missbilligendes Quengeln einbrachte, bis Nora sie an ihre Brust drückte.

Zum Glück richtete Nora ihre Aufmerksamkeit sofort auf ihren Schützling. Ich konnte jetzt keinen Vortrag darüber gebrauchen, wie sich ein Ehemann und Vater zu verhalten hatte. Ich war absolut in der Lage, das auch ohne ihre Hilfe zu versauen.

»Du hübsches Baby«, gurrte sie. »Du brauchst ein Nickerchen.« Sie trug Penny zurück zum Stuhl neben dem Kamin und setzte sich hinein.

Ich beobachtete sie einen Moment von der Tür aus. Bei ihr sah alles so leicht aus. So hatte ich mir das vorgestellt. Ich hatte erwartet, aus dem Büro nach Hause zu kommen und zu sehen, wie Belle friedlich ihre Tochter wiegte. Stattdessen wollte sie sich ihr nicht nähern.

Als ich in den Flur trat, sammelte ich mich einen Moment, fuhr mir mit der Hand über den Nacken und überlegte, was ich als Nächstes tun sollte. Bevor ich zu einem Entschluss kam, eilte Mrs. Winters mit einem Tablett mit Tee heran.

Sie blieb stehen und warf mir einen strengen Blick zu. »Sie sollten jetzt zu Ihrer Frau gehen.«

»Ich bin gerade auf dem Weg zu ihr«, sagte ich müde. Eigentlich hätte sie so nicht mit mir reden dürfen, aber mir war nicht danach, heute das gesamte Personal zu beleidigen. Nicht jetzt, wo ich sie alle mehr denn je brauchte.

An der Tür trafen wir auf Edward. Er warf mir einen besorgten Blick zu und sagte mit gesenkter Stimme: »Sie spricht nicht. Ich bin gleich am Ende des Flurs, falls du mich irgendwie brauchst.«

Er klopfte mir im Vorbeigehen auf die Schulter. Als wir Belle vom Eis geschafft hatten, war er fast so erschüttert gewesen wie ich. Alles war so schnell gegangen, dass ich immer noch dabei war zu verarbeiten, wie es dazu gekommen war. Der Morgen hatte in Panik begonnen, weil Belle Penny offenbar nicht hatte stillen können. Ich war in die Apotheke gefahren, um Milchpulver zu besorgen, und hatte herausgefunden, dass man ihr dort einen falschen Tee gegeben hatte. Anstatt den Milchfluss anzuregen, damit das Baby an Gewicht zunahm, hatte er ihn versiegen lassen. Ich dachte, das wäre die schlimmste Nachricht des Tages – bis ich zu Hause ankam, die Haustür weit offen stand und Belle zusammen mit unserer Tochter verschwunden war. Ich hatte Edward mit ihr und dem Baby zurückgelassen, und sein niedergeschlagener Blick zeigte deutlich, dass er sich dafür verantwortlich fühlte, dass sie dort draußen gelandet war.

Es war aber nicht seine Schuld. Ich hätte nie weggehen dürfen. Ich hätte ihn in den Ort schicken sollen, statt selbst zu fahren, oder Mrs. Winters oder warten, bis Nora auftauchte. Ich hätte es besser wissen müssen, ich hätte Belle nicht aus den Augen lassen dürfen.

Belle beachtete Mrs. Winters gar nicht, als diese das Tablett mit dem Tee auf dem Nachttisch neben dem Bett abstellte. Eine große Kaschmirdecke war um die zarten Schultern meiner Frau gewickelt. Sie hielt die Zipfel vor der Brust zusammen und starrte an die Wand.

»Dann wollen wir mal sehen, wie wir Sie aufwärmen können«, sagte Mrs. Winters in fröhlichem, aber angestrengtem Ton. »Sie werden sich ruckzuck besser fühlen.«

Belles Blick sprang zu ihr hoch, und ein höhnisches Grinsen verlieh ihrem Gesicht einen so grausamen Ausdruck, dass ich schockiert einen Schritt nach vorn machte. »Besser? Meinten Sie nicht verrückt?«

Mrs. Winters war einen Moment fassungslos, sammelte sich aber schnell. »Wir alle haben ab und zu seltsame Episoden.«

»Würden Sie uns wohl einen Moment allein lassen, Mrs. Winters?«, bat ich.

Sie warf mir einen vernichtenden Blick zu, machte sich aber auf den Weg ins Bad und rief über ihre Schulter: »Ich lasse Ihnen ein heißes Bad ein.«

Das war eine gute Idee. Darauf hätte ich auch kommen können. Offensichtlich dachte die Köchin das Gleiche. »Danke.« Ich hatte das seltsame Gefühl, dass ich ihre Gefühle verletzt hatte, als ich sie bat zu gehen, aber sie konnte die Situation nicht verbessern. Das konnten wir nur als Paar schaffen.

»Ich will nicht baden«, murmelte Belle, und ihre Worte gingen fast im Rauschen des Wassers unter.

»Das ist eine gute Idee, meine Schöne. Es war kalt da draußen«, sagte ich. »Ich denke, es wäre eine gute Idee, wenn du ein wenig Hilfe hättest, wenn du dich um Penny kümmerst.«

»Dafür ist doch Nora da«, sagte sie kalt. Jedes Wort fühlte sich an wie ein Ziegelstein, den sie zwischen uns legte. Sie errichtete eine Mauer um sich herum. Ich brauchte ihr keine Festung zu bauen, das machte sie ganz allein.

»Nora kann nicht die ganze Zeit hier sein«, sagte ich in ruhigem Ton. »Ich weiß, wir haben auch Edward, aber vielleicht sollten wir trotzdem deine Tante anrufen.«

»Du traust mir wirklich nicht«, sagte sie leise und krümmte sich zusammen. »Gut. Du solltest mir nicht trauen. Ich traue mir ja selbst nicht.«

»Was auch immer passiert, ich schwöre dir, dass wir es zusammen meistern.«

»Ich weiß.« Aber aus ihren Augen sprach keine Zuversicht, sondern nur Ablehnung.

3

BELLE

Ich hasste die gemusterte Tapete an den Wänden. Ich hatte sie einen Großteil der letzten Stunde angestarrt, während Mrs. Winters und Smith sich alle Mühe gaben, mich zu verhätscheln. Penny hatte man ins Kinderzimmer gebracht, damit sie ihr Fläschchen bekam. Es war das erste Mal, dass ich nicht diejenige war, die sie fütterte. Stattdessen saß ich hier und starrte die verdammten Wände an. Ich hatte die geblümte Tapete ausgesucht, weil ich dachte, die satten Grüntöne würden einen sinnlichen Hintergrund in unserem Schlafzimmer bilden. Ich hatte wohl nicht genau genug hingesehen, denn erst jetzt bemerkte ich, was sich in dem Muster verbarg. Auf die Rosenblätter waren kleine Spinnen gemalt, die vor dem üppigen Hintergrund kaum zu sehen waren. Manchmal war ich überzeugt, dass sie über die Blätter krochen. »Meine Schöne, was siehst du da?«

Ich riss den Blick los und schüttelte den Kopf, als er die

Stelle betrachtete, auf die ich gestarrt hatte. Konnte er die Spinnen sehen? »Ich war mit den Gedanken woanders.«

Schlechte Wortwahl. War das vorhin auf dem Eis wirklich passiert? Plötzlich fielen mir noch weitere Momente ein, die ich nicht erklären konnte. Dass ich das Foto von Margot in Smiths Schreibtischschublade gelegt und die Windeln auf dem Wickeltisch vergessen hatte. Ich hatte nicht einmal den Tee überprüft, den man mir in der Apotheke gegeben hatte. Es war ein Wunder, dass nichts Schlimmeres passiert war.

Aber diesmal waren wir um Haaresbreite davongekommen.

Ein Schauer kroch mir den Rücken hinauf, und ein Zittern ergriff meinen gesamten Körper, bis ich bebte wie die Blätter, über die die Spinnen auf der Tapete krabbelten. Smith griff nach meiner Hand und zog mich vom Bett hoch, damit er seine starken Arme um mich legen konnte. Aber der Impuls, den ich normalerweise verspürte – mich an die Brust meines Mannes zu lehnen und mit ihm zu verschmelzen –, stellte sich nicht ein. Ich stand wie erstarrt und ließ mich von ihm umarmen, aber ich wünschte mir etwas viel Dunkleres als Trost.

»Sie sollten Ihren Tee trinken«, verkündete Mrs. Winters unsensibel und eilte um uns herum, um mir eine Tasse einzuschenken. Bevor sie sie mir reichen konnte, fing Smith sie ab und hob sie an seine Nase.

»Ist das der neue?«, fragte er.

»Weiß der Himmel. Er war in der Tüte aus der Apotheke.« Sie sah Smith an, als hätte er den Verstand verloren.

Ich fragte mich unwillkürlich, was sie von uns dachte. Die verzweifelte, unfähige junge Mutter und ihr argwöhnischer, rätselhafter Ehemann. Aber was auch immer sie von uns dachte, Smith schien durch ihre Antwort beruhigt zu sein.

»Den solltest du trinken«, redete er mir gut zu.

Ich zog eine Augenbraue hoch und versuchte herauszufinden, was mit ihm los war. Wenn ich durchdrehte, war ich wenigstens nicht allein. »Hat mein Gifttester den geprüft?«

»Ich muss dir etwas sagen«, erklärte er und klang ungewöhnlich nervös. In Anbetracht der Tatsache, dass er gerade fast seine Frau und sein Kind hatte sterben sehen, konnte ich ihm das nicht wirklich verübeln. »Warum setzt du dich nicht wieder hin?«

Ich folgte seinem Vorschlag. Wenn ich auf ihn hörte, würde er für meine Sicherheit sorgen. Und das brauchte ich. Smith würde die Entscheidungen treffen. Oder Edward. Oder wer auch immer in der Nähe war und ein funktionierendes Gehirn in seinem Schädel hatte. Ich legte die Hände um die Teetasse und ließ ihre Wärme in meine Haut dringen, doch das Zittern hörte nicht auf. Der Tag war kalt gewesen, aber meine körperliche Reaktion hatte weniger mit dem Wetter zu tun als damit, dass ich nur so knapp davongekommen war.

»Es geht um den Tee«, sagte er, und ich sah ihn überrascht an. »Du hast den falschen bekommen. In der Apotheke muss es eine Verwechslung gegeben haben. Der Tee, den du getrunken hast, ist zum Abstillen.«

»Was?« Ich blinzelte ihn an. Das ergab keinen Sinn. »Ich habe doch gelesen, was auf der Tüte stand.«

»War er nicht in einer Dose?«, fragte er.

»Ich habe ihn in die Dose getan, damit er frisch bleibt«, rechtfertigte Mrs. Winters sich. Sie knetete ihre Finger und sah bei ihrem Geständnis zwischen uns hin und her. »Ich hätte fragen sollen.«

»Warum?«, fragte ich langsam.

»Als Sie ihn vom Arzt mit nach Hause gebracht haben, dachte ich, Sie wollten abstillen«, sagte Mrs. Winters.

»Warum sollte ich das wollen?« Ich war den Tränen nahe.

»Ich bin nicht neugierig«, sagte sie leise. »Sie waren beim Arzt und kamen mit einem Rezept zurück. Ich nahm an, dass Sie das Baby nicht stillen könnten und ihn deshalb trinken sollten. Ich dachte, das geht mich nichts an.«

»Aber Sie wussten, was der Tee bewirkt?«, fragte ich schockiert.

»Ich dachte, das wüssten Sie. Als ich die Schachtel in der Küche fand und Sie sagten, den müssten Sie trinken …« Sie verstummte, dann nahm sie ihren Mut zusammen, hob die Schultern und sah mir in die Augen. »Es tut mir sehr leid, dass das passiert ist.«

»Ein echter Fehler also«, sagte Smith mit undurchdringlicher Miene. Ich kannte meinen Mann gut genug, um zu sehen, dass ein Teil von ihm sie für den Fehler erwürgen wollte – der Teil von ihm, der mich um jeden Preis beschützen wollte.

Ich nahm einen Schluck von dem Tee und rümpfte ob des Geschmacks die Nase.

»Die Apothekerin sagte, er schmeckt wie Lakritze«, sagte Smith.

»Das stimmt.« Ich stellte die Tasse wieder auf dem Tablett ab und seufzte. »Es hat keinen Sinn, ich bin schon ausgetrocknet.«

»Die Apothekerin hat auch gesagt …«

Aber ich hörte nicht mehr zu. Ich war es leid, so zu tun, als könnte ich diese Probleme mit Medikamenten oder irgendwelchen Tees in den Griff bekommen. Was auch immer hier gerade mit mir geschah, ließ sich nicht mit einfachen Mitteln lösen. Ich würde alles tun, was Smith vorschlug, aber ich machte mir keine Illusionen, was die Ergebnisse anging.

Und ich würde mein Baby nie wieder so leiden lassen. Noch immer konnte ich Pennys klägliches Weinen hören, es hatte sich in meine Seele eingebrannt. Durch meine Fahrlässigkeit und meinen Stolz hatte ich ihr Leid zugefügt.

Smiths Vortrag über das erneute Anregen der Milchproduktion wurde durch ein Klopfen an der Tür unterbrochen. Er drehte sich um und rief: »Herein.«

Nora steckte den Kopf durch die Tür. »Sie ist eingeschlafen. Der arme Engel war erschöpft. Sie hat aber die ganze Flasche getrunken.«

»Danke«, sagte Smith kurz. Er mochte sie nicht, das spürte ich. Ich verstand nur nicht, warum. Sie würde eine bessere Mutter abgeben als ich.

»Würden Sie bitte ein Auge auf sie haben?«, bat Smith Nora. »Belle wird ein Bad nehmen.«

»Natürlich«, sagte sie fröhlich und verschwand. Ich konnte nicht umhin, mich zu fragen, woher sie diesen unbegrenzten Vorrat an Sonnenschein nahm. Ich war froh, dass sie hier war, um sich um Penny zu kümmern, da ich mich weiterhin als völlig nutzlos erwies. Aber ich glaubte nicht, dass ich ihr strahlendes Lächeln noch eine Minute länger ertragen hätte.

Nicht dass ich Nora nicht mochte. Es war hilfreich, sie um mich zu haben. Aber sie war auch eine ständige Erinnerung daran, dass ich total versagt hatte.

»Ihr Bad ist fertig, Ma'am«, verkündete Mrs. Winters.

Sie verbeugte sich leicht und ging in Richtung Tür. »Ich bin unten, wenn Sie mich brauchen.«

Widerstandslos ließ ich mich von Smith ins Bad führen.

So war es richtig. Smith würde meine Tage lenken, und ich würde endlich gesund werden oder auch nicht, aber zumindest würde ich mich und andere nicht in Gefahr bringen. Das würde er nicht zulassen.

Doch als er mich entkleidete, hielt er den Blick von mir abgewandt. Seine Hände verweilten nicht auf meiner Haut. Nachdem er mir ins warme Wasser geholfen hatte, wandte er sich zum Gehen, und ich ergriff seine Hand.

»Verlass mich nicht«, stieß ich hervor.

Er schluckte und presste die Lippen zu einem Strich zusammen, dann zog er den Hocker unter meinem Toilettentisch hervor, wobei die Metallfüße schrill über die Fliesen schrammten, und setzte sich neben mich. Ich zog die Beine an die Brust und umschlang meine Knie. Das Frösteln, das ich auf meiner Haut gespürt hatte, löste sich in dem warmen Wasser, aber das Frösteln in meinem Inneren hielt an.

Was Smith wohl jetzt von mir dachte? Eine Träne stahl sich aus meinem Auge und lief mir über die Wange. Falls er es bemerkte, kümmerte es ihn jedenfalls nicht. Er rührte sich nicht vom Fleck, bis ich den Stöpsel zog. Als das Wasser im Ausfluss kreiselte, stand er mit einem Badetuch bereit, wickelte es um mich und half mir aus der Wanne.

Er folgte mir ins Schlafzimmer, verschwand im Ankleidezimmer und kam mit einem Bademantel wieder heraus.

Ich schüttelte den Kopf, und die Tränen begannen nun ungehindert zu fließen. »Smith«, krächzte ich. »Ich brauche dich.«

Sofort schloss er mich in die Arme und sah mit grenzenloser Liebe zu mir herunter. Ich kämpfte gegen den Drang an, mich abzuwenden. Diesen zärtlichen Blick hatte ich nicht verdient.

Nicht nach dem, was ich getan hatte. Nicht nach dem, was er meinetwegen durchmachen musste.

»Ich brauche dich«, wiederholte ich und drückte meine Handflächen an seine Brust, wie um mir zu beweisen, dass er wirklich hier bei mir war. Ich war mir bei gar nichts mehr sicher.

»Meine Schöne«, beschwor er mich, »ich bin ja da. Ich werde dich beschützen.«

»Ich will nicht, dass du mich beschützt«, sagte ich und richtete schamhaft den Blick auf den Boden. Smith und ich waren nie unsicher, wenn es um Intimität ging, aber ich hatte ihn nicht um Sex gebeten. Diesmal nicht.

»Was willst du damit sagen?«, fragte er gedehnt.

»Du musst mir helfen zu fliehen«, sagte ich und fügte schnell hinzu: »Ich meine, in den Subspace. Ich ertrage die Realität gerade nicht. Mach sie weg, nur für ein Weilchen.«

Smith zögerte, sein besorgter Blick glitt über mich. »Ich bin mir nicht sicher, ob…«

»Ich aber«, unterbrach ich ihn. Es war das erste Mal seit langer Zeit, dass ich mir sicher war. Ich war im Innersten davon überzeugt. Smith war der Einzige, der mich aus diesem Albtraum befreien konnte, und ich brauchte ihn auf eine Weise, wie ich ihn nie zuvor gebraucht hatte.

Ich hatte ihn immer gewollt. Ich sehnte mich danach, mich seiner Dominanz zu unterwerfen. Ich verstand es nicht ganz, aber es hatte sich schon richtig angefühlt, als er mich das erste Mal berührt hatte. Das hier jedoch war etwas anderes. Ich brauchte etwas ganz anderes. Ja, ich musste vollkommen die Kontrolle an ihn abgeben. Ich musste mich sicher fühlen. Ich musste wissen, dass mein Schicksal nicht in meinen Händen lag, sondern in seinen, denn ich vertraute ihm mehr, als ich mir selbst vertraute. Das alles konnte er tun, ohne mich zu berühren.

Doch jetzt? Brauchte ich es, von ihm bestraft zu werden.

»Ich gebe dir, was immer du brauchst«, versprach er. »Aber du musst vor nichts davonlaufen. Was auch immer hier los ist, wir werden es gemeinsam herausfinden.«

Ich nickte. Doch die Wahrheit war, dass wir es nicht herausfinden würden. Schließlich hatten wir es versucht. Irgendetwas stimmte nicht mit mir. Ich wurde das Gefühl nicht los, dass ich mich innerlich auflöste. Er konnte mir helfen, zumindest für eine Weile der Dunkelheit zu entkommen, die meinen Verstand trübte, und zwar indem er mich von der Wut befreite, die ich gegen mich selbst hegte. Und ich konnte mir nur einen Weg vorstellen, wie das möglich war.

Ich ließ das Badetuch fallen.

»Jetzt?« Smith starrte mich an.

Ich nickte. Ich konnte nicht eine Sekunde länger so leben, ich brauchte Erlösung.

»Es gibt etwas, das ich dir sagen muss«, begann er. »Es wird dir nicht gefallen …«

»Hinterher.« Ich schloss den Abstand zwischen uns und presste meinen Mund auf seinen. Das war alles, was nötig war. Smith reagierte wie immer mit einer brutalen Männlichkeit, der mein Körper sich sofort fügte. Ich wimmerte an seinen Lippen. Ich verdiente ihn nicht, aber ich war selbstsüchtig und wollte ihn dennoch. Wir lösten uns voneinander, er trat zurück und musterte mich. Doch dies war nicht der Raubtierblick, den er mir normalerweise zuwarf, wenn er überlegte, auf welch köstliche Weise er mich zu foltern gedachte.

Stattdessen sah er mich prüfend an, als suchte er nach

Rissen. Würde er sie finden? Hatte er Angst, dass er mich brechen würde?

»Fick mich«, bettelte ich, unfähig, einen weiteren Moment der erdrückenden Realität zu ertragen. »Nimm mich. Benutze mich. Befreie mich.«

Bestrafe mich.

Etwas hielt mich zurück, diese Worte laut auszusprechen. Mein Mann hatte mich am Anfang unserer Beziehung getestet. Aber Bestrafung? Das stand normalerweise nicht zur Debatte. Smith war von Natur aus dominant, und ich kniete unterwürfig vor ihm, doch das bedeutete nicht, dass er mein Dom war. Ganz im Gegenteil. Er nahm meinen Körper, wie es ihm gefiel, und ich gab mich ihm bereitwillig hin. Ich hatte andere Beziehungen gesehen – dunklere Beziehungen – und wusste, dass er nicht darauf stand, mir wirklichen Schmerz zu verursachen. Zumindest hatte ich bislang keinen Schmerz durch ihn erfahren. Aber an einigen der geheimen Orte, die wir besucht hatten, war der Schmerz willkommen, das wusste ich. Und ich hatte gesehen, wie die Menschen dort auf seine Anwesenheit reagierten. Ich hatte oft den Verdacht, dass mein Mann Teile von sich vor mir verbarg. Er behauptete, sein Ersatzvater Hammond habe ihn zerstört und verdorben. Ich hatte gesehen, wie er, ohne zu zögern, einen Mann getötet hatte. Er war zu dunkleren Dingen fähig, als sich die meisten Menschen je hätten träumen lassen, und es war diese dunkle Seite an ihm, nach der ich mich jetzt sehnte.

Ein Schatten huschte über sein Gesicht, und seine Augen verhärteten sich zu kalten Smaragden. Er schnippte mit den Fingern. »Auf die Knie.«

»Ja, Sir«, sagte ich erleichtert und ließ mich auf die Knie fallen. Ich setzte mich auf die Fersen und faltete die Hände im Schoß, während er mich umkreiste.

»Zeig mir deine Brüste.«

Ich bewegte meine Hände hinter meinen Rücken, umfasste meine Handgelenke und streckte meine Brüste zu seinem Vergnügen nach vorn. Smith beugte sich vor, um seinen Zeigefinger unter mein Kinn zu legen, und hob mein Gesicht an. Ich hielt erwartungsvoll den Atem an.

»So schön. Ich glaube, ich würde dir gerne dabei zusehen, wie du meinen Schwanz lutschst.«

Mein Blick fiel auf seine Lenden und den unverkennbaren Umriss seiner Erektion, die sich unter seiner Jeans abzeichnete. Wieder sah ich zu Smith hoch und wartete.

»Ich mag es, wenn du geduldig bist.« Er öffnete den Gürtel und zog ihn mit einem zischenden Geräusch aus den Schlaufen. Stöhnend holte er seinen Schwanz heraus und schloss kurz die Augen. Ich strich mir mit der Zunge über die Lippen, und er grinste. »Es wird immer schwieriger, sich zu beherrschen, stimmt's?«

Er biss sich auf die Unterlippe und strich grob mit einer Hand über seinen Schaft. Ich wand mich und spürte, wie feuchte Lust aus mir heraussickerte. Schließlich trat er einen Schritt näher und hielt seinen Schwanz an meine Lippen. »Blas mich, meine Schöne.«

Ich stülpte meine Lippen über ihn und achtete darauf, den Blick nach oben gerichtet zu halten, während ich seinen Schwanz tief in meiner Kehle aufnahm. Smith kniff die Augen zusammen und knurrte zustimmend. Dann nahm er mich bei den Haaren und zwang mir einen schnelleren Rhythmus auf, bis er meine Kehle tief fickte.

»Du wirst mich in deinem Mund kommen lassen«, stieß er hervor. »Doch ich bin noch nicht bereit zu kommen. Ich habe noch so viel mit dir vor, aber …« Er stieß ein tiefes Knurren aus, nahm meinen Kopf mit beiden Händen und schob seinen Schwanz so tief, dass meine Unterlippe gegen seine Eier prallte. Ich würgte, aber als sein Saft in meine Kehle floss, entspannte ich mich instinktiv und gab meinen Körper ganz in seine Hände.

Es ging nur darum, ihm zu gefallen. Ich brauchte nicht zu atmen. Ich musste ihm Freude bereiten. Ich brauchte nicht zu denken. Ich musste nur die Geschenke annehmen, die seine Hände, sein Mund und sein Schwanz mir machten. Es gab nur ihn, er löschte die Welt aus, bis nur noch die Leine übrig war, die er mir reichte.

Smith zog sich zurück und schüttelte den Kopf. »Sieh nur, wozu du mich gebracht hast. Jetzt muss ich einen Weg finden, wieder hart zu werden, damit ich dich richtig vögeln kann.« Er überlegte einen Moment und musterte mich wie ein Feinschmecker eine Mahlzeit, bevor er den ersten Bissen nahm. »Steh auf.«

Ich rappelte mich auf, ich war seine Marionette – was immer er befahl, ich würde es tun, ohne zu fragen, ohne nachzudenken.

»An die Wand.« Ich trat an die Wand, und meine Nippel zogen sich zusammen, als sie mit dem kühlen Putz in Berührung kamen. Smith trat hinter mich, legte eine Hand auf die Mitte meines Rückens und drückte mich an die Wand. Ich keuchte vor Lust, als sich die Stimmung weiter verdunkelte. Er küsste mich jedoch nicht. Stattdessen schob er mit der anderen Hand meine Schenkel weiter auseinander.

»Ich glaube, das könnte mich inspirieren«, knurrte er, bevor er seine Hand zwischen meine Beine schob. Seine Finger spreizten grob mein Geschlecht und massierten mich, sodass er zwei Finger in mich schieben konnte. »Du bist so verdammt feucht. Es gefällt dir, dass du mir gehörst. Es gefällt dir, wenn ich mit dir spiele. Du bist meine perfekte Fickpuppe, und du willst es hart, oder?«

»Ja, Sir«, keuchte ich und presste meine Wange an die Wand. Ich stöhnte, als ein weiterer Finger seinen Weg in mich fand und noch einer, bis die Hälfte seiner Hand in mir war. Er hielt inne und krümmte einen Finger, um jene empfindliche Stelle zu berühren, die ihm gehörte. Das trieb mich zum Höhepunkt, ich kam auf seiner Hand und benässte sie, während mein Körper heftig zuckte. Die Hand, die mich an die Wand drückte, war das Einzige, was mich aufrecht hielt.

Als er mich losließ, sackte ich zusammen, und er fing mich auf. Smith trug mich zum Bett und ließ mich auf die Matratze fallen. Mit einer Hand drehte er mich auf den Bauch, bevor er meine Hüften packte und mich auf seinen Schwanz zog.

Ich schrie auf, als er in mich eindrang. Es gab keine langen Stöße. Er nahm mich hart und in einem gnadenlosen Rhythmus, es gab nur ihn und dieses wachsende Verlangen. Ich grub meine Finger in die Laken und hielt mich fest.

»Lass los«, befahl er, und ich löste meinen Griff. Nun schoben mich seine strafenden Stöße nach vorne, bis ich wie eine Stoffpuppe flach auf der Matratze lag.

»Jetzt ist es Zeit zu kommen«, sagte er barsch. »Melk meinen Schwanz, meine Schöne.«

Ich zog mich um ihn zusammen und ließ mich gehen, ich überließ mich voll und ganz seiner Kontrolle.

4

SMITH

Belle hatte sich nicht gerührt, als ich an diesem Abend aus dem Bett aufstand. Ich hatte sie in eine Art komatösen Zustand gevögelt, und obwohl mir bewusst war, dass wir uns bald mit der Situation auseinandersetzen mussten, war ich erleichtert, sie so friedlich zu sehen. Ich schaute im Kinderzimmer nach Penny, bevor ich mich auf den Weg in mein Arbeitszimmer machte. Dort ging ich geradewegs zu meinem Schreibtisch, zog die Schublade auf und fand darin das Foto von Margot.

Ich ließ mich auf den Stuhl sinken, und die letzte Hoffnung, an die ich mich geklammert hatte, entglitt mir. Ich hatte das Foto entsorgt. Hatte es weggeworfen. Und jetzt war es wieder da. Nur Belle wusste von meiner Ex. Ich hatte ihr glauben wollen, als sie sagte, sie habe das Foto nicht in die Schublade getan. Seit ich sie auf dem Eis gefunden hatte, wusste ich nicht mehr, was ich glauben sollte. Sie war mit unserem Baby auf diesen Teich gegangen. Sie hatte das Foto wieder in die Schublade gelegt. Hatte sie ihren eigenen Tee vertauscht? Was war mit meiner Frau los?

Humphrey erschien in der Tür und verbeugte sich vor mir, und ich schloss rasch die Schreibtischschublade. »Verzeihen Sie, Sir, aber Sie haben einen Gast.«

»Ich bin heute nicht auf Besuch aus.« Ich war müde und hatte Kopfschmerzen. Ich wusste nicht mehr, wie ich die ganze Last tragen sollte, und das Letzte, was ich brauchte, war ein weiteres Problem, mit dem ich mich auseinandersetzen musste.

»Das habe ich auch gesagt«, antwortete er knapp, »aber sie ist ziemlich hartnäckig.«

Ich stöhnte, schloss die Augen und kniff mir in die Nasenwurzel. »Brünett? Umwerfend schön, aber furchterregend?«

»Genau«, sagte Humphrey. »Soll ich sie bitten, ein anderes Mal wiederzukommen?«

»Oh, dazu würde ich nicht raten, Humphrey.« Ich stemmte mich hoch und machte mich auf den Weg zur Tür. »Ich kümmere mich um sie.«

»Sehr gut, Sir.« Er wich zurück, um mich vorbeizulassen.

»Miss Kincaid wird wahrscheinlich eine Weile bleiben.«

»Die Gästezimmer sind belegt«, erinnerte er mich freundlich. »Es gibt noch das Gästehaus, aber das müsste gründlich gereinigt werden.«

»Darum kümmern wir uns morgen.« Für heute hatten wir schon mehr als genug auf der Liste.

Er zog die Augenbrauen hoch, fasste sich jedoch schnell und setzte wieder seine unterwürfige Miene auf. »Ich erwähne es nur ungern, aber ich sollte Sie daran erinnern, dass ich morgen früh abreise, um mit meiner Familie in Wales Urlaub zu machen. Wäre es Ihnen lieber, wenn ich die Reise absage?«

Ich unterdrückte ein Stöhnen. Was wir jetzt mehr als je zuvor in Thornham brauchten, war Beständigkeit, aber die einzige Person, auf die ich mich verlassen konnte, war Mrs. Winters, die Unsympathischste im Bunde. Ich setzte ein gezwungenes Lächeln auf. »Nein, natürlich nicht. Ich werde mit Mrs. Price wegen des Gästehauses sprechen. Heute Abend kann Georgia die Couch nehmen.«

»Ich kümmere mich darum.«

Georgia lehnte an der Wand und sah sich mit großen Augen um.

»Hast du vergessen, dass ich kommen wollte?«, fragte sie.

»Wir hatten hier einige Aufregung.« Das war eine grobe Untertreibung, aber die Details würde sie noch früh genug erfahren.

Das letzte Mal, als ich sie gesehen hatte, war sie für ihre Rolle als Clara Cambridges persönlicher Bodyguard gekleidet gewesen. Heute, in schwarzer Lederjacke, hautengen dunklen Jeans und kniehohen schwarzen Stiefeln sah sie wieder eher wie sie selbst aus.

»Hast du schon einmal den Begriff *neureich* gehört?«, fragte sie, während ich sie die Treppe hinauf zu meinem Büro führte.

»Es hat weniger gekostet als unser Haus in Holland Park«, sagte ich gleichmütig. »Wo verbringst du derzeit noch mal deine Tage?«

»Ich wohne nicht in einem Schloss.«

»Glaub mir, dieser Laden hier ist kein Schloss.« Hölle wäre eine treffendere Bezeichnung.

»Was zum Teufel ist hier los, Price?«, fragte Georgia, sobald wir in meinem Arbeitszimmer waren. Missmutig setzte sie sich auf einen Stuhl auf der anderen Seite meines Schreibtisches.

Ich förderte hinter einem Stapel Kartons eine Flasche Scotch zutage, fand in einer der Kisten zwei Tumbler aus meinem Londoner Büro und wischte sie mit meinem Hemdsärmel aus.

»Immer der perfekte Gastgeber«, bemerkte Georgia trocken, während sie mich mit einem Grinsen beobachtete.

»Bist du etwa allmählich verweichlicht?«, fragte ich. »Gewöhnst du dich daran, deine Mahlzeiten auf Silbertabletts serviert zu bekommen?«

»Ein Mädchen muss Ansprüche haben.« Sie nahm den Scotch entgegen. »Du siehst aus, als würdest du diesen Drink brauchen. Das ist nie gut.«

»Du bist mit Informationen hier«, erinnerte ich sie, nahm den Platz ihr gegenüber ein und starrte in mein Glas. »Sag du mir, ob ich diesen Drink brauche.«

»Was war denn da draußen los?«, fragte Georgia.

Ich wusste genau, dass ich sie nicht zum Reden bringen würde, bevor ich selbst reinen Tisch gemacht hatte. Ich mochte sie gebeten haben, Thornhams Geschichte zu untersuchen, aber das bedeutete nicht, dass sie die Freundlichkeit hatte, mir ihre Erkenntnisse auch mitzuteilen. Vor allem nicht, wenn sie das Gefühl hatte, sie als Währung benutzen zu können. So arbeitete sie. So arbeiteten wir. Im gegenseitigen Austausch.

»Das ist eine lange Geschichte«, sagte ich.

»Du hast eine volle Flasche Scotch. Wir haben Zeit für eine lange Geschichte.«

Ich weihte sie in die Ereignisse der letzten Wochen ein, die schließlich zu dem Vorfall von heute Morgen geführt hatten. Georgia sagte nichts, doch als ich meine Geschichte beendet hatte, setzte sie ihr Glas ab und kniff die Augen zusammen. Noch nie hatte ich sie so offensichtlich fassungslos gesehen.

»Du siehst, womit ich es zu tun habe.«

»Vielleicht bin ich ja tatsächlich verweichlicht«, murmelte sie. Georgia hatte sich verändert, seit sie für Alexander arbeitete. Aber ein derart besorgtes Gesicht zu machen, sah ihr dann doch nicht ähnlich. »Du musst etwas dagegen tun, Price.«

»Ich habe den Arzt angerufen. Er kommt her. Vielleicht kann sie ein anderes Medikament nehmen«, fuhr ich fort, bevor ich den Rest meines Drinks hinunterkippte. »Ehrlich gesagt weiß ich nicht, wo ich anfangen soll. Lenk mich ab. Erzähl mir, was du in der Akte gefunden hast.«

»Das ist es ja gerade«, sagte sie langsam, als hätte ich sie gebeten, ihre Hände dorthin zu legen, wo ich sie sehen konnte. »Was ich in der Akte entdeckt habe, wird dir nicht helfen, dich besser zu fühlen.«

Zumindest war ich nicht überrascht, das zu hören. »Was hast du herausgefunden?«

»Die Knochen stammen aus den Siebzigerjahren, was bedeutet, dass sie wahrscheinlich mit einem lokalen Vermisstenfall zu tun haben.«

»Da unten lag mehr als eine Person«, sagte ich grimmig. Ich sah den kleinen Schädel vor mir und schloss die Augen.

»Ja«, bestätigte sie finster. »Eine ganze Familie, um genau zu sein. Die Thornes. Hast du dich mit der Geschichte des Hauses beschäftigt, bevor du es gekauft hast?«

»Ich weiß, dass es ewig leer stand. Es war einfach auf dem Markt.«

»Aber das ist nicht wahr. Wie hast du überhaupt von dem Haus erfahren? Ja, es stand jahrelang leer und wurde von einem Denkmalschutzverein instand gehalten, aber es stand nicht zum Verkauf«, sagte sie. »Es ist fast so, als wollte jemand, dass es leer blieb.«

»Das ist doch lächerlich.« Ich stand auf, um mir noch einen Scotch einzuschenken. »Uns wurde gesagt, dass der Letzte der Thornes verstorben ist und das Haus auf den Markt gegangen ist.«

»Smith«, sagte Georgia behutsam wie jemand, der eine Bombe entschärft, »das Haus war nie auf dem Markt.«

»Das ist seltsam, wenn man bedenkt, dass ich es gekauft habe«, sagte ich mit belegter Stimme, mein Herz schlug heftig in meiner Brust. »Unser Makler hat es uns vorgeschlagen.«

»Du musst herausfinden, woher er davon wusste«, sagte Georgia eindringlich, und ihre Miene wurde noch grimmiger. »Ich kann mich des Eindrucks nicht erwehren, dass jemand dich in diesem Haus haben wollte.«

»Jetzt klingst du wie er«, murmelte ich. Ich musste ihr nicht sagen, auf wen ich mich bezog. Wir wussten beide, dass ich von Alexander sprach. »Glaubst du wirklich, dass es eine Verschwörung gab, um mich in dieses Haus zu bekommen?«

»Vielleicht hat jemand geplant, dass du hierherkommst.«

»Wer? Ich bin kein Royal. Hammond ist tot. Nicht ein einziger unserer früheren Partner interessiert sich dafür, was künftig aus mir wird.«

»Warum bist du dann aus London weggezogen? Weil du

dachtest, wenn du die Verbindung zur königlichen Familie abbrichst, würde man dich in Ruhe lassen?«, vermutete sie.

Ich starrte sie einen Moment lang an. Ich hatte daran gedacht, dass es darum gehen könnte. Aber ich sah keinen Grund, warum einer von ihnen hinter mir her sein sollte. Ja, ich hatte Alexander geholfen. Aber ich war für ihn mehr ein Söldner gewesen. Ich hatte ihm meiner Frau zuliebe geholfen, damit sie ihre beste Freundin nicht verlor. Dadurch hatten Alexander und ich uns im letzten Jahr besser verstanden als vorher, aber ich zählte kaum zu seinen engen Freunden oder Mitstreitern. Das sagte ich auch Georgia.

Sie lachte. »Was redest du dir denn da ein? Du warst doch dabei«, erinnerte sie mich. »Du bist aktiv gegen den MI-18 vorgegangen.«

»Aber warum sollten sie hinter mir her sein? Die haben wirklich Besseres zu tun, als sich an mir zu rächen.«

»Vielleicht«, sagte Georgia und zuckte die Schultern. »Aber dass du dieses Haus gekauft hast, kann kein Zufall sein. Nicht bei all dem, was euch passiert. Smith, du solltest dich setzen.«

Es sah Georgia nicht ähnlich, so dramatisch zu sein, also tat ich, was sie verlangte. Ich lehnte mich auf meinem Ledersessel zurück und klammerte mich an meinen Scotch. »Was ist aus der Familie geworden, die vorher hier gewohnt hat?«

»Keiner wusste es, bis sie diese Knochen gefunden haben«, sagte sie leise. »Sie glauben, dass sie es sind. Sie sind im richtigen Alter. Sie versuchen jetzt, es anhand der DNA zu klären.«

»Die ganze Familie?«, fragte ich und erinnerte mich an den Berg Skelette, die wir im Keller entdeckt hatten. Die Erinnerung an den Geruch modriger Erde füllte meinen Mund und meine Nasenlöcher. Ich trank einen Schluck, um ihn wegzuspülen. »Wie um alles in der Welt sind die alle in meinem Keller zu Tode gekommen?«

»Fast alle.« Georgia zögerte.

»Erzähl einfach«, stieß ich hervor. Ich konnte nicht noch mehr Rätsel oder Geheimnisse ertragen. Wir waren hierhergekommen, um neu anzufangen, und hatten es irgendwie geschafft, mitten in einem weiteren Geheimnis zu landen.

»Im Laufe der Jahre hat es Berichte gegeben«, begann sie. »Leute schworen, sie hätten Miranda Thorne in der Nähe des Dorfes oder in der Stadt gesehen.«

»Miranda Thorne?«

Georgia holte tief Luft. »Die Mutter.«

»Die Leute meinen doch ständig, irgendwelche Geister zu sehen«, sagte ich prompt.

»Das ist es ja gerade. Smith, im Keller gab es keine Knochen, die auf sie passten.« Georgia starrte mich an. »Und dann sind da noch die Geschichten.«

Seit unserer Ankunft waren uns ein paar Gerüchte über Thornham zu Ohren gekommen, aber ich hatte sie ignoriert. Jetzt wünschte ich, ich hätte es nicht getan. »Ländlicher Aberglaube.«

»Vielleicht«, stimmte sie zu. »Das hätte ich auch gesagt, bis du mir von Belle erzählt hast. Die Geschichten besagen, dass die Mutter verrückt wurde. Sie behauptete ständig, Stimmen zu hören. Sie verschwand stunden-, manchmal tagelang und kehrte ohne eine Erklärung zurück, wo sie gewesen war. Ihr Mann überredete sie, den Dorfarzt aufzusuchen. Man befürchtete, dass sie eine Art Nervenzusammenbruch hatte. Sie wurde wegen einer psychischen Störung behandelt.«

»Und?«, drängte ich, mir war ganz flau im Magen. Ich

wollte die Antwort nicht hören, aber ich musste mich ihr stellen.

»Und dann verschwanden sie.« Georgia trank einen großen Schluck Scotch. »Alle. Einfach weg. Das Personal erschien zur Arbeit, und sie waren alle weg. Keine Nachricht. Kein Hinweis darauf, wo sie waren. Die örtliche Polizei suchte nach ihnen. Sie wandten sich sogar an Scotland Yard. Niemand hat je etwas herausgefunden, nur im Ort behaupten einige Leute, die Mutter im Laufe der Jahre immer wieder gesehen zu haben.«

»Die Leute behaupten auch, sie hätten das Monster von Loch Ness gesehen.« Aber sosehr ich auch versuchte zu leugnen, dass die Geschichte irgendeinen Bezug zu meiner eigenen hatte, es gelang mir nicht. Eine Mutter, die verrückt wurde. Eine Familie, die versuchte, ihr zu helfen. Das war Thornhams Vermächtnis. Geschah dasselbe mit Belle? Ich schüttelte den Kopf. »Das ist Zufall.«

»Das wäre möglich«, sagte Georgia. »Aber bist du bereit, deine Familie in Gefahr zu bringen, um das zu beweisen?«

»Was soll ich tun?« Ich sah sie an, die Frage war ernst gemeint. »Denn mir gehen die Ideen aus, Georgia. Ich tue, was ich kann, aber ganz offensichtlich ist das nicht genug. Jedes Mal wenn ich denke, alles wird wieder normal, wird es schlimmer.«

»Vielleicht solltet ihr nach London zurückkommen«, schlug sie vor. »Bring Belle fort von hier.«

»Was, wenn das nicht das Problem ist? Dann tausche ich nur die Probleme von hier gegen noch mehr Probleme dort. Ich habe keine Armee, um meine Familie zu beschützen.«

»Du brauchst nur zu fragen, er hilft dir«, murmelte Georgia.

Energisch schüttelte ich den Kopf. Je enger wir mit Alexander verbandelt blieben, desto schlimmer würde es werden. Ich sah keinen Grund, weshalb der MI-18 jetzt hinter mir her sein sollte. Vielleicht waren sie nicht über Rache erhaben, aber wenn wir uns wieder in der Nähe der Royals aufhielten, würden wir automatisch noch mehr Aufmerksamkeit auf uns ziehen. Wir mussten herausfinden, was hier vor sich ging. Was auch immer mit Belle geschah, es spielte sich in ihrem Kopf ab. Ich weigerte mich zu glauben, dass ich in einem Spukhaus lebte. Und Teil einer politischen Verschwörung zu sein, schien fast genauso unwahrscheinlich, da alle meine Feinde tot waren. »Ich komm schon klar.«

»Da bin ich mir sicher«, sagte Georgia und stieß einen Seufzer aus, der wohl andeuten sollte, dass sie den Umgang mit sturen Männern gewohnt war. »Was dagegen, wenn ich trotzdem hierbleibe?«

Im Grunde war ich erleichtert, dass sie fragte. Ich stimmte vielleicht nicht mit ihren Theorien überein – vermutlich verbrachte sie zu viel Zeit mit Alexander –, aber ich vertraute ihr. Und ich brauchte Hilfe.

»Wenn es dir nichts ausmacht, das Gästehaus zu teilen«, sagte ich. »Ich habe Jane gebeten, herzukommen und uns zu helfen.«

»Das ist eine gute Idee.« Sie nickte weise. »Belle braucht etwas, das sie in ihrer Vergangenheit verankert.«

Ich zwang mich zu einem Lächeln und versuchte, die Aussage nicht als Beleidigung aufzufassen. Ich wollte der Anker sein, der Belle in diesem Leben hielt. Ich wollte nicht um Hilfe bitten müssen. Aber ich konnte nicht leugnen, dass ich versagt hatte und ihr nicht geben konnte, was sie brauchte. Sie war immer noch in Gefahr, und ich konnte nicht so tun, als hätte ich die Situation im Griff.

»Ich werde mal mit einigen der Leute sprechen, die glauben, Miranda im Laufe der Jahre gesehen zu haben«, sagte Georgia. »Und ich versuche, das Personal von damals zu finden.«

»Georgia, das Ganze ist über vierzig Jahre her«, gab ich zu bedenken.

»Vierzig Jahre für sie. Aber du erlebst es jetzt«, betonte sie.

So gern ich auch widersprochen hätte, ich konnte nicht leugnen, dass sie recht hatte.

5

BELLE

Am nächsten Morgen schleppte ich mich aus dem Bett. Auf Smiths nicht ganz so freundliche Bitte hin hatte ich eine Schlaftablette genommen, und es war weit nach neun, als ich die Energie aufbrachte, mich dem Tag zu stellen. Ich schlüpfte in den samtenen Morgenmantel, den Smith mir zu Weihnachten geschenkt hatte – saphirblau, passend zu meinen Augen, hatte er gesagt –, und ging die Wendeltreppe hinunter. Seit Wochen trank ich diesen grässlichen Kräutertee. Heute Morgen brauchte ich eine Tasse echten starken britischen Tee. Als ich am Wohnzimmer vorbeiging, nahm ich eine Bewegung wahr. Ich drehte mich um und starrte auf einen mysteriösen Deckenberg, der sich bewegte. Ich stieß einen kleinen Schrei aus, woraufhin eine verschlafene Georgia sich aufrichtete. Ihr tintenschwarzes Haar war zu einem wirren Knoten hochgebunden. Die Decke verrutschte und enthüllte zwei runde braune Nippel. Ich drehte mich weg und hielt mir die Augen zu.

»Morgen«, rief sie mürrisch.

»Georgia«, sagte ich durch zusammengebissene Zähne, als Smith nun in Wollpullover und Jeans in die Halle schlitterte, »wie schön, so viel von dir zu sehen.«

»Vielleicht wäre nicht ganz so viel noch schöner«, sagte Smith trocken und warf ihr einen verärgerten Blick zu.

Georgia streckte die Arme über den Kopf und gähnte, wobei sie noch mehr von ihren üppigen Brüsten zur Schau stellte. »Habe ich vergessen, dich zu warnen, dass ich nackt schlafe?«

Smith schüttelte den Kopf und führte mich weg. »Tut mir leid.«

»Ich wollte mir einen Tee holen, um in die Gänge zu kommen, aber jetzt bin ich wach.« Ich schenkte ihm ein frustriertes Lächeln.

»Du wolltest Tee, du kriegst Tee.« Er nahm meine Hand und ging mit mir in die Küche.

»Was macht sie hier?«, fragte ich.

Nach der Art zu urteilen, wie er die Augen zusammenkniff, den Mund auf- und zuklappte und nervös in meine Richtung blickte, gingen ihm mindestens drei mögliche Entschuldigungen durch den Kopf. »Ich habe vergessen, dir zu sagen, dass sie kommt. Sie hat gestern angerufen, aber …«

»Du warst mit anderen Dingen beschäftigt«, sagte ich.

»Ehrlich gesagt hatte ich es selbst ganz vergessen, bis sie gestern Abend kam. Tut mir leid, dass du es auf diese Weise herausgefunden hast.«

»Ach was, welche Frau würde sich nicht freuen, morgens eine schöne, nackte Soziopathin in ihrem Wohnzimmer vorzufinden.« Ich entfernte mich von ihm, durchstöberte den Schrank und holte verschiedene Teedosen heraus. Ich klappte die Deckel auf, bis mir der herbe Duft von Assam in die Nase stieg. Die anderen schob ich wieder hinein.

Smith schaltete die Herdplatte ein und stellte den Kessel darauf. »Ich würde sie nicht gerade als Soziopathin bezeichnen.«

»Würdest du dafür deine Hand ins Feuer legen?«, fragte ich, während ich nach einer Teekanne suchte. Ich hatte mich in den letzten Wochen zu sehr auf Mrs. Winters verlassen, ich kannte mich kaum in meiner eigenen Küche aus.

Er fand sie zuerst und stellte sie zusammen mit einer Tasse und Untertasse mit Goldrand auf ein silbernes Frühstückstablett. Smith sagte nichts, und ich drehte mich zum Kühlschrank um.

»Lass mich das machen«, sagte er, als ich Butter und Marmelade auf den Tisch stellte.

Ich beobachtete, wie mein Mann eine Scheibe Brot toastete, und wartete darauf, dass er erklärte, warum sie da war. Stattdessen konzentrierte er sich mit der Aufmerksamkeit eines Sternekochs auf meinen Toast. Als der Kessel pfiff, hatte er immer noch nichts gesagt. Ich hob den Kessel mit einem Geschirrtuch vom Herd und goss das kochende Wasser in die Kanne. Der Tee entfaltete seinen Duft, der mich heute jedoch nicht beruhigte, sondern meinen Magen in Aufruhr versetzte.

»Wie lange bleibt sie?«, fragte ich, während ich die Kanne auf das Tablett stellte. In meiner Situation wollte ich so wenige Zeugen wie möglich. Und Georgia Kincaid war alles andere als mein Lieblingsmensch. Außerdem hatte sie andere Leute, um die sie sich kümmern musste. »Was ist mit Clara? *Sie* braucht wirklich Schutz.«

Es gab Leute, die meiner besten Freundin schaden wollten, und Anfang des Jahres hätten sie es fast geschafft. Ich war im

Grunde okay, wurde nur gerade verrückt. Da die Bedrohung von meinem eigenen Verstand ausging, brauchte ich eher keinen Bodyguard.

Er stellte den Teller mit dem Toast auf das Tablett und drehte sich zu mir um.

»Sie hilft mir, ein paar Dingen auf den Grund zu gehen. Sie ist nicht als deine Babysitterin hier.« Smith legte mir die Hände auf die Schultern und neigte den Kopf so, dass ich gezwungen war, ihm in die grünen Augen zu schauen. Es war schwer, die Liebe in ihnen auszuhalten. Ich verstand nicht, wie er nach dem, was ich getan hatte, immer noch so empfinden konnte.

»Was für Dinge?«, fragte ich misstrauisch.

»Der Vorfall in London bei deiner Babyparty. Das sollten wir nicht einfach vergessen.« Die Lüge glitt ihm geschmeidig von den Lippen, doch ich wurde hintergangen, das spürte ich. Ich brauchte nicht zu fragen, warum, aber ich fand es schrecklich, dass er nicht ehrlich zu mir sein konnte. Ich befreite mich aus seinem Griff und machte eine scharfe Bemerkung, anstatt ihn auf seine Lüge anzusprechen. »Vermutlich habe ich sie mir selbst geschickt. Hast du daran schon mal gedacht? Ich meine, wer weiß, wie lange ich schon gestört bin.«

»Meine Schöne.« Sein Ton wechselte zu einem tiefen, warnenden Bariton, der mir eine Gänsehaut über die Haut trieb. »Niemand darf so über meine Frau sprechen, nicht einmal sie selbst.«

»Die Wahrheit ist schmerzhaft, Price.« Ich hob das Tablett auf und verließ die Küche. Ich wollte nicht hierbleiben, damit er mich weiter beschwichtigen konnte.

Smith führte etwas im Schilde. Es gab eine Zeit, in der ich

vielleicht weiter nachgehakt hätte, aber jetzt? Ich traute mir selbst nicht mehr. Wie konnte er mir vertrauen? Ich hatte mich entschlossen zu tun, was er von mir verlangte, was bedeutete, in meinem Haus Platz für Georgia zu machen – ob es mir gefiel oder nicht.

Ein Vorteil daran, mehr Gäste in Thornham zu haben, war, dass ich etwas zu tun hatte. Weil wir nicht vorausgesehen hatten, dass wir es brauchen würden, hatten wir uns nicht viele Gedanken über das Gästehaus auf unserem neuen Grundstück gemacht. Jetzt, wo Nora eingezogen war, um mir rund um die Uhr mit Penny zu helfen, und Edward blieb, hatten wir im Haupthaus keinen Platz mehr für die Neuzugänge.

Auf den Besuch meiner Tante Jane war ich nicht sonderlich scharf. Sie war nach Pennys Geburt im Krankenhaus gewesen, hatte die ganze Zeit in Babysprache gesäuselt und Spaß gehabt. Es war ein schöner Besuch gewesen. Seitdem hatte ich kaum noch mit ihr gesprochen. Vermutlich hatte sie angenommen, ich sei einfach damit beschäftigt, Mutter zu sein. Eigentlich hatte ich vorgehabt, sie wenigstens zu Weihnachten einzuladen oder sie zumindest anzurufen. Aber ich hatte weder sie noch sonst jemanden angerufen oder eingeladen. Ich wollte nicht, dass jemand erfuhr, wie sehr ich mich quälte. Es war schon schwer genug gewesen, als Edward auftauchte. Nun hatte Smith Jane angerufen, und ich hatte nicht den Mut, ihn zu fragen, was er ihr gesagt hatte. Was immer es war, sie hatte ihre Silvesterpläne gestrichen und würde morgen hier sein.

»Was ist mit denen?« Edward erschien mit einem Karton aus dem Haupthaus im Arm. »Lampen. Bücher.«

Ich nickte und bedeutete ihm, ihn in die Ecke zu stellen.

Die Sachen konnten wir aufstellen, sobald wir mehr Möbel hatten. »Es ist ein Anfang. Wir müssen aber noch shoppen fahren.«

»Muss das sein?« Er tat, als wäre ihm das äußerst lästig. In Wahrheit sehnte Edward sich vermutlich danach, endlich mal wieder unter Leute zu kommen.

»Ich könnte einiges online bestellen.« Meine Lippen zuckten, als ich seinen entsetzten Blick sah.

»Auf keinen Fall«, sagte er schnell und half mir, das Bett zu beziehen. »Außerdem würde dir ein Tag in der Stadt ganz guttun.«

»Wir müssen nicht in die Stadt fahren. Es gibt doch hier im Ort ein paar Geschäfte«, entgegnete ich. Schließlich konnte man auch in Briarshead einkaufen.

»Ich tue einfach so, als hättest du das nicht gesagt«, entgegnete er. »Wir können nächste Woche fahren. Fürs Erste kommen sie klar.«

Ich sah mich stirnrunzelnd um. Das Gästehaus hatte zwei Schlafzimmer – was gut war, denn ich konnte mir nicht vorstellen, dass Jane und Georgia sich ein Zimmer teilten, ohne sich gegenseitig umzubringen –, dazu eine kleine Küche und einen Wohnbereich. Wenn wir uns vorher darum gekümmert hätten, wäre es jetzt sicher gemütlich hier. Ich kam mir nicht gerade wie eine gute Gastgeberin vor. Mit Mrs. Winters' Hilfe hatten wir immerhin genügend Bettzeug herbeigeschafft. Und vorhin waren neue Betten geliefert worden, was bedeutete, dass ich morgens nicht mehr über die splitterfasernackte Georgia stolpern würde, aber viel mehr hatten wir in den Tagen zwischen Weihnachten und Neujahr nicht besorgen können.

»Ich wünschte, er hätte mir gesagt, dass sie kommt«, murmelte ich.

»So war das nicht. Er wusste es nicht, bis …« Normalerweise schlug sich Edward nicht auf Smiths Seite, und ich warf ihm einen Blick zu. »Aber er hätte es dir sofort sagen sollen«, ruderte er zurück.

Ich biss mir auf die Lippe. Es hatte keinen Sinn, weiter darüber nachzudenken. Was geschehen war, war geschehen, und ich musste mich auf das konzentrieren, was als Nächstes anstand.

»Komm, erzähl mir, was dich umtreibt.« Edward setzte sich aufs Bett und klopfte neben sich auf die Decke.

Ich setzte mich zu ihm. »Ich will nur einfach nicht, dass die Leute mich so sehen.«

»Wie?«

»Verängstigt. Unfähig.« Ich schloss die Augen und flüsterte das schlimmste Wort von allen: »Verrückt.«

»Du bist nicht verrückt«, widersprach Edward und griff nach meiner Hand. »Du machst im Moment nur eine Menge durch. In den letzten zwei Jahren ist bei dir so viel passiert.«

»Es sollte aber nicht so schwer sein«, gestand ich ihm. »Ich wollte ein Baby. Ich habe das Baby bekommen. Ich habe einen Mann, der mich liebt. Ich habe dieses tolle Haus. Und Personal, verdammt noch mal, und trotzdem kriege ich es nicht auf die Reihe.«

»Ich bin der Prinz von England, und ich kriege nichts auf die Reihe«, sagte er mitfühlend. »Hör zu, keiner von uns erwartet, dass du alles kannst. Wir wollen dir nur helfen.«

»Ich wünschte nur, ich bräuchte das nicht.« Das war das eigentliche Problem. Es war ein Kampf gewesen, mich dazu durchzuringen, zum Arzt zu gehen und nach einem Medikament zu fragen. Nach einem Medikament, das nicht gewirkt hatte. Tee, der nicht gewirkt hatte. Dann hatte ich es nicht einmal geschafft, Penny zu stillen. Aber der absolute Horror war, dass ich mein Baby in Gefahr gebracht hatte. Ich hatte Penny seit gestern Morgen nur ein paarmal im Arm gehalten und auch nur, wenn jemand dabei war. Smith hatte sein Versprechen gehalten. Wenn Nora nicht in der Nähe war, blieb er da. Sprach er mit Georgia, sprang Edward ein. Irgendjemand war immer bei mir. Ich brauchte ein Kindermädchen mehr als meine Tochter. »Ich habe Angst, sie überhaupt anzufassen.«

»Erinnerst du dich an irgendetwas von gestern Morgen?«, fragte Edward leise.

Es war das erste Mal, dass mich jemand fragte, was passiert war. Smith schien zu verängstigt, sich damit auseinanderzusetzen, Nora schien, obwohl sie so gut mit dem Baby umgehen konnte, die Reife zu fehlen, überhaupt zuzugeben, dass etwas passiert war. Mrs. Winters machte weiter, als wäre es ein ganz normaler Tag, bedrängte mich aber immer wieder mit noch mehr von dem verdammten Tee. Die einzige Person, die bereit war, mich zur Rechenschaft zu ziehen und mir die Beichte abzunehmen, war Edward.

»Ich erinnere mich, dass ich mich hingelegt habe. Das ist alles.« Über dem Rest lag ein kalter weißer Schleier, bis Smith meinen Namen gerufen hatte.

»Erinnerst du dich, dass du zu mir gekommen bist, um das Baby zu holen?«

Ich schüttelte den Kopf.

»Ich hätte merken müssen, dass etwas nicht in Ordnung war«, sagte er. »Es tut mir leid.«

»Man sollte ein Kind seiner Mutter anvertrauen können«, erwiderte ich bitter. Tränen schnürten mir die Kehle zu. Ich hatte nicht die Kraft, sie zu unterdrücken. Edward legte seinen starken Arm um meine Schultern und zog mich an sich. Es dauerte einen Moment, bis ich merkte, dass er ebenfalls weinte.

»Wir sind schon ein lustiges Pärchen, was?«, sagte er. »Der Prinz, der sich in einen Verbrecher verliebt hat …«

»Und seine geisteskranke beste Freundin«, fügte ich hinzu.

Edward versuchte gar nicht erst, mir zu widersprechen. Er bot mir einen sicheren Rahmen, um mich dem zu stellen, was ich im Spiegel sah. Ich brauchte niemanden, der mir sagte, dass ich nicht verrückt sei. Im Moment bemühte ich mich zu akzeptieren, dass ich es war. Die meiste Zeit über fühlte ich mich normal. Aber Fakten waren Fakten, und ich hatte Penny auf dem Eis in Gefahr gebracht. Seit sie da war, versuchte ich unablässig, den Überblick zu behalten. Im Moment schien ich normal zu sein. Sogar fähig und kompetent als Frau und Mutter. Aber ich fürchtete das nächste Mal, wenn mich eine dieser Stimmungen überkam. Was würde dann passieren?

Oder noch schlimmer, wen würde ich verletzen?

»Tomas hat mich angerufen«, sagte Edward plötzlich.

Ich wischte mir die Tränen weg und ertappte mich dabei, wie ich trotz allem lächelte. »Er mag dich.«

»Ich bezweifle, dass es in der Gegend schwule Singles im Überfluss gibt«, sagte Edward mit einem schmerzlichen Grinsen. »Wahrscheinlich ist er nur verzweifelt.«

»Ja, ich glaube auch, er muss sich geradezu zwingen, sich für einen gut aussehenden, witzigen, intelligenten Prinzen zu interessieren. Er sollte wirklich höhere Ansprüche haben.«

»Ich dachte, wir wären heute nihilistisch drauf«, tadelte mich Edward.

Ich schenkte ihm ein entschuldigendes Lächeln. Er war von uns beiden eindeutig der bessere beste Freund.

»Sieh dich, wie du willst«, sagte ich, »aber tu nicht so, als würde dieser süße Kerl ein Mitleidsdate suchen, wenn er dich anruft.«

»Okay, ist das jetzt der Teil, wo ich dich darauf hinweise, dass Smith dich mehr vergöttert als je zuvor?«, fragte er.

»Konzentrieren wir uns auf Tomas«, sagte ich schnell. »Dein Selbsthass ist vielleicht leichter zu stillen als meiner gerade. Ich weiß wirklich nicht, was er in dir sieht. Unglaublich, dass er angerufen hat – aber was hat er gesagt?«

»Schon besser.« Edward grinste. »Er gibt zu Silvester eine Dinnerparty im Briar Rose, und er hat uns eingeladen.«

»Ich weiß nicht, ob ich Lust auf eine Party habe«, gestand ich.

»Ich dachte mir, dass du das sagst«, erwiderte Edward. »Deshalb habe ich gesagt, dass ich nur komme, wenn du mitkommst.«

»Nein! Du solltest hingehen«, rief ich aus und bemerkte meinen Fehler zu spät.

»Tut mir leid. Wir sind zwei zum Preis von einem.«

»Du willst doch nicht deine traurige beste Freundin zu einem Date mit einem heißen französischen Koch mitschleppen«, sagte ich.

»Es ist kein Date«, gab er zurück. »Er wollte nur nett sein.«

Ich sagte nichts mehr, wusste ich doch, dass es hier um so viel mehr ging als um läppische Selbstwertprobleme. Edward war noch nicht bereit, über Dates nachzudenken, und ich konnte es ihm nicht verübeln. Aber einfach etwas Zeit mit einem heißen Singlemann zu verbringen schien ein Schritt in die richtige Richtung zu sein. »Ich denke nicht, dass ich Smith an Silvester allein lassen sollte. Es ist sozusagen unser Hochzeitstag.«

Vor zwei Jahren waren wir nach New York durchgebrannt, doch unsere Freunde hatten uns Wochen später mit einer zweiten Hochzeit auf einer Silvesterparty überrascht. Es hatte sich für mich mehr wie unser richtiger Hochzeitstag angefühlt, denn alles daran erinnerte mich an die Kraft eines Neuanfangs. Mit Smith hatte mein Leben wirklich begonnen. Er war der Anfang von allem für mich.

»Er ist natürlich auch eingeladen«, sagte Edward.

»Und wer passt auf das Baby auf?«

»Du bist diejenige mit Personal«, erinnerte er mich. »Und bis dahin wird deine Tante hier sein.«

»Wenn meine Tante hört, dass es eine Dinnerparty gibt, wird sie eine Einladung erwarten. Geh doch einfach mit ihr hin.« Ich konnte mir nicht vorstellen, Jane zu bitten, eine Party zu verpassen, um Windeln zu wechseln. Wenn ich darüber nachdachte, war ich mir noch nicht einmal sicher, ob sie überhaupt wusste, wie man Windeln wechselte.

»Belle, es ist okay, wenn du zwischendurch etwas wie Normalität erlebst.« Das Zögern in seiner Stimme klang, als wäre ich nicht die Einzige, die er zu überzeugen versuchte.

Vielleicht hatte er recht. »Ich rede mit Smith. Ich weiß allerdings nicht, ob er sich darauf einlässt.«

»Ihr braucht ein bisschen Normalität, dafür muss er über kurz oder lang ein Risiko eingehen«, sagte Edward.

»Vielleicht.« Ich fragte mich, ob das stimmte. Was seine

Familie betraf, ging Smith Price kein Risiko ein – und in den letzten Tagen hatte ich dafür gesorgt, dass er noch mehr aufpasste als sonst. Er würde Penny auf keinen Fall so lange mit Nora allein lassen. Edward würde an Silvester mit Tante Jane ausgehen, und wir würden hierbleiben, um unsere Strafe abzusitzen. Ich musste mich daran gewöhnen, eine Gefangene in meinem eigenen Haus zu sein, ebenso wie in meinem Kopf. So war es nun einmal.

6

SMITH

Belles Tante war ein Wirbelwind aus Seide, Pelz und Energie, als sie zur Tür hereinwehte, und erinnerte mich an das chaotische Tempo der Stadt, die wir hinter uns gelassen hatten. Belle hatte befürchtet, dass das Haus mit Janes Besuch an die Grenzen seiner Kapazität stoßen würde. Doch Jane hatte die Gabe, sich einzupassen, allerdings auf ihre ganz eigene Art, und machte es einem unmöglich, sich in ihrer Gegenwart schlecht zu fühlen. Ich hatte sie in das eingeweiht, was auf Thornham geschehen war, und dennoch hatte sie sich seit ihrer Ankunft völlig normal verhalten. Sie war genau das, was meine Frau brauchte, beglückwünschte ich mich selbst.

»Feng-Shui-technisch ist dieser Raum eine Katastrophe«, verkündete sie, als Belle und ich ihr eine Führung durchs Haus gaben. »Das müssen wir ändern. Dann schläfst du besser.«

Belle rollte hinter der Schulter ihrer Tante mit den Augen, aber ihr breites Lächeln verriet ihre eigentlichen Gefühle.

»Dein Wille geschehe«, sagte ich. »Sag mir nur, wo ich die Sachen hinrücken soll.«

»Ich mag Männer, die bereit sind, anzupacken und ein bisschen zu schwitzen.« Jane stupste Belle mit dem Ellbogen in die Rippen. »Ich hoffe, du lässt ihn oft schuften.«

Die Doppeldeutigkeit in ihren Worten war nicht zu überhören. Ich nahm das als Anlass, mich in mein Arbeitszimmer zu entschuldigen. »Ihr zwei wollt euch sicher in Ruhe unterhalten«, sagte ich. »Ich muss mich um ein paar Dinge kümmern. Sagt Bescheid, wenn ihr mich braucht.«

Ich beugte mich vor, um Belle zu küssen, aber sie drehte den Kopf weg. Sie war immer noch ein wenig sauer auf mich, weil ich das Anwesen in eine Pension verwandelt hatte. Aber ich fand einfach, je mehr Normalität, desto besser. Wir waren es gewohnt, von Freunden und Familie umgeben zu sein. Vielleicht half es ihr, wieder zu sich zu finden.

In meinem Arbeitszimmer gab es tatsächlich einiges zu erledigen. Rechnungen, die bezahlt werden mussten. Anrufe, die ich tätigen musste. Die Eröffnung der Kanzlei hatte ich auf unbestimmte Zeit verschoben, bis wir geklärt hatten, was im Haus vor sich ging.

Als ich das Arbeitszimmer betrat, saß Georgia entspannt in meinem Sessel, die Füße auf der Schreibtischplatte, und studierte offenbar meine Akten.

»Fühl dich wie zu Hause«, sagte ich trocken.

»Geht klar.« Sie machte sich nicht die Mühe, von der Akte in ihren Händen aufzusehen.

»Irgendwas Interessantes?«

»Ich glaube schon.« Sie klappte die Akte zu und legte sie zurück auf den Schreibtisch. Georgia nahm die Füße vom

Tisch, beugte sich vor, verschränkte die Arme und richtete ihren dunklen Blick auf mich. »Ich habe mir die Namen der Leute angesehen, die nach der Katastrophe befragt wurden, und ich habe einige merkwürdige Übereinstimmungen gefunden. Wie heißt eure Haushälterin noch mal?«

»Mist, das hatte ich befürchtet«, murmelte ich und ging um den Schreibtisch herum, um den Ordner in die Hand zu nehmen, den sie studiert hatte.

Georgia blätterte bis zu einem Bericht des Polizeireviers vor. »Winters.«

»So alt ist sie nicht«, sagte ich. »Das kann sie nicht sein.«

»Nein«, stimmte Georgia zu. »Aber was ist, wenn ihre Familie früher hier gearbeitet hat? Hat sie so etwas erwähnt?«

Ich runzelte die Stirn. »Winters ist nicht unbedingt ein seltener Name.«

»Vielleicht.« Das schien Georgias neue unverbindliche Antwort zu sein. *Vielleicht.* Aber sie brauchte sich nicht weiter zu äußern. Ich wusste genau, was sie dachte, ohne dass sie es erst aussprechen musste. Wir hatten in all den Jahren zu viel erlebt, um an Zufälle zu glauben.

»Was noch?«

»Der Rest eures Personals«, sagte sie und schob weitere Ordner auf meinen Schreibtisch, um mir zu zeigen, dass sie die Personalakten durchgesehen hatte. »Alle hatten Familie, die hier gearbeitet hat, außer Rowan und Nora.«

»Also nur zwei? Trotzdem, das reicht wohl kaum für eine Verschwörung.«

»Warte eine Sekunde, Price. Nora hat keine Verbindung zu Thornham. Sie ist jung. Collegestudentin.«

»Ich kenne sie«, erinnerte ich Georgia.

»Aber Rowan«, fuhr Georgia fort, ohne auf meinen Einwurf einzugehen, »hat selbst hier gearbeitet.«

»Ich glaube, das wusste ich.« Ich grub in meinem Gedächtnis und versuchte, mich zu erinnern, was bei den Vorstellungsgesprächen gesagt worden war. »Er ist der Einzige, der alt genug ist, um hier gearbeitet zu haben. Ich erinnere mich, dass wir darüber gesprochen haben.«

»Das ist gut«, murmelte Georgia abwesend und schob seine Akte auf die andere Seite des Schreibtischs.

»Ich verstehe nicht, was das mit unseren Problemen zu tun hat.«

»Ich finde es seltsam, dass ihr das Haus voller Personal habt, das Verbindungen zu den ursprünglichen Besitzern hat.«

»Ich bezweifle, dass es in der Gegend viele Jobs für Leute aus ihrer Branche gibt«, sagte ich. »Und ich glaube kaum, dass das bedeutet, dass sie es auf mich abgesehen haben. Außerdem kenne ich keinen von ihnen. Warum sollten sie hinter uns her sein?«

»Vielleicht hat jemand sie auf euch angesetzt.«

Georgia hatte den Verdacht noch nicht aufgegeben, dass der MI-18 hier seine Finger im Spiel haben könnte. Das hatte sie seit ihrer Ankunft ein paarmal erwähnt, und obwohl sie keine Beweise für ihre Theorie hatte, schien sie überzeugter denn je. Bei jedem anderen hätte ich das vielleicht als Paranoia abgetan. Aber Georgia neigte nicht zu Überreaktionen. Sie war immer diejenige, die ruhig und vernünftig blieb. Irgendetwas an dieser Situation beunruhigte sie instinktiv. Ehrlich gesagt, beunruhigte es mich auch. Wir waren beide viel zu rational, um zu glauben, es gäbe keine Erklärung für den ganzen Wahnsinn. Wir hatten genug Feinde in unserer Vergangenheit, das

Letzte, was wir brauchten, war ein Haus, das sich gegen uns wandte.

»Was macht ihr zwei an eurem Hochzeitstag?«, fragte Georgia.

Ich sah sie überrascht an. »Es ist nicht wirklich unser Hochzeitstag.«

»Ein weiser Rat: Sag nie ›Es ist nicht wirklich unser Hochzeitstag‹ zu irgendjemandem«, sagte sie. »Vor allem nicht zu deiner Frau. Kauf ihr einfach Blumen.«

»Im Ort kann man nichts machen. Ich bin sicher, dass die Leute hier nur in den Pub gehen.«

»Edward hat mir von einer Dinnerparty erzählt«, sagte sie. »Ihr zwei solltet hingehen.«

Das war mir neu. Warum hatte Belle es nicht erwähnt?

»Ich fühle mich nicht wohl dabei, Penny hierzulassen, ohne dass einer von uns da ist«, gab ich zu. »Ich bin mir sicher, Nora würde das gut machen, aber ich …«

Ich konnte es nicht genau benennen. Sosehr ich das Personal auch schätzte, kannte ich doch letztlich keinen von ihnen. Ich konnte ihnen nicht so vertrauen, wie ich mir selbst, Edward oder Georgia vertrauen konnte.

»Du musst deine Frau aus diesem Haus fortschaffen.«

Da konnte sie recht haben. Dass Belles Probleme begonnen hatten, als wir ganz hergezogen waren, musste ein Zufall sein. Aber das bedeutete nicht, dass es ihr nicht guttun würde, wenn sie von diesen Problemen wegkäme – und sei es nur für einen Abend. »Ich lasse sie mit Jane und Edward gehen.«

»*Du* solltest bei ihr sein«, sagte Georgia. »Hochzeitstag, schon vergessen?«

»Jemand muss bei dem Baby bleiben, und ich möchte, dass du mitgehst und aufpasst.«

»Keine Chance.« Georgia schüttelte den Kopf und stieß sich vom Schreibtisch ab. »Ich bleibe bei dem Baby.«

»Du bleibst … was?« Ich hatte sie offenbar falsch verstanden. Auf keinen Fall hatte Georgia Kincaid gerade angeboten, auf das Baby aufzupassen.

»Ich bin neuerdings die ganze Zeit mit einem Baby zusammen«, sagte sie abwehrend. »Ich werde es schon nicht kaputt machen.«

»Sie«, sagte ich sanft. »Du wirkst einfach nicht wie der mütterliche Typ.«

»Du auch nicht«, schoss sie zurück. »Hör zu, ich kann eine Windel wechseln. Ich kann ein Fläschchen geben. Ich bin nicht völlig unfähig.«

»Sind das jetzt tatsächlich die neuen Kriterien?«, meldete sich Belles kalte Stimme.

»Meine Schöne«, sagte ich, wirbelte zu ihr herum und sah sie mit Jane in der Tür stehen. »Georgia hat gerade angeboten, an Silvester bei Nora und Penny zu bleiben, damit wir ausgehen können.« Georgia räusperte sich, und ich fügte hinzu: »An unserem Hochzeitstag.«

»Du willst bei unserem Baby bleiben?« Belles Überraschung spiegelte meine eigene Reaktion wider.

Georgia wirkte noch verärgerter. »Die Königin von England vertraut mir ihr Kind an, also könntet ihr zwei eure Ansprüche vielleicht ein wenig herunterschrauben.«

»Ich wusste nicht, dass du Kinder magst«, sagte Belle schnell, sichtlich besorgt, sie könnte Georgia beleidigt haben.

»Ich mag Kinder nicht, das stimmt.«

Wir warteten alle, dass sie der Aussage noch etwas hinzufügte, doch das tat sie nicht.

»Wenn du dir sicher bist«, sagte ich und musterte sie, um zu sehen, ob sie nur höflich war.

Schließlich schaltete sich Jane ein: »Meine Güte, nimm die Hilfe einfach an. Penny ist in guten Händen. Und ich will tanzen gehen, und ich will euch beide tanzen sehen.«

Belle und ich tauschten einen verlegenen Blick. Das würde voraussetzen, dass wir unsere kleine Meinungsverschiedenheit beilegten. Ich wollte sie nicht zwingen, mir wegen irgendeiner Feier zu verzeihen. »Klingt gut für mich. Wenn du willst, dass ich mitkomme, meine Schöne?«

Ich legte es in ihre Hände und redete mir ein, dass es nichts bedeutete, wenn sie mich nicht dabeihaben wollte, außer dass sie sich entspannen und bei ihren Freunden sein wollte. Aber als sie schließlich nickte, durchströmte mich Erleichterung.

»Also abgemacht.« Jane klatschte in die Hände. »Ein neues Jahr erinnert mich immer daran, dass wir nicht genug Zeit haben, um auf den perfekten Moment zu warten. Man muss einfach leben.«

Ich hoffte, dass sie recht hatte.

7

BELLE

»Ich habe nichts zum Anziehen«, verkündete ich, als ich aus dem Ankleidezimmer trat. Die letzten zehn Minuten hatte ich Kleiderbügel hin und her geschoben und Dutzende von Outfits begutachtet. Keins fühlte sich richtig an.

»Du hast halb Harrods da drin.« Edward schritt an mir vorbei ins Ankleidezimmer und stemmte die Hände in die Hüften. Er war bereits für den Abend gekleidet. Meist unternahmen wir etwas, das einen Smoking verlangte, aber für eine Dinnerparty in dem kleinen Ort schien das zu viel des Guten zu sein. Edward hatte die Herausforderung hervorragend gemeistert. Er hatte sich für eine gut geschnittene anthrazitfarbene Hose, Testoni-Slipper und einen Strickpullover über einem weißen Hemd entschieden. Er sah lässig aus, die dunklen Locken kunstvoll aus dem glatt rasierten Gesicht gekämmt. »Du hast eine Million Sachen zum Anziehen hier drin.«

Ich folgte ihm hinein und schüttelte den Kopf. »Die sind alle von vorher.«

»Gibt es jetzt ein Verfallsdatum für Kleidung, von dem ich nichts wusste? Belle, du leitest ein Modeimperium«, erinnerte er mich an meine Firma *Bless*.

Wie sollte ich ihm meine Gefühle erklären? »Nichts ist mehr wie früher. Nichts.« Ich fuhr mit einer Hand über meinen Körper, in der Hoffnung, er würde es kapieren. Meine Brüste waren immer noch größer als vor Penny. Mein Bauch weicher. Meine Hüften voller.

»Du siehst fabelhaft aus«, beharrte er.

»Ich fühle mich aber nicht so«, sagte ich leise. Ich rollte mit den Augen. »Such einfach was für mich aus.«

»Ich hätte nie gedacht, dass der Tag kommen würde, an dem ich dich anziehen darf.« Er sah aus, als hätte ich ihm gerade ein verspätetes Weihnachtsgeschenk überreicht.

»Gut, aber nichts zu Auffälliges.« Ich wollte heute Abend im Ort nicht die Aufmerksamkeit der Leute auf mich ziehen. Schließlich konnte man nie wissen, welche Gerüchte inzwischen über uns und Thornham kursierten. Er scheuchte mich aus dem Ankleidezimmer.

»Sei brav, und lass dir zeigen, wie das Genie eine Legende schafft«, rief er mir zu.

»Eine Legende? Wir sind ja wohl überhaupt nicht eingebildet, was?«

Er steckte seinen Lockenkopf heraus und zeigte ein selbstgefälliges Grinsen. »Ich bin ein Mitglied des Königshauses, schon vergessen?«

Ich setzte mich auf die Bettkante und begann, nervös an meinen Fingernägeln zu kauen. Ich war mir immer noch nicht sicher, ob ich Penny daheim lassen sollte, auch wenn Georgia hier war. Aber weder Smith noch Edward wollten mich einen Rückzieher machen lassen. Meine Argumente waren auch wirklich nicht die besten. Angesichts der Tatsache, dass ich es vermieden hatte, mit dem Baby allein zu sein, konnte ich jetzt schlecht darauf bestehen, bei ihr zu bleiben. Aus irgendeinem Grund fühlte sich die Dinnerparty jedoch wie eine schlechte Idee an. Andererseits konnte ich das in Anbetracht meines Geisteszustands vielleicht nicht unbedingt am besten beurteilen.

Ein paar Minuten später tauchte Edward aus dem Ankleidezimmer auf, in der Hand eine Kleiderhülle. Er lächelte triumphierend und hielt sie hoch. »Eine Legende, ich sag es dir.«

Ich starrte auf die schwarze Hülle und versuchte, mich zu erinnern, was sich darin befand.

»Es ist perfekt, und du wirst umwerfend aussehen«, sagte er und legte die Hülle quer über das Bett. Vorsichtig öffnete Edward den Reißverschluss und brachte ein tiefblaues Kleid zum Vorschein, so dunkel, dass es fast schwarz aussah. Ich wusste sofort, dass er recht hatte. Die hauchdünnen Ärmel verjüngten sich und endeten mit einem eleganten Paillettenbesatz, und das tiefe Dekolleté aus demselben leichten Chiffon würde anmutig meine Schultern streifen und dann in einen offenen Rücken übergehen. Das Mieder war schlicht bis zur Taille, wo ein raffiniertes Paillettenmuster die Hüften betonte. Auf dem Stoff des bodenlangen Rocks waren vereinzelt weitere Pailletten verteilt, die wie dunkle Sterne aussahen.

»Ich kann mich nicht erinnern, das gekauft zu haben«, sagte ich und betastete den Ärmel. »Wahrscheinlich ist es von einem *Bless*-Designer. Ist es nicht ein bisschen zu schick?«

»Na ja, ich bin mit Leuten befreundet, die Smokings zu Geburtstagspartys tragen müssen, also solltest du mich das vielleicht nicht fragen«, sagte er und zwinkerte mir zu, »aber ich finde es perfekt.«

»Ich probiere es an.« Ich wollte noch nicht gleich Ja sagen. Ich entschuldigte mich und ging ins Bad, um mich umzuziehen. In dem Moment, als ich in das Kleid schlüpfte, wusste ich, dass er richtig gewählt hatte. Zum ersten Mal seit Ewigkeiten fühlte ich mich wieder wie ich selbst. Es gab keinen riesigen Babybauch, der es verschandelte. Es war nicht Hose und Pullover, die Uniform, in der ich mich auf dem Grundstück rumzutreiben pflegte. Es war elegant, raffiniert und sexy – genau das, was ich tragen wollte, um das neue Jahr einzuläuten. Aber ich war nicht mehr die Frau, die ich einmal gewesen war. Daran konnte ein Kleid nichts ändern. Vielleicht musste ich etwas aussuchen, das besser zu meinem Leben in Thornham passte, und die Londoner Belle hinter mir lassen.

Edward klopfte an die Badezimmertür, und ich öffnete. Er ließ den Blick über mich gleiten und stieß einen leisen Pfiff aus. »Du bist im Nu wieder schwanger, wenn du das trägst.«

»Wenn das so ist, ziehe ich mich lieber um.« Ich schob mich an ihm vorbei, aber er hielt mich am Handgelenk fest.

»Das war ein Scherz. Du siehst umwerfend aus.«

Ich biss mir auf die Lippe und starrte ihn fragend an. »Ich weiß nicht mehr, wo oben und unten ist.«

Er drehte mich herum, um in den Spiegel zu schauen, und stellte sich hinter mich. Edward legte seine Hände auf meine Schultern und beugte sich zu mir herunter. »Du bist immer noch du. Egal, was sich ändert. Auch wenn du selbst diejenige bist, die sich verändert, ist es okay, an einigen Konstanten festzuhalten.«

Ich griff nach seiner Hand und drückte sie. Die meiste Zeit über fühlte ich mich nicht wie ich. Das Kleid gab mir Hoffnung, dass die Person, die ich früher gewesen war, vielleicht noch irgendwo dadrin war.

»Machen wir dir die Haare«, sagte er und hob mein Haar hoch. »Ich finde, du solltest deinen Schwanenhals zeigen.«

»Wenn ich nicht wüsste, dass du schwul bist, würde ich denken, du machst meine Frau an«, meldete sich eine barsche Stimme. Ich spähte über Edwards Schulter und stellte mich vorsichtig hinter ihn, damit Smith nicht sehen konnte, was ich anhatte. Smith hatte sich für einen dunkelblauen Anzug entschieden. Ich mochte ihn darin. Mir fielen spontan ein halbes Dutzend Male ein, die er mich in diesem Anzug gevögelt hatte. Ich krümmte die Zehen auf den Fliesen. Vielleicht hatte Edward recht. Bei all den Veränderungen war es gut, sich auf ein paar Konstanten zu besinnen.

Trotzdem konnten wir nicht ignorieren, was in Veränderung begriffen war. Deshalb hatte Smith mit Georgia hinter verschlossenen Türen leise Gespräche geführt, und deshalb war meine Tante hergerufen worden.

»Ich bin fast fertig.« Ich griff um Edward herum und schloss die Badezimmertür. Das Letzte, was ich sah, war Smiths fassungsloses Gesicht, als sie ins Schloss fiel.

Edward gluckste vor sich hin. »Was ist denn mit euch los?«

»Das ist eine lange Geschichte«, sagte ich seufzend. »Er hat Geheimnisse vor mir. Aber ich weiß, was er nicht sagt. Er denkt, ich bin kaputt.«

»Das denkt *er*?«, fragte Edward bedeutungsvoll.

»Ja. Leider«, murmelte ich leise.

»Und ändert das etwas zwischen euch?«

Das war genau die Frage, über die ich in den letzten Tagen nachgedacht hatte. »Wie kann Smith mich immer noch voller Liebe ansehen, nach dem, was ich getan habe? Wie kann er mir vertrauen? Ich traue mir ja selbst nicht mehr über den Weg! Wie kann die Liebe so etwas überleben?«

»Oh, das kann sie«, sagte Edward mit fester, aber ruhiger Stimme. »Wahre Liebe bricht nicht.«

»Auch wenn Menschen gebrochen sind?«, flüsterte ich.

»Ganz besonders dann nicht. Dann ist die Liebe am stärksten, weil sie aus den Teilen besteht, die das Zerbrechen überlebt haben«, sagte er. Er drückte meine Schultern. »Was machen wir jetzt mit deinen Haaren?«

Eine halbe Stunde später waren meine Haare zu einem eleganten Knoten hochgesteckt, ich hatte mir falsche Wimpern angeklebt, und meine Lippen waren karmesinrot geschminkt. Ich hatte mich schon lange nicht mehr so sexy gefühlt. Trotz der merkwürdigen Stimmung zwischen Smith und mir suchte ich in meinem Schrank Strapse von La Perla heraus und zog sie zusammen mit Seidenstrümpfen an. Vielleicht würde mir ein wenig Champagner den Mut geben, Smith zu verführen.

»Meine Arbeit hier ist getan«, sagte Edward, als ich wieder aus dem Ankleidezimmer kam. »Eine Legende.«

»Zumindest ist das Outfit ziemlich gut.« Ich stützte mich am Türrahmen ab und schlüpfte in ein Paar silberne Louboutins.

Er rollte mit den Augen. »Ich werde dafür sorgen, dass die Wagen vorgeheizt sind. Sehen wir uns unten?«

Ich nickte. Es gab noch ein paar Dinge zu erledigen. Bevor

ich das Schlafzimmer verließ, vergewisserte ich mich, dass ich alles Nötige in einer kleinen Chanel-Clutch hatte. Ein Teil von mir wollte nach unten gehen und das Kinderzimmer meiden. Der Teil von mir, der sicher war, dass ich es nicht verdiente, Pennys Mutter zu sein. Aber da dies einer der ersten Abende war, den ich nicht mit meinem Baby verbringen würde, ging ich trotzdem hin. Als ich ins Zimmer spähte, wiegte Nora die schlafende Penny an ihrer Brust. Georgia hatte den anderen Polstersessel besetzt und ließ die Beine an der Seite herabbaumeln, während sie durch ihr Telefon scrollte. Es war nicht das Bild häuslichen Glücks, das ich erwartet hatte, als ich das Kinderzimmer eingerichtet hatte. Damals hatte ich mir vorgestellt, stundenlang selbst in dem rosafarbenen Zimmer zu sitzen, neben meinem ein Sessel für Smith, damit er sich jederzeit zu uns gesellen konnte. Eine Bilderbuchfamilie. Ich hätte mich nicht mehr irren können.

Noras Augen leuchteten auf, als sie mich sah. Sie lächelte sanft, und ich nahm das als Zeichen, dass ich willkommen war. Es war seltsam, das Gefühl zu haben, ich bräuchte eine Erlaubnis, um mich in der Nähe meines eigenen Kindes aufzuhalten, aber so war es die letzten Tage gewesen. Ich ging auf Zehenspitzen hinein. Als ich den Schaukelstuhl erreichte, zögerte ich nur eine Sekunde, dann beugte ich mich hinunter, um das flaumige Haar auf Pennys Kopf zu küssen.

»Viel Spaß heute Abend«, flüsterte Nora.

Ich schluckte und zwang mich zu nicken, bevor ich mich an Georgia wandte.

»Du weißt, wie du uns erreichen kannst.«

Sie fasste meine Bemerkung nicht als Beleidigung auf. Stattdessen nickte sie. »Wir kommen schon klar.«

»Trotzdem …« In Wahrheit wussten wir beide, dass Penny heute Abend hier bei den beiden besser aufgehoben war als bei mir. Aber es fühlte sich an, als wäre es meine Aufgabe, besorgt zu sein, weil ich sie hierließ.

Nicht dass ich nicht hier sein wollte. Ich konnte mir keinen besseren Start ins neue Jahr vorstellen, als mit meiner Tochter neben dem knisternden Kamin zu kuscheln, mit Smith an meiner Seite. Aber was, wenn ich einen weiteren Anfall hätte? Das durfte ich nicht riskieren. Es war besser so.

Ich ging rückwärts aus dem Zimmer, ohne den Blick von Pennys zusammengerollter Gestalt zu lösen. Nora hatte sie in einen weiß gesmokten Strampler mit Bubikragen gesteckt. Zusammen sahen die beiden engelsgleich aus. Penny ein helles Licht und Nora ihre dunkle Beschützerin. Ein bitterer Geschmack breitete sich in meinem Mund aus, und ich wandte mich ab und verließ das Kinderzimmer. Das hier sollte mein Leben sein, aber es fühlte sich nicht mehr wie meins an. Ich sollte Nora dankbar sein, dass sie sich um meine Tochter kümmerte, da man mir nicht trauen konnte. Stattdessen empfand ich nichts als Eifersucht. Ich blieb einen Moment im Flur stehen, um mich zu sammeln, straffte die Schultern und bereitete mich darauf vor, für alle unten ein fröhliches Gesicht aufzusetzen.

Auf der Treppe kam mir Smith entgegen und blieb auf dem Treppenabsatz stehen. Sein Blick traf meinen, und die Liebe in seinen Augen raubte mir den Atem. Ich klammerte mich an das Geländer, spürte, wie ich unter dem Gewicht seines Blicks zitterte, und schaffte es irgendwie, bis nach unten zu kommen.

»Du bist wunderschön«, sagte er schlicht.

»Das sagst du mir immer«, entgegnete ich achselzuckend.

Er legte einen Arm um meine Taille und zog mich zu sich heran. Smith hob mein Kinn mit dem Zeigefinger an und durchbohrte mich mit dem Blick aus seinen grünen Augen. »Mach das nicht. Tu nicht so, als wärst du das nicht.«

»Und was bin ich?«, hauchte ich.

»Alles.« Er beugte sich vor, um lasziv einen Kuss von meinen Lippen zu stehlen. Plötzlich wusste ich, dass Edward recht hatte. Nichts von dem, was passiert war, spielte für Smith eine Rolle. Er stand zu mir, ganz gleich, was passierte. Ich verdiente ihn vielleicht nicht, aber gehen lassen wollte ich ihn keinesfalls. Als ich in seinen Armen lag, seine Lippen auf meinen, und seine Zunge mit meiner spielte, erinnerte ich mich daran, dass ich zu ihm gehörte. Er würde mich beschützen. Wenn ich zerbrach, würde er mich wieder zusammensetzen. Als er sich schließlich von mir löste, legte er seine Stirn an meine und flüsterte: »Wir könnten einfach hierbleiben …«

»Mir wurde Champagner und Tanz versprochen«, erinnerte ich ihn.

»Na, wenn das so ist.« Er bot mir seinen Arm, und ich hakte mich bei ihm ein.

»Wo sind die anderen?« Wir blieben an der Tür stehen, und er legte mir eine Nerzstola um die Schultern.

»Ich habe sie vorausgeschickt, ich wollte ein paar Minuten mit meiner Frau allein sein.« Er sah mich mit undurchdringlicher Miene an. »Ist das okay für dich?«

»Ich liebe es, mit dir allein zu sein.« Und das stimmte. Das brauchten wir, das begriff ich jetzt. Ich war so versessen darauf gewesen, mich zu bestrafen, dass ich den Blick für das Wesentliche verloren hatte. Wir hatten etwas, wofür es sich zu kämpfen lohnte. Unsere Liebe. Unsere Familie. Wir würden das durchstehen.

»Sind Sie bereit, Mrs. Price?«, fragte er, wobei seine Frage plötzlich eine ganz neue Bedeutung bekam.

»Nach Ihnen, Mr. Price.«

8

BELLE

Der Schnee von Weihnachten hatte sich die ganze Woche über gehalten, und es schien, als stünde uns auch ein weißes Silvester bevor. Dicke Schneeflocken fielen vom dunklen Himmel, als wir in Richtung Briarshead fuhren. Ich vermisste den Bugatti, aber als die Reifen des Range Rover über die schneebedeckten Straßen knirschten, wurde mir klar, dass Smith recht gehabt hatte, den größeren Wagen zu nehmen. Meine Hand lag in Smiths Hand, die auf der großen Lederkonsole ruhte, als wir uns auf den Weg machten, um einen Neuanfang zu feiern. Im Ort wimmelte es von ausgelassenen Partygängern, die zwischen den drei Pubs pendelten.

»Mist.« Smith betrachtete die Menschenmenge und warf mir einen besorgten Blick zu. »Nicht gerade das, was ich erwartet habe.«

»Ich bezweifle, dass sie ins Briar Rose gehen werden.« Vielmehr *wusste* ich, dass sie es nicht tun würden. Laut Edward hatte Tomas sich für eine geschlossene Gesellschaft entschieden: »Die Party ist nur für geladene Gäste. Ich denke, wir müssen uns keine Sorgen wegen betrunkener Studenten machen.«

Als wir das Ende der Hauptstraße erreichten, hatten sich die Menschenmassen aufgelöst. Die Fassade des Briar Rose war mit Lichterketten geschmückt, die eine warme Atmosphäre verströmten. Durch die Fenster konnten wir Grüppchen beieinanderstehen sehen. Ich entdeckte Jane, die sich angeregt mit einem Mann unterhielt, der halb so alt war wie sie. Zweifellos würde sie ihn bis Mitternacht verführt haben.

Im Inneren hatte sich das Briar Rose von einer gemütlichen britischen Kneipe in einen eleganten Club verwandelt. Das Licht war gedämpft. Auf jedem Tisch standen große Sträuße weißer Rosen, aus denen Federbüschel ragten. Die Tische waren förmlich mit weißen Leinentüchern, feinem Porzellan und Silberbesteck gedeckt. In der Mitte des Raumes befand sich ein großer Turm aus Sektschalen, die nur darauf warteten, dass der Champagner aus dem obersten Glas überfloss. Man hatte zudem ein Büfett mit köstlichen Vorspeisen aufgebaut. Ich hatte bereits etwas entdeckt, das wie eine Platte mit Gänseleber aussah, als Jane mir ein Glas Champagner in die Hand drückte und sich vorbeugte, um mich auf die Wange zu küssen.

»Bist du bereit für das neue Jahr?«, fragte sie.

Ich schluckte den Champagner herunter, den ich gerade im Mund hatte, und nickte mit großen Augen. Dieses Jahr war eine Achterbahnfahrt gewesen. Nach dem unglaublichen Hoch, dass wir unser erstes Kind erwarteten und es dann auf der Welt willkommen heißen durften, das nahtlos in die schrecklichen Ereignisse übergegangen war, die so viele Menschen, die ich liebte, verletzt hatten, war ich mehr als bereit, dieses Jahr hinter mir zu lassen.

Jane hatte ein lockeres, paillettenbesetztes Kleid gewählt. Eine Frau in ihren Zwanzigern wäre nicht in der Lage, es mit so viel Raffinesse und Selbstvertrauen zu tragen wie meine Tante. Am Ende des Abends, zumindest kannte ich sie so, würde ihr vermutlich jedes Herz im Raum gehören.

»Wenn ihr mich entschuldigen würdet«, sagte Smith, »ich besorge dir etwas zu essen, meine Schöne.« Ehe ich ihn aufhalten konnte, verschwand er in Richtung des Büfetts.

»Du hast dir wirklich einen Guten ausgesucht.« Jane seufzte und sah ihm hinterher. »Jetzt hilf mir aber auch, einen für mich zu finden.«

»Suchst du einen Ehemann?«, fragte ich mit einer hochgezogenen Augenbraue.

Jane schlug mir auf den Arm und lachte vergnügt, als hätte ich einen guten Witz gemacht. »Oh nein, ich habe kein Interesse, jetzt meine Freiheit aufzugeben. So einen wie deinen gibt es nicht an jeder Straßenecke. Vergiss das nicht.« Sie hielt inne, und ein Ausdruck von Schmerz flog über ihr Gesicht. Ich kannte die Wahrheit. Jane hatte den Richtigen gefunden und ihn verloren. Später hatte sie ein paarmal geheiratet, doch ihre Beziehungen waren von so kurzer Dauer gewesen, dass sie mir selbst gesagt hatte, sie zählten nicht.

»Ist alles okay?«, fragte ich mit gesenkter Stimme.

»Mach dir keine Sorgen um mich«, sagte sie und strahlte sofort wieder. »Ich liebe mein Leben. Ich bin vollkommen glücklich mit mir selbst. Das ist der Trick, weißt du?« Sie senkte verschwörerisch die Stimme. »Egal, ob du Single bist oder verheiratet, liebe dich selbst, und du wirst immer glücklich sein.«

»Ich merke es mir«, versprach ich. »Also, was suche ich dann für dich?«

»Ich bin keine Nonne. Zwar liebe ich mich, aber habe nichts dagegen, ab und zu mit jemand anderem Liebe zu machen«, sagte sie augenzwinkernd.

Da Jane das Gästehaus mit Georgia teilte, fragte ich mich, wie es wohl ankommen würde, wenn sie heute Abend einen Mann mit nach Hause nahm. Andererseits, wer war ich, ihr irgendwas zu verbieten. Als ob das möglich wäre …

»Was ist mit dem da?« Ich deutete mit dem Kopf auf einen Mann mit grau meliertem Haar und einem ergrauenden Bart. Er trug einen teuren Anzug und nippte an einem Glas Bourbon. Vielleicht spürte er meinen Blick auf sich, denn er sah auf und lächelte breit, als er mich mit Jane stehen sah. »Sehr gutaussehend«, stimmte sie zu, »aber er sucht eine Ehefrau.«

Und Jane war eindeutig nicht auf der Suche nach einem Ehemann. Ich nickte verständnisvoll. »Der junge Koch ist super«, sagte sie leise, »aber ich fürchte, sein Herz ist schon vergeben.«

Ich folgte ihrem Blick zu Tomas und Edward, die sich unterhielten und ein bisschen näher zusammenstanden, als es Freunde tun würden. Edward sagte etwas, und Tomas lachte und berührte leicht seinen Arm.

»Ich habe Angst, dass Tomas enttäuscht werden könnte«, murmelte ich. Edward dazu zu bringen auszugehen war ein Schritt in die richtige Richtung, aber ich wusste, dass er noch nicht bereit für eine Beziehung war. Trotzdem war es gut, ihn mit jemandem reden zu sehen.

»Es wird einige Zeit dauern«, stimmte Jane mir zu. »Aber

meiner Erfahrung nach bedeutet das überhaupt nicht, dass man zölibatär leben muss.«

Ich lachte. »Ich werde ihn daran erinnern.«

»Mach das.« Sie fuhr fort, den Raum nach geeigneten Kandidaten abzusuchen. Ihr Griff um mein Handgelenk verstärkte sich, als ein älterer Mann das Restaurant betrat, der eine verblüffende Ähnlichkeit mit Tomas hatte. »Na, hallo.«

Sie leckte über ihren korallenroten Lippenstift. Offenbar hatte sie ihre Zielperson gefunden.

»Ich glaube, ich schaue mal nach Smith.« Beim Flirten brauchte sie meine Hilfe nicht.

Jane nickte abwesend und beobachtete immer noch den Neuankömmling. »Ich glaube, ich werde mal die Gastgeberin spielen«, sagte sie. »Tomas scheint anderweitig beschäftigt zu sein.«

Innerhalb von Sekunden hatte sie den Raum durchquert, und ihr Lächeln funkelte ebenso wie ihr Kleid, als sie den Mann willkommen hieß. Er musste mit Tomas verwandt sein. Aber der Mann war zwanzig bis fünfundzwanzig Jahre älter. Ich nahm mir vor, Tomas nach ihm zu fragen, wenn ich endlich einen Moment mit meinem neuen Freund hatte.

Smith gesellte sich mit einem Teller mit kleinen Speisen zu mir, und ich nahm ein winziges Stück Toast mit Foie gras. »Danke.«

»Ich wusste, was du wolltest, meine Schöne«, sagte er mit einem Lächeln.

»Bin ich so berechenbar?«, fragte ich.

»Nein, ich kenne dich einfach.« Sein Blick verschmolz mit meinem, und ich ließ mir Zeit, einen Bissen zu nehmen, hielt ihn einen Moment an meine Lippen und stellte mir vor, was später kommen würde. Smiths Blick zuckte über meinen Mund, während ich das köstliche Horsd'œuvre genoss. Sobald sich der intensive, buttrige Geschmack auf meiner Zunge ausbreitete, schloss ich die Augen und stöhnte vor Vergnügen.

»Du machst mich eifersüchtig«, sagte er mit gesenkter Stimme. »Ich sollte derjenige sein, der dich so zum Stöhnen bringt.«

»Betrachte es als Vorspiel, Price«, sagte ich und ließ der Delikatesse kokett einen Schluck Champagner folgen.

»Da seid ihr ja«, rief Edward und kam zu uns.

Ich schaute mich nach Tomas um, stellte aber fest, dass er gegangen war, um den Gentleman zu begrüßen, den Jane ins Auge gefasst hatte. Die drei standen in einer Ecke und unterhielten sich, als würden sie sich schon seit Jahren kennen. »Wer ist das?«

»Sein Onkel«, sagte Edward. »Ihm gehört in Frankreich ein Weingut oder so was.«

»Ist er über Silvester hier?«

»Ich schätze, das Schicksal hat etwas mit ihm vor«, sagte Edward ironisch, während wir beobachteten, wie Jane aufreizend eine Hand auf den Arm des Mannes legte.

»Das Schicksal oder Tante Jane«, murmelte Smith. »Ich bin mir nicht sicher, welche Naturgewalt stärker ist.«

»Jane«, erwiderten Edward und ich gleichzeitig.

»Es sieht alles köstlich aus«, sagte ich zu Edward.

»Warte, bis du das Menü siehst.«

Edward sollte recht behalten. Das Essen im Briar Rose war jedes Mal eine Offenbarung gewesen, aber das war nichts verglichen mit dem Festmahl an diesem Abend. Tomas hatte sich auf sein französisches Erbe berufen und eine der besten Mahlzeiten zubereitet, die ich je in meinem Leben gegessen hatte. Obwohl wir alle nebeneinander im Raum saßen, fühlte sich die Atmosphäre irgendwie intim an. Die Gänge wurden in Schüsseln an jedem Tisch serviert.

Die Horsd'œuvres waren nur ein Vorgeschmack auf das gewesen, was noch folgen sollte. Mehr Foie gras und frisches Baguette wurden zusammen mit butterweichen Schnecken an die Tische gebracht. Smith und ich zupften abwechselnd die winzigen Köstlichkeiten aus ihren Schalen und fütterten uns gegenseitig damit. Es folgten zwei Hauptgerichte, ein ganzer schottischer Lachs, der mit einer cremigen Béarnaise serviert wurde, und eine geschmorte Lammkeule auf gedünsteten Haricots verts. Jeder Bissen war sündiger als der letzte und wurde noch besser dadurch, dass Smiths Blicke im Laufe des Abends immer gieriger wurden.

Während wir mit unseren Freunden redeten und lachten, ruhte seine Hand auf meinem nackten Rücken. Jane hatte Hughes, Tomas' Onkel, völlig in ihren Bann geschlagen. Es war ein perfekter Abend. Als eine Platte mit Profiteroles und frischen Erdbeeren vor uns stand sowie ein dampfender Topf mit geschmolzener französischer Schokolade zum Eintauchen, war ich mir nicht sicher, ob ich noch einen Bissen essen konnte.

»Ich kann nicht mehr«, flüsterte ich Smith zu. Aber er hatte schon eine Erdbeere genommen und sie in die Schokolade getaucht. »Nur eine für mich, meine Schöne.«

Er führte sie zu meinem Mund und schob sie sanft an meinen Lippen vorbei. Ich biss hinein, ohne ihn aus den Augen zu lassen, während sich die herbe Süße der Erdbeere mit der reichen dunklen Schokolade auf meiner Zunge mischte. Das war definitiv ein Vorspiel.

»Willst du bis Mitternacht bleiben?«, fragte er heiser.

»Hast du etwas anderes im Sinn?«, entgegnete ich und gab mich unschuldig.

»Ich kann mir einiges vorstellen, wie ich das neue Jahr mit dir einläuten möchte.« Er brachte seine Lippen an mein Ohr und strich mit den Bartstoppeln über die empfindliche Haut an meinem Hals. »Aber zuerst ein Tanz.«

Ich nickte stumm, ich war zu berauscht von dem Mann neben mir, als dass ich etwas sagen konnte. In Gedanken stellte ich mir bereits vor, mit ihm allein zu sein. Mein Unterleib zog sich erwartungsvoll zusammen, als er aufstand und mir seine Hand hinhielt. Im Briar Rose gab es keine traditionelle Tanzfläche, aber einige Paare hatten sich dicht aneinandergedrängt, um zu der sanften, jazzigen Musik zu tanzen, die aus der Stereoanlage tönte. Als wir aufstanden, wechselte die Musik zu einem bluesartigen Riff, und ich musste lachen, als ich die Rolling Stones erkannte. »Sie spielen unser Lied.«

»Ich weiß«, sagte Smith und schloss mich mit einem verruchten Grinsen in die Arme.

»Du steckst heute Abend voller Überraschungen, Price.« Ich schlang meine Arme um seinen Hals.

»An unserem Hochzeitstag ist mir wohl einfach nach romantischen Gesten zumute«, murmelte er, als ich meinen Kopf an seine Schulter legte.

»Und wenn ich möchte, dass du stattdessen ein bisschen schmutzig bist?«, fragte ich.

»Ich denke, ich kriege beides hin. Wie du schon sagst, ich stecke voller Überraschungen, und, meine Schöne, du wirst bald von mir erfüllt sein.« Wie zum Beweis drückte sich seine Erektion an meinen Bauch. Er beugte sich vor und flüsterte mir ins Ohr: »Ich werde nie genug von dir bekommen. Dieses Jahr. Nächstes Jahr. Jedes Jahr.«

Es war perfekt. So hatte ich den Neuanfang gewollt. Hier, gemeinsam mit ihm. Ich wollte ihm gehören, mich mit ihm an unsere Vergangenheit erinnern, aber Hand in Hand vorangehen. Nichts und niemand konnte uns auseinanderreißen, wie es in dem Song hieß. Als die letzten Takte verklungen waren, sah Smith mir in die Augen. »Wollen wir bleiben oder gehen?«

»Ich glaube, ich möchte, dass du mir zeigst, wie du das neue Jahr einläuten willst«, sagte ich und senkte aufreizend die Wimpern.

»Ich lasse das Auto warmlaufen.« Bevor er zur Tür ging, beugte er sich vor und küsste mich. Ich öffnete willig die Lippen, und ein glücklicher Seufzer entfuhr mir, woraufhin er sich mit einem Grinsen von mir löste. »Betrachte das als Vorgeschmack.«

Ich ging zurück zu unserem Tisch, um meine Stola und meine Clutch zu holen, und ließ den Blick durch den Raum gleiten, um mich zu verabschieden. Jane und Hughes steckten in einer Ecke die Köpfe zusammen und unterhielten sich. Ich wollte sie auf keinen Fall stören. Stattdessen entdeckte ich Edward. Er hatte gerade einen Tanz mit Tomas beendet und war zur Bar gegangen, um sich ein weiteres Glas Wein zu holen. Ich bahnte mir einen Weg durch die Menge und schloss mich ihm an. Bevor ich ihn abhalten konnte, schenkte er mir auch ein Glas ein. »Eigentlich wollten wir gerade gehen.«

Edward runzelte die Stirn und musterte mich besorgt. »Ist alles okay?«

»Ja, wir möchten einfach allein sein«, sagte ich und biss mir auf die Lippe. Auf einmal kam mir der Gedanke, dass ich vielleicht bei meinem besten Freund bleiben sollte, damit er sich dem neuen Jahr nicht alleine stellen musste. Aber Edward schien nicht betrübt wegen meines Aufbruchs zu sein, stattdessen gab er mir einen flüchtigen Kuss und schenkte mir ein Lächeln. »In diesem Fall: frohes neues Jahr.«

Ich stieß mit meinem Glas gegen seins. »Auf einen Neuanfang.«

»Auf einen Neuanfang«, wiederholte er. Ich fand die Hoffnung, die ich selbst spürte, in seinen Augen wieder. Dieses Jahr musste für uns beide besser werden als das letzte. Ich kippte den Wein schnell hinunter, als Smith in der Tür erschien.

»Ich glaube, dein Märchenprinz ist da«, sagte Edward grinsend.

Ich betrachtete Smith nicht als meinen Märchenprinzen. Er war mein dunkler Ritter, mein Retter, mein Beschützer und mein Hafen. Durch ihn erlebte ich Lust, wie sie nur die Dunkelheit bringen kann. Ich fand mich an Orten wieder, von denen ich nicht zu träumen gewagt hatte. Und selbst jetzt, in dieser schwierigen Zeit, war ich mir sicher: Er war vielleicht kein Märchenprinz, aber er war mein ewiges Glück.

9

SMITH

Belles Hand blieb in meiner, als ich durch die winterlichen Straßen von Briarshead fuhr. Der Ort war noch immer von ausgelassener Festtagsstimmung erfüllt, angeheiterte Menschen schwenkten Pint-Gläser, sangen überschwänglich und begrüßten das neue Jahr. Als wir den Ort hinter uns ließen und die Landstraße nahmen, die zu unserem Anwesen führte, ließen wir den Lärm der Feiern hinter uns.

»Wie schön es hier ist«, murmelte sie und beobachtete die Schneeflocken, die hinter dem Seitenfenster fielen.

»Das habe ich auch gerade gedacht.« Ich hob unsere verschränkten Hände und küsste ihren Handrücken.

»Ich wünschte, wir müssten nicht nach Hause fahren«, seufzte sie leise.

»Meine Schöne«, sagte ich und suchte nach Worten, um sie daran zu erinnern, dass die Dunkelheit vorübergehen würde. Bisher war es immer so gewesen. Aber manchmal waren Taten besser als Worte. Also setzte ich mein arrogantestes Grinsen auf. »Ich dachte, du wolltest, dass ich dich nach Hause bringe, um das neue Jahr einzuläuten.«

Belle drehte sich in ihrem Sitz und ließ ihre freie Hand auf meine Leistengegend sinken. Sie strich über die Ausbuchtung, und mein Schwanz erwachte. »Ich möchte das neue Jahr einläuten – mit dir. Nur mit dir.«

Die Einladung hinter ihren Worten war unmissverständlich. Wir waren auf halbem Weg nach Thornham, und es gab nur wenige andere Grundstücke in der Nähe. Im frisch gefallenen Schnee auf der Straße waren keine Spuren von anderen Autos zu sehen. Wir waren allein, und es war lange her, dass ich Belle ganz für mich allein gehabt hatte. Ich lenkte den Wagen von der Straße in die Nähe einer kleinen Baumgruppe. »Dann fahren wir nicht nach Hause.«

Ich ließ das Licht an und den Motor laufen, damit es warm blieb. Meine Frau biss sich auf die Lippe, und ihre Augen flackerten, als ob ihr gerade ein Dutzend unzüchtiger Gedanken durch den Kopf gingen. Ich griff nach unten und stellte meinen Sitz zurück, dann verschränkte ich die Arme hinter meinem Kopf, um mich zu entspannen. Es war weder eine Einladung noch ein Befehl. Ich hatte in ihren Augen genau gesehen, was sie wollte, und ich war mehr als glücklich, es ihr zu geben. Belle löste ihren Sicherheitsgurt und raffte ihren Rock hoch, damit sie auf ihrem Sitz knien konnte. Mit geschickten Fingern hatte sie in Sekundenschnelle meine Hose geöffnet. Sie zog meinen Schwanz heraus, legte ihre weichen Finger um ihn und strich über den Schaft, während sie ihre Lippen zu seiner Krone senkte. Ich schloss die Augen und genoss ihre Lippen an der Spitze und die samtene Wärme ihres

Mundes, der mich umschloss. Sie ließ sich Zeit, streichelte meinen Schwanz, während sie mich blies. Ich spürte, wie sich meine Hoden zusammenzogen.

Ich hob ihren Kopf an und sah, dass ihr Lippenstift an der Unterlippe verschmiert war und ihre Wangen sich hinreißend röteten. »Ein Teil von mir will, dass du den Job zu Ende bringst«, knurrte ich. »Ich hätte wirklich nichts dagegen, dein perfektes Gesicht mit meinem Saft glasiert zu sehen. Das würde dir doch gefallen, oder? Sag mir, wie sehr du es auf deiner Haut spüren willst, wie sehr du willst, dass es an deinem Hals entlangläuft.«

»Bitte, Sir«, flüsterte sie keuchend.

»Noch nicht«, sagte ich, und sie machte ein enttäuschtes Gesicht. »Erst will ich dich vögeln.«

Bei der Ankündigung flatterten ihre Lider, dann begann sie, sich an der Konsole hochzudrücken. Ich legte meinen Zeigefinger auf ihre Lippen. »Nein. Setz dich auf deinen Platz und hab Geduld.«

Belle sank auf den Ledersitz zurück, und ich öffnete die Wagentür, ohne mir die Mühe zu machen, meinen Schwanz in die Hose zu stecken. Ich zog mein Jackett aus und ließ es auf dem Fahrersitz liegen, es würde mich nur beengen. Schneeflocken fielen auf meinen steinharten Schwanz und schmolzen beim Kontakt mit der heißen Haut, als ich zu ihrer Seite des SUVs ging. Ich öffnete die Tür und reichte ihr die Hand. Sie stieg vorsichtig aus, und ihre Absätze versanken im Schnee, bis ich sie hochhob und gegen die Seite des Range Rover drängte. Unsere Lippen trafen sich zu einem gierigen Kuss, während ich mit der Hand hinter ihr nach dem Autogriff tastete. Ich fand ihn und drehte sie vorsichtig, sodass ich die Tür weit genug öffnen und sie auf der Rückbank absetzen konnte.

Im Schnee hatte sie ihre Stilettos verloren, schien es aber nicht zu bemerken. Sie hob ihren Po an, damit ich den Saum ihres Kleides bis zu ihren Hüften nach oben schieben konnte. Ich stöhnte auf, als ich sah, dass sie ein zartes Spitzenstrumpfband trug, das ihre durchsichtigen schwarzen Strümpfe hielt. Es kreuzte sich unter ihrem Nabel und bildete einen Pfeil, der auf ihre nackte Muschi darunter zeigte.

»War die schon den ganzen Abend nackt?«, fragte ich und strich mit dem Finger über ihre nasse Spalte.

»Ja«, schnurrte sie. Ich war mir nicht ganz sicher, ob sie meine Frage beantwortete oder ob sie kurz vorm Höhepunkt war. Ich trat zwischen ihre gespreizten Schenkel, konnte nicht länger warten und versenkte mich mit einem gezielten Stoß in sie. Belle schrie auf, bog den Rücken durch und legte ihre Beine um meine Hüfte. Ihre Hände griffen nach meiner Weste, sie krallte sich daran fest und brachte ihre Lippen zu meinen, während ich in sie eindrang. Sie legte einen Arm um meinen Hals, sodass ihre Lippen gegen meine stießen und unsere Blicke sich trafen. Belles Hüften kreisten um meinen Schwanz, während ich in sie hineinstieß und mich wieder zurückzog, was uns beide verrückt machte.

Der Schnee hatte es geschafft, durch die offene Tür zu wehen, aber Belle schien nicht kalt zu sein. Die Flocken verfingen sich in ihrem Haar und blieben dort einen Moment, bevor sie zu glitzernden Tropfen schmolzen. In der stillen Nacht gab es kein Geräusch außer unserem heftigen Atmen und dem Klatschen von Haut auf Haut, als ich sie im Mondlicht nahm. Belle keuchte, und ich spürte, wie sie sich um meinen Schwanz zusammenzog und mich einlud, mit ihr zu kommen. Sie schrie auf, als ich mich in ihr ergoss, und sie klammerte sich an mich, als wir die Vergangenheit hinter uns ließen und gemeinsam nach vorn sahen.

Als sie gegen mich sank, lächelte ich und drückte ihr einen Kuss auf die Stirn. »Frohes neues Jahr, meine Schöne.« Ich neigte mein Gesicht über ihres und küsste ihre Lippen. »Irgendwelche Vorsätze?«

»Das mehr zu tun«, flüsterte sie erschöpft, aber zufrieden.

»Ich denke, dabei kann ich dir helfen.«

Ich ordnete ihren Rock, bevor ich sie zurück auf den Beifahrersitz hob. Dann bückte ich mich, um ihre Stilettos aus dem Schnee zu holen, klopfte sie ab und stellte sie in die Nähe der Innenraumheizung des SUV.

»Danke.« Sie gab mir einen flüchtigen Kuss. Ich schloss ihre Tür und strich mir die nassen Tropfen aus dem Haar, während ich zur Fahrerseite zurückkehrte.

»Ist dir kalt?« Ich warf einen Blick auf meine Frau. Trotz des Wetters waren ihre Wangen von unserem Liebesspiel gerötet. Ein Grinsen huschte über mein Gesicht, als ich merkte, dass ich es geschafft hatte, sie warm zu halten, sogar im Schnee.

»Schau nicht so selbstgefällig«, sagte sie und gab mir einen leichten Klaps auf die Hand.

»Ein Mann sollte immer stolz darauf sein, wenn seine Frau wie der Vollmond leuchtet, nachdem er sie gevögelt hat.«

»Ach ja?« Sie lehnte sich über die Konsole, um mich zu küssen. Als sie sich wieder auf ihren Sitz zurücksinken ließ, drehte sie den Rückspiegel zu sich und keuchte, als sie ihr Make-up sah. »Ich leuchte wirklich wie der Mond«, wiederholte sie. »Mist. Ich sehe aus, als hätte man mich zu lange im Regen stehen lassen.«

»Lass das«, sagte ich, als sie den verschmierten Lippenstift an ihrer Unterlippe abwischen wollte. »Wenn ich dir verspreche, dass ich dich reinbringe, ohne dass dich jemand sieht, lässt du es dann so?«

Sie hielt inne und wandte sich mit einem neugierigen Blick vom Spiegel ab. »Warum?«

»Weil es mich daran erinnert, wie gut du mit meinem Schwanz in deinem Mund aussiehst«, knurrte ich. Ich strich mit dem Daumen über ihre Unterlippe, um ihren Lippenstift noch mehr zu verschmieren. »Das lässt mich an all die schmutzigen Dinge denken, die du mit deinem Mund anstellen kannst.«

»Wie könnte ich da widersprechen!«, neckte sie, aber ihr Atem stockte, als ich meinen Daumen an ihren Lippen vorbeischob und ihn über ihre unteren Schneidezähne zog.

»Oh, es ist ein kluger, hübscher kleiner Mund«, sagte ich. »Ich liebe alles, was aus ihm herauskommt – fast so sehr, wie ich es liebe, Dinge in ihn hineinzustecken.«

Belle vibrierte förmlich, als ich meinen Daumen tiefer in ihren Mund schob. Ihre roten Lippen schlossen sich um ihn und saugten leicht.

Fuck, sie war perfekt. »Du kannst es kaum erwarten, mich wieder in deinem Mund zu haben, oder?«

Sie schüttelte den Kopf und sah mich mit großen Augen an. Ihre Hand kroch über die Konsole zu meinem Schwanz, aber ich schob sie weg.

»Den hattest du heute schon«, erinnerte ich sie. »Vielleicht will jetzt *ich* etwas in *meinem* Mund haben.«

Sie wimmerte und wand sich auf ihrem Sitz. Ich liebte es, sie so zu sehen. Ich liebte es zu wissen, wie sehr sie es immer noch wollte. Ich hatte ihr so viel mehr zu geben. Heute Nacht und jede Nacht danach.

»Willst du nach Hause? Oder soll ich dich noch mal auf dem Rücksitz nehmen?«, fragte ich.

Belle zog sich zurück und fuhr sich mit der Zunge über die Unterlippe. Sie verdrehte lüstern die Augen. »Was immer dir gefällt, Sir.«

Oh Gott. Wir konnten von Glück sagen, wenn wir es heute Abend überhaupt nach Hause schafften. Wenigstens hatte der Range Rover genug Benzin und beheizte Ledersitze. Doch bevor ich wieder aus dem Auto steigen und ihren hübschen kleinen Hintern auf den Rücksitz schieben konnte, klingelte mein Handy. Augenblicklich waren wir angespannt. Ich zog es aus der Tasche, sah auf das Display und ging sofort ran. »Ist alles in Ordnung?«

Belle griff nach ihrem Sicherheitsgurt, schnallte sich an und warf einen erschrockenen Blick in meine Richtung.

»Es ist alles unter Kontrolle, aber ihr solltet nach Hause kommen«, sagte Georgia. »Es gab einen Zwischenfall.«

»Was für einen Zwischenfall?«, fragte ich, legte den Gang ein und fuhr zurück auf die schneebedeckte Straße.

»Nora hat eine Art allergischen Schock gehabt. Der Notarzt ist hier.«

»Was?«, brüllte ich.

»Alles in Ordnung. Ihr geht's gut. Es war eine Art Missverständnis. Ich dachte, ihr wolltet nach Hause kommen, weil …«

»Ich bin auf dem Weg«, schnitt ich ihr das Wort ab und legte auf, um mich darauf zu konzentrieren, uns zurück zum Anwesen zu bringen.

Neben mir hatte Belle ihre Arme schützend vor der Brust verschränkt. Sie war zu verängstigt, um zu fragen, was passiert war.

»Nora hatte eine Art allergischen Schock«, sagte ich und versuchte, meinen Tonfall so ruhig wie möglich zu halten. »Sie mussten den Notarzt rufen.«

»Ich wusste nicht, dass sie irgendwelche Allergien hat«, sagte Belle fassungslos.

»Sie haben alles unter Kontrolle. Georgia ist da, und Penny geht es gut.« Mir fiel auf, dass ich nicht nach dem Baby gefragt hatte. Ich nahm an, wenn etwas mit meinem Kind nicht in Ordnung wäre, hätte Georgia etwas gesagt.

Belle wirkte nicht überzeugt. »Smith …«

»Ja?«, fragte ich, während wir nach Hause rasten.

»Ist irgendjemand in Thornham sicher?«

Das fragte ich mich allmählich auch.

10

BELLE

Der Notarztwagen war noch da, als wir eintrafen. Smith parkte den Range Rover in der Einfahrt, und wir tauschten einen besorgten Blick.

»Ich glaube, ich sollte besser …«

»Ja«, sagte ich und ahnte, was er dachte. Smith sprang aus dem SUV und ging schnell auf das Haus zu. Mit meinen hohen Absätzen brauchte ich länger und musste ihm vorsichtig folgen, um nicht im Schnee zu stürzen. Dank Rowan und seiner Voraussicht, Salz zu streuen, hatte sich nicht viel angesammelt. Trotzdem ging ich langsam, zum Teil, um dem Schneematsch auszuweichen, aber auch, weil ich mich davor fürchtete, das Haus zu betreten. Jedes Mal wenn ich Thornham verließ, wollte ich nicht dorthin zurückkehren. Heute Abend war es noch schlimmer als sonst. Ich klammerte mich an das steinerne Geländer der Freitreppe, und sobald ich den Treppenabsatz erreicht hatte, hörte ich Penny schluchzen.

Panik stieg in mir auf, und ich stürzte zur Tür, streifte im Eingang meine Louboutins ab und stürmte die Treppe zum Kinderzimmer hinauf.

Georgia, die so gestresst aussah, wie ich sie noch nie zuvor gesehen hatte, ging im Zimmer auf und ab und versuchte, meine Tochter zu beruhigen. Bevor ich es mir anders überlegen konnte, streckte ich die Arme aus. »Gib sie mir.«

Georgia zögerte nicht, mir Penny zu übergeben, was entweder bedeutete, dass sie mir mehr vertraute als alle anderen, oder, dass sie verzweifelt eine Pause von dem Baby brauchte.

Kaum hatte ich Penny an meine Schulter gelegt, ließ ihr Weinen nach, und sie zitterte nur noch ein bisschen, während sie sich beruhigte. »Ist ja gut. Mum ist ja da.«

Erleichterung durchströmte mich, und ich genoss das Gefühl, meine Tochter im Arm zu halten. Als Smiths Handy auf dem Weg hierher geklingelt hatte, hatte ich sofort gewusst, dass etwas passiert war. Den Rest der Fahrt über hatte mein Verstand ununterbrochen mögliche Unfälle durchgespielt, bei denen sie hätte verletzt werden können. Es fühlte sich so unendlich gut an, sie wieder sicher bei mir zu haben.

Georgia ging zur Tür, und der Trost, den ich empfand, wich einem scharfen Stich der Panik.

»Lass mich nicht mit ihr allein!«

Mit funkelnden Augen drehte sie sich zu mir um, dann fasste sie sich und schüttelte den Kopf. »Bei dir ist sie sicher.«

»Das weißt du doch gar nicht«, sagte ich schnell. Smith war nicht hier, um mich zu beaufsichtigen, und er durfte Georgia nichts von der Vereinbarung erzählt haben.

»*Das weiß ich sehr wohl.* Egal, was du denkst, es ist offensichtlich, dass du ihr nie etwas antun würdest.« Ihre Hand verweilte auf dem Türknauf, während sie sprach, doch sie machte keine Anstalten, die Tür zu öffnen.

»Du warst nicht dabei«, erinnerte ich sie. »Du hast nicht gesehen, dass ich genau das beinahe getan hätte.«

»Hör zu, ich verstehe, dass du dir selbst nicht mehr traust. Aber meiner Ansicht nach bist du nicht weniger zurechnungsfähig als ich. Ich habe dich beobachtet«, gab sie zu, was mich etwas überraschte. Georgia hatte seit ihrer Ankunft scheinbar nicht viel Interesse an mir gezeigt. Normalerweise führte sie leise Gespräche mit Smith oder unternahm geheimnisvolle Ausflüge in den Ort. »Vertrau dir. Ich jedenfalls tue es. Und jetzt will ich wirklich nach Nora sehen. Sie hat mich erschreckt.«

Ich zögerte, aber schließlich nickte ich. Ich musste den Tatsachen ins Auge sehen. Nora war nicht in der Lage, sich heute Abend um Penny zu kümmern, wenn ihre allergische Reaktion so schlimm gewesen war, dass der Notarzt gerufen werden musste. Und Georgia war der Herausforderung eindeutig nicht gewachsen. Also musste ich entweder auf Smith warten oder Edward anrufen. Ich sah auf Pennys zufriedenes Gesichtchen hinunter. Sie schaute mich aus ihren großen blauen Augen verwundert an, und mir wurde klar, dass Georgia recht hatte. Ich würde nie etwas tun, was meinem Kind schadete. Was auch immer an jenem Tag auf dem Eis geschehen war, es musste eine Erklärung dafür geben. Als ich Penny ansah, wusste ich, dass ich notfalls für sie sterben würde.

Sobald Georgia weg war, bewegte Penny den Kopf von einer Seite zur anderen, und mir sank der Mut. Sie wollte gestillt werden. Ich holte tief Luft und flüsterte ihr zu: »Wir können es versuchen. Aber wir sollten uns nicht zu große Hoffnungen machen.«

Ich trug sie zum Schaukelstuhl und ließ mich mit ihr nieder. Jemand hatte ein Feuer im Kamin angezündet, und die flackernden Flammen ließen den Platz noch gemütlicher wirken. Zu meiner Überraschung ließ sich Penny leicht anlegen. Ich wartete darauf, dass sie anfing zu weinen, und suchte nach Zeichen der Verzweiflung, aber sie legte nur eine winzige Hand um meine Brust und saugte fröhlich. Smith schritt in den Raum und blieb kurz stehen, als er uns so sah. Ich machte mich auf einen Vortrag gefasst, weil wir vereinbart hatten, dass ich vorerst nicht allein mit dem Baby bleiben sollte. Stattdessen entspannten sich seine starren Schultern.

»Wie geht es Nora?«, fragte ich.

»Sie wird wieder. Der Notarzt sagt, sie sollte immer einen EpiPen bei sich tragen. Anscheinend hatte sie noch nie eine so schlimme Reaktion.« Er machte einen zögernden Schritt nach vorn, und sein Blick glitt über uns beide. »Wie geht es dir?«

Irgendwie wollte ich es nicht beschreien, also zuckte ich einfach mit den Schultern. »Ich weiß nicht, ob sie etwas bekommt oder nicht.«

»Sie scheint nicht wütend zu sein. Das ist doch ein gutes Zeichen.«

Das dachte ich auch. Vielleicht hatte sie kürzlich ein Fläschchen bekommen und brauchte meine Milch nicht so sehr. Egal, es fühlte sich richtig an, sie in meinen Armen zu halten.

»Gegen was ist Nora allergisch?«, fragte ich abwesend.

»Nüsse«, sagte er. »Wusstest du davon?«

Ich durchsuchte mein Gehirn nach irgendeiner Erinnerung, dass sie es mir gesagt hatte. Schließlich schüttelte ich den Kopf. »Nein. Sie hätte es uns wahrscheinlich sagen sollen.«

»Mrs. Winters ist außer sich«, warnte er mich. »Ich glaube,

sie fühlt sich verantwortlich. Sie hat ihr einen Weihnachtskuchen mit Walnüssen darin geschenkt, und Nora hat es nicht gemerkt.«

»Man sollte meinen, sie wäre vorsichtiger«, sagte ich und wunderte mich, wie Nora so etwas nicht erwähnen konnte.

»Das ist es ja gerade.« Smith schritt zum Kamin und legte Holzscheite nach. Ein Funkenflug schoss empor, und das Feuer loderte stärker. »Sie sagte, sie hätte es dir gegenüber erwähnt. Anscheinend stand es auch in ihrer Bewerbung.«

Ich starrte auf sein Profil und wünschte, ich könnte sein Gesicht ganz sehen. Das Feuer tauchte es in Schatten, die mich frösteln ließen. »Ich kann mich nicht erinnern, die Bewerbung überhaupt gesehen zu haben.«

»Du hast eine Menge zu tun. Jetzt wissen wir es, und es ist nichts Schlimmes passiert.«

Er schonte mich erneut. Nora hatte es mir gesagt, und ich hatte vergessen, Mrs. Winters zu warnen. Beide würden mir jetzt noch weniger vertrauen, und sie hatten ohnehin schon nicht viel Vertrauen in mich.

»Bist du dir da so sicher?«, fragte ich leise, und wieder überkamen mich Schuldgefühle. »Denn wenn sie einen Arzt rufen mussten …«

»Gib dir nicht die Schuld daran. Ich bin genauso dafür verantwortlich wie du«, betonte er. »Wie gesagt, jetzt wissen wir es.«

Ich nickte und versuchte, ihm zu glauben. Er hatte gute Argumente, aber er war schließlich auch Anwalt. Ich wurde einfach das Gefühl nicht los, wieder einmal versagt zu haben. Ich hatte Nora mit meinem Baby allein gelassen, in dem Vertrauen, dass sie sich um meinen hilflosen Säugling kümmern konnte, doch ich hatte nicht genug getan, um das Kindermädchen zu schützen.

»Ich gehe morgen die ganzen Personalakten durch«, beschloss ich. »Ich lasse nicht zu, dass so etwas noch mal passiert.« Es war eine Sache, etwas zu bedauern, aber besser war, etwas zu unternehmen.

»Ich glaube nicht, dass das nötig ist«, sagte Smith so schnell, dass ich eine Augenbraue hochzog. »Ich meine nur, das kann ich machen. Du hast genug zu tun.«

»In Ordnung«, stimmte ich zu. Ich zögerte einen Moment, dann fügte ich hinzu: »Smith, bleib heute Nacht bei mir.« Ich wollte glauben, dass ich alles unter Kontrolle hatte, aber ich würde Pennys Wohlergehen nicht noch einmal gefährden. Ich musste ihre Bedürfnisse über meinen Stolz stellen.

»Keine zehn Pferde bringen mich von hier weg«, sagte er und ließ sich in den anderen Sessel sinken. Ich sah zu ihm hinüber. Sein Jackett hatte er zusammen mit seiner Krawatte irgendwo abgelegt. Nun öffnete er den obersten Hemdknopf. Dann die Manschettenknöpfe. Er war müde, sein Bartschatten hatte sich verstärkt, und ich ertappte mich bei dem Gedanken, wie gut es sich anfühlte, wenn er damit über die Innenseite meines Schenkels kratzte. Er warf die Manschettenknöpfe auf den Beistelltisch und beobachtete mich mit einer brennenden Intensität, die mich daran erinnerte, dass wir vor weniger als einer Stunde am verschneiten Straßenrand angehalten und uns gegenseitig auf die beste Weise, die wir kannten, ein Versprechen für die Ewigkeit gegeben hatten. Ein schiefes Lächeln umspielte seine Lippen, als würde er dasselbe denken, und für einen Moment waren wir das Bilderbuchpaar. Ehefrau und Ehemann, Mutter, Vater und das kostbare Geschenk, das unsere Liebe uns gegeben hatte. Wir hatten alles in diesem Raum. Für einen kurzen Moment war alles perfekt.

»Warum machst du nicht eine Pause?«, fragte Smith und beugte sich zu mir, um mir Penny abzunehmen. Sie hatte in der letzten Stunde friedlich geschlafen, und ich war mir nicht sicher, ob ich sie jetzt schon abgeben wollte. Ich wollte diesen friedlichen Moment mit ihr auskosten, bevor ich in das Chaos der realen Welt zurückkehrte. Doch ich brauchte ein Glas Wasser und musste auf die Toilette. Außerdem gab es nichts Attraktiveres, als Smith mit Penny zu sehen.

Sie schreckte ein wenig hoch, als er sie in den Arm nahm, und er flüsterte ihren Namen und wiegte sie, während ich mich aus dem Schaukelstuhl erhob und mich streckte. Er setzte sich auf meinen Platz, ohne das schlafende Bündel dabei aus den Augen zu lassen. Wenn er sie hielt, war keine Spur von der Arroganz zu sehen, in die ich mich zuerst verliebt hatte, nur eine stille Verehrung, die an Ehrfurcht grenzte und mich dazu brachte, mich aufs Neue in ihn zu verlieben.

Das Haus lag in nächtlicher Stille, als ich in Richtung Küche ging. Soweit ich wusste, war Edward noch nicht von der Party zurück. Ich würde ihn morgen früh fragen müssen, wie es mit Tomas gelaufen war. Da ich ihn mit Jane allein gelassen hatte, war schwer zu sagen, in welche Scherereien er geraten war. Ich schaltete das Küchenlicht an, drehte mich um und erschrak fast zu Tode, als ich Mrs. Winters am Tisch sitzen sah.

»Sie haben mich erschreckt«, sagte ich. Hatte sie allein in der Dunkelheit gesessen? Ich musterte sie einen Moment lang. Ihre Augen waren gerötet, und sie umklammerte einen Becher derart fest, dass ihre Knöchel weiß hervortraten.

»Scheint mir nur gerecht, wenn man bedenkt, wie sehr Sie mich durch Ihre Nachlässigkeit erschreckt haben«, sagte sie kalt.

»Ich wusste nicht, dass Nora …« Ich brach ab, hin- und hergerissen zwischen Überraschung über ihre Reaktion und Schuldgefühlen, weil ich wusste, dass sie in gewisser Weise recht hatte.

»Kann ich Ihnen etwas bringen, Ma'am?«, fragte sie und schob ihren Stuhl zurück. Das Schrammen der Beine über den Boden klang in dem schlafenden Haus noch lauter.

»Ich hole mir nur ein Glas Wasser«, sagte ich, ging zum Schrank, nahm ein Glas heraus und füllte es. Während ich schweigend trank, überlegte ich, wie ich sie auf meine Seite ziehen konnte.

»Ich muss die Information in ihrer Bewerbung übersehen haben«, sagte ich. »Es war so viel los mit der Renovierung und dem Baby. Smith und ich werden alle Personalakten durchgehen und dafür sorgen, dass so etwas nie wieder vorkommt.«

»Ja, Ma'am.« Sie nickte, dann stand sie auf.

»Geht es Ihnen gut?«, fragte ich besorgt, als ich sah, dass sie leicht wankte.

»Ja«, erwiderte sie knapp. »Wenn Sie mich nicht mehr brauchen, gehe ich ins Bett.«

Ich schüttelte den Kopf, und Mrs. Winters verließ die Küche und ging zu ihrer Unterkunft im Untergeschoss. Ich wartete, bis sie weg war, dann trat ich zum Tisch. Ich nahm den Becher, aus dem sie getrunken hatte, roch daran und keuchte, als mir der scharfe Geruch von Whisky in die Nase stieg. Kein Wunder, dass sic wackelig auf den Beinen war. Es stand mir nicht zu, über die Trinkgewohnheiten einer erwachsenen Frau zu urteilen, schon gar nicht am Silvesterabend. Ich konnte jedoch nicht umhin, mich zu fragen, ob Mrs. Winters eine Trinkerin war, so unhöflich, wie sie gerade mit mir gesprochen hatte.

Ich trug den Becher zur Spüle, wusch ihn aus und stellte ihn auf die Ablage. Der heutige Abend hatte uns alle überfordert. Wir hatten in letzter Zeit viel durchgemacht. Aber ein neues Jahr begann, und ich war fest entschlossen, am nächsten Morgen ein neues Kapitel aufzuschlagen. Ich öffnete den Mülleimer, um einen Teebeutel zu entsorgen, und sah dort die Reste des Kuchens. Zweifellos der, der Noras allergische Reaktion ausgelöst hatte.

Auf dem Weg nach oben hielt ich an ihrem Zimmer inne und klopfte leise an, dann spähte ich hinein. »Ich wollte nur mal nach dir sehen. Ich hoffe, ich hab dich nicht geweckt.«

»Ich glaube, ich bin ein bisschen zu aufgewühlt, um zu schlafen«, sagte sie matt. »Tut mir leid, dass ich Ihnen den Abend verdorben habe.«

»Du brauchst dich doch nicht zu entschuldigen«, erwiderte ich mit Nachdruck. »Ich hätte von deiner Allergie wissen müssen.«

»Ich dachte, Sie wüssten es«, sagte sie zögernd. »Es stand in meiner Bewerbung, und ich habe es Ihnen gesagt.«

»Ehrlich gesagt, leide ich seit einiger Zeit unter Mutterschaftsdemenz.« Das war die freundliche Umschreibung dafür, dass ich in letzter Zeit nicht alles im Griff hatte.

»Ich bin nicht verärgert«, sagte sie schnell. »Das wollte ich nicht andeuten.«

»Ich kann mich kaum an etwas vor Pennys Geburt erinnern. Es ist so viel auf einmal passiert.«

»Oh nein, Belle, das war, nachdem ich gekommen bin, um Ihnen mit Penny zu helfen.« Als sie mein verwirrtes Gesicht sah, legte sie den Kopf schief. »Erinnern Sie sich nicht daran? Sie sagten, Sie würden Mrs. Winters informieren. Deshalb habe ich mir auch keine Gedanken über den Kuchen gemacht.«

»Es muss mir entfallen sein.« Ich konnte mich nicht erinnern, dass sie es erwähnt hatte, aber in jenen Tagen hatte ich kaum geschlafen. »Kann ich dir etwas bringen?«

»Nein danke. Ich verspreche, dass ich morgen früh wieder fit bin, um Ihnen mit dem Baby zu helfen. Jetzt soll ich mich erst mal ausruhen.«

»Nimm dir alle Zeit, die du brauchst. Smith und ich wechseln uns mit Penny ab.«

»Ich will nur nicht, dass Sie denken, ich sei nicht verfügbar«, sagte sie eilig.

Ich zwang mich zu einem Lächeln, sie musste mich nicht daran erinnern, dass sie als Pennys erste Bezugsperson eingesprungen war. »Wir kommen klar. Ich bin froh, dass es dir gut geht. Gute Nacht.«

Sie ließ sich gegen das Kissen sinken und lächelte. »Gute Nacht.«

Ich schloss die Tür und ging in Richtung Kinderzimmer. Als ich Smiths Arbeitszimmer erreichte, hielt ich inne. Ich wollte Noras Bewerbung mit eigenen Augen sehen. Das hätte nicht passieren dürfen … Ich ging zu seinem Schreibtisch, um die Schubladen zu durchstöbern und nach den Personalakten zu suchen, fand sie aber stattdessen in einem Stapel auf seinem Schreibtisch. Ich ging sie durch, um Noras zu finden, aber ihre war die einzige, die nicht auf dem Schreibtisch lag. Natürlich.

Ich öffnete seine Hängeregistratur und ging die Akten durch. Darin befanden sich Unterlagen zu Thornham. Der Mietvertrag für seine Kanzleiräume, in die er seit Pennys Geburt keinen Fuß gesetzt hatte. Informationen, die mein Geschäft betrafen. Unser Testament. Aber Noras Akte war nirgends zu finden. Ich sah noch einmal den Stapel auf seinem Schreibtisch durch. Alles, was ich gewollt hatte, war, es schwarz auf weiß zu sehen und mir zu beweisen, dass es ein harmloses Versehen war. Aber als ich die Akten wieder zu einem Stapel zusammenschob, fragte ich mich, wo Noras Unterlagen waren – und wer sie hatte.

11

SMITH

Das Frühstück am nächsten Morgen war eine traurige Angelegenheit. Mrs. Winters schien unter Kopfschmerzen zu leiden und brachte die Teller, als würde sie Strafen verteilen und nicht ofenwarmes Gebäck und selbst gemachte Marmelade. Ich nahm mit Penny im Arm am Tisch Platz. Belle war fast die ganze Nacht bei ihr geblieben und hatte es sich verdient, etwas länger zu schlafen.

»Morgen.« Georgia sah frischer aus als der Rest von uns, als sie hereinkam. Sie war im Gästehaus verschwunden, kaum dass Belle und ich da waren. Edward und Jane hatte ich noch nicht gesehen. Ich war mir nicht sicher, ob einer von beiden gestern Abend überhaupt nach Hause gekommen war.

»Gut geschlafen?«, fragte ich trocken.

Sie zog den Stuhl neben mir heraus, und Penny bewegte sich unruhig in meinen Armen, als er über den Fußboden schabte.

»Sehr gut. Meine Mitbewohnerin ist nicht nach Hause gekommen.« Sie trennte mit der Gabelkante ein Stück Wurst ab und schob es sich in den Mund.

»Jane hatte ein Auge auf einen Gentleman auf der Party geworfen«, sagte ich.

»Ich glaube, sie hat ihn bekommen.« Georgia aß weiter, als wäre nichts vorgefallen. Ich warf einen Blick auf Mrs. Winters und erwischte sie dabei, wie sie uns finster anstarrte. Dann drehte sie sich schnell um und setzte rasch den Wasserkessel auf.

»Soll ich einen Teller für Ihre Frau aufheben?«, rief sie über ihre Schulter. »Oder ihr einen Tee machen?«

»Sie war fast die ganze Nacht mit dem Baby wach«, sagte ich. »Ich denke, wir sollten sie ausruhen lassen.«

Mrs. Winters drehte die Herdplatte ab und huschte aus dem Raum in Richtung der Speisekammer.

»Die hat ja gute Laune«, murmelte Georgia.

»Belle sagte, sie hätte sie gestern Abend zurechtgewiesen. Sie scheint Belle die Schuld dafür zu geben, dass Nora diese Nüsse gegessen hat.«

»Das ist verrückt«, sagte Georgia mit Nachdruck. »Sie hat Nora schließlich nicht gezwungen.«

»Das habe ich auch gesagt. Aber Mrs. Winters schien es ihr nachzutragen.«

»Ich dachte ...«, setzte Georgia an, verstummte aber, als Nora die Küche betrat.

Es war kaum zu glauben, dass sie letzte Nacht medizinische Hilfe gebraucht hatte. Sie betrat den Raum, lächelte von einem Ohr zum anderen und kam zu mir. »Ich kann das Baby jetzt nehmen.«

»Du solltest etwas frühstücken«, sagte ich. »Nach dem, was du letzte Nacht durchgemacht hast. Du musst hungrig sein.«

»Sie sind so nett«, sagte sie. »Ich bin vorhin heruntergekommen und habe mir einen Toast gemacht. Ich war wohl vor allen anderen auf.«

Vermutlich war das ein weiterer Grund, warum Mrs. Winters unglücklich war. Sie war stolz darauf, alle zu versorgen, und mochte es nicht, wenn ihr jemand zuvorkam. Ich übergab Nora Penny, und sie küsste sie liebevoll auf den Kopf.

»Ich habe dich vermisst, meine kleine Penny.« Sie trug das Baby in Richtung Kinderzimmer, und ich frühstückte weiter.

Ich hatte den Mund voll Wurst, als mir einfiel, dass Georgia mitten im Satz gewesen war, als Nora hereinkam. Ich schluckte den Bissen herunter, doch bevor ich sie auffordern konnte, legte Georgia ihre Gabel weg und sah mich ernst an.

»Price, sei bloß vorsichtig.«

»Bei Nora?«, fragte ich und wollte lachen. »Ich bin nicht im Entferntesten …«

»Du bist nicht derjenige, um den ich mir Sorgen mache.«

Ich runzelte die Stirn. »Was soll das bedeuten?«

»Sie sind so nett«, ahmte sie Nora nach und klimperte mit den Wimpern.

»Sie ist noch ein Kind.« Ich wandte mich wieder meinem Frühstück zu. Das Kindermädchen war unsere geringste Sorge.

»Das ist genau mein Punkt.« Sie seufzte missbilligend, auf eine Art, wie nur Frauen das können, dann sagte sie: »Ich denke, wir sollten mit Rowan reden.«

»Ich dachte, um ihn machst du dir keine Sorgen.«

»Mach ich auch nicht, aber er war hier, als die Thornes auf dem Grundstück gelebt haben. Das heißt, er weiß besser als jeder andere, was in diesem Haus vor ihrem Verschwinden vor sich gegangen ist.«

Damit hatte sie wahrscheinlich recht, aber vielleicht wollte Rowan nicht kooperieren. Er war ein eher mürrischer Geselle. Ich konnte mir nicht vorstellen, dass er ein Verhör zu schätzen wüsste.

Ich spießte ein weiteres Stück Wurst auf. »Nach dem Frühstück.«

Wir fanden Rowan bei den Ställen, wo er sich um die Pflanzen kümmerte, die er rund um die Büroräume von *Bless* gesetzt hatte. Der Schnee hatte einige Rosensträucher beschädigt, die er den Herbst über gepflegt hatte. Als wir näher kamen, hörte ich, dass er leise vor sich hin fluchte, während er die Schneehügel von den Sträuchern schaufelte.

»Verstehst du, warum wir uns um ihn keine Sorgen machen müssen?«, sagte ich leise.

»Er könnte dennoch etwas wissen.«

Als er uns bemerkte, drehte sich Rowan um und nahm eine abwehrende Haltung ein. Doch als er mich erkannte, entspannte er sich. »Ach, Sie sind das.«

»Wie geht es voran?«, fragte ich.

Georgia warf mir einen Blick zu, es gefiel ihr nicht, dass ich Small Talk mit ihm betrieb, aber sie sagte nichts.

Dem Ausdruck auf Rowans wettergegerbtem Gesicht nach zu urteilen, hielt er genauso wenig von meinem Geplauder.

»Gut. Ich wünschte, dieser verdammte Schnee würde aufhören.« Er schüttelte noch etwas Schnee von seinen kostbaren Pflanzen und fuhr fort: »Hab gehört, dass es hier gestern Abend ein bisschen Aufregung gab.«

Rowan wohnte, anders als der Rest des Personals, nicht auf dem Anwesen, sondern hatte ein Haus im Dorf. Ich hatte keine Ahnung, warum, denn er schien zu jeder Tageszeit hier zu sein und noch darüber hinaus. Er war immer schon auf dem Grundstück, bevor ich aufgestanden war, und verließ es nie vor dem Abendbrot.

»Ja. Ein Unfall«, bestätigte ich.

»In Thornham gab es schon immer ziemlich viele Unfälle«, sagte er finster.

»Ehrlich gesagt«, schaltete sich Georgia ein, »wollten wir darüber mit Ihnen sprechen.«

»Worüber?« Er hob eine buschige Augenbraue und griff sich eine Schaufel, um den Weg zu den Büros freizumachen.

»Das ist nicht nötig«, sagte ich. »Ich bezweifle, dass Belle es heute ins Büro schafft.«

»Besser, man macht es jetzt, ehe sich noch mehr ansammelt«, sagte er stur und begann zu schippen.

»Wir wollten Sie nach Ihrem alten Job fragen«, sagte Georgia. »Genauer gesagt nach der Zeit, als Sie hier gearbeitet haben.«

»Das ist fast fünfzig Jahre her.« Er hielt inne und ließ die Schaufel einen Moment im Schnee ruhen. »Und ich habe nicht lange hier gearbeitet.«

»Wir sind nur neugierig. Im Dorf wird so einiges geredet«, sagte ich. Ich wollte den alten Mann nicht bedrängen. Wenn er nicht bereit war, mit uns zu reden, dann war das eben so.

»Ich war erst achtzehn Jahre alt. Es gab eine ganze Gruppe Gärtner«, erklärte er. »Wie ich schon sagte, ich war nicht sehr lange hier.«

»Okay, na dann«, sagte Georgia enttäuscht.

»Aber mein älterer Bruder hatte hier schon fünf Jahre vor dem Verschwinden der Besitzer gearbeitet«, fuhr Rowan fort. »Die Geschichten, die er erzählt hat … Wie ich schon sagte, ziemlich viele Unfälle.«

»Was für Unfälle?«, fragte ich alarmiert. Vielleicht lag es an der kalten Luft um mich herum oder am Schnee, jedenfalls rauschte mir das Blut in den Ohren. Warum hatten wir nichts über Thornhams Vergangenheit erfahren, bevor wir das Haus gekauft hatten? Warum glaubte ich, dass es jetzt eine Rolle spielte?

»Überwiegend waren es kleinere Unfälle«, sagte Rowan. »Ein Kind schubste ein anderes. Ein gebrochener Arm. Dann war da noch der Vorfall auf dem Dach.«

»Auf dem Dach?«, wiederholte Georgia.

»Manche sagen, eines der Mädchen sei ausgerutscht«, berichtete er. »Andere sagen, es sei gesprungen. Sie behauptet, sie sei gestoßen worden.«

»Sie ist vom Dach gefallen?«, fragte ich, und mein Blick wanderte instinktiv zum Haus. Ich konnte mir nicht vorstellen, dass irgendjemand diesen Sturz überleben würde, vor allem da die gepflasterte Einfahrt darunter lag.

»Nicht von *dem* Dach«, sagte er und zeigte mit der Schaufel auf die ehemaligen Stallungen. »Von diesem Dach.«

»Ist ihr etwas passiert?«, fragte Georgia.

»Sie hat sich den Kopf aufgeschlagen. Manche sagen, danach sei sie vergesslich gewesen. Ich nehme an, das spielt kaum eine Rolle. Sie ist jetzt weg wie die anderen auch.«

»Wissen Sie, wohin sie verschwunden sind?«, fragte Georgia unschuldig.

Ein Muskel in seinem Kiefer zuckte, und er hob die Schultern. »Ich nehme an, man hat sie in Ihrem Keller gefunden. Man hat immer vermutet, dass sie tot sind. Man sagt, dass es die Mutter war.«

»Ihre Knochen waren nicht da unten«, bestätigte ich. »Und ich weiß, dass Leute aus dem Dorf behaupten, sie über die Jahre immer mal gesehen zu haben.«

»Das ist Blödsinn.« Rowan lachte und setzte das Schaufeln fort.

Seine Reaktion kam mir merkwürdig vor. Er schien den Gerüchten über die Familie Thorne ganz offensichtlich zu glauben. »Warum?«

»Weil sie sie nicht gesehen haben können. Aber das hält das Dorf nicht davon ab zu reden. Die haben nichts Besseres zu tun, als sich wilde Geschichten auszudenken.«

»Woher wissen Sie das?«, erkundigte ich mich vorsichtig.

Er blieb stehen und sah mir in die Augen. »Weil Miranda Thorne in Brighton in der Psychiatrie ist.«

Ich dachte noch über Rowans Enthüllung nach, als ich das Haus erreichte und feststellte, dass wir neuen Besuch hatten. Ich lief ins Haus, rannte die Treppe hinauf und traf dort auf den Arzt, als dieser gerade unser Schlafzimmer verließ. Er trat aus der Tür und schloss sie mit einem sanften Lächeln hinter sich.

»Ist alles in Ordnung?«, fragte ich.

»Ich habe nur nach Mrs. Price gesehen. Tut mir leid, dass ich nicht eher kommen konnte. Durch die Feiertage bin ich ein wenig in Verzug.«

Ich nahm mir vor, der örtlichen Klinik eine Spende zukommen zu lassen, damit wir uns künftig ganz oben auf seiner Liste wiederfanden.

Er sah mich einen Moment lang an, dann drehte er sich um und vergewisserte sich, dass die Schlafzimmertür hinter ihm vollständig geschlossen war. Er senkte die Stimme und sagte: »Können Sie mir erzählen, was neulich passiert ist? Mrs. Prices Erinnerung an das Ereignis scheint ein wenig verschwommen zu sein.«

Ich erzählte dem Arzt, was ich von dem Tag noch wusste, alles vom Stillen bis hin zu dem Moment, als ich sie auf dem Eis gefunden hatte, und wie besorgt sie seither war, mit Penny allein zu sein. Er hörte mir schweigend zu, bis ich fertig war.

Dann nickte er nachdenklich mit dem Kopf. »Mrs. Price scheint besorgt zu sein, dass es an ihrem Antidepressivum liegen könnte, aber das dürfte nicht die Ursache sein. Es könnte eine Nebenwirkung der Schlaftabletten sein, die ich ihr verschrieben habe, aber sie behauptet, sie nicht oft zu nehmen.«

»Ich glaube, an dem Morgen hat sie eine genommen.« Sie war vollkommen verzweifelt, nachdem Penny nicht zu beruhigen gewesen war. Ich hatte mir nichts dabei gedacht.

»Dann ist es das Beste, wenn sie keine mehr nimmt. Manche Leute fangen davon an zu schlafwandeln. Es kommt nur sehr selten vor«, fügte er schnell hinzu, als er mein Gesicht sah. »Obwohl ich einmal eine Patientin hatte, die bis nach Surrey reingefahren ist, ohne es zu merken.«

Ich starrte ihn an und fragte mich, ob er seinen medizinischen Abschluss im Internet erworben hatte, behielt den Gedanken aber wohlweislich für mich. »Wir werden die Tabletten auf jeden Fall weglassen. Gibt es irgendetwas anderes, das sie einnehmen kann, um besser schlafen zu können?«

»Am besten bleibt sie bei Kräutertee. Einen Kamillentee

wird sie ja wohl noch erkennen können«, sagte er mit einem Augenzwinkern.

»Da bin ich mir sicher«, erwiderte ich und zog meine Spende an die örtliche Klinik in Gedanken wieder zurück. Vielleicht war es das Beste, wenn ich Belle in Zukunft nach London zum Arzt brachte. Sie brauchte sicherlich keinen alten Idioten, der sie herablassend behandelte.

»Ich habe Ihnen neue Medikamente für eine Woche dagelassen«, sagte er, ohne meine Verärgerung zu bemerken. »Den Rest müssen Sie in der Apotheke besorgen.«

Ich nickte und ging auf die Tür zu. Ich wollte nach ihr sehen. Wahrscheinlich hatte der gute Doktor sie genauso verärgert wie mich.

»Mr. Price«, sagte er und blieb am Treppenabsatz stehen. »Detective Longborn hat erwähnt, dass Sie sich mit den Thornes befassen.«

Meine Hand erstarrte auf dem Geländer, und ich nickte.

»Ich habe auch Mrs. Thorne behandelt. Es ist ein kleiner Ort.«

»Stimmt denn, was man sich über sie erzählt?«, fragte ich.

»Manche nannten sie verrückt«, sprach er aus, was ich nicht gesagt hatte. »Ich benutze diesen Begriff nicht gern, aber ich habe nie wieder jemanden erlebt, der so offensichtlich wahnsinnig war.«

Ich musterte ihn einen Moment lang, und eine eisige Hand legte sich um mein Herz, während ich überlegte, was er eigentlich sagen wollte. »Warum erzählen Sie mir das?«

»Weil ich vor fünfzig Jahren die Chance gehabt hätte einzugreifen«, sagte er traurig, »aber ich war jung und dumm, also habe ich es nicht getan. Die Unfälle. Die Geschichten, die wir hörten. Jemand hätte damals etwas unternehmen müssen. Genauso wie jetzt jemand etwas tun muss.«

»Was wollen Sie damit sagen?«, fragte ich. Ich wollte hören, dass er es aussprach.

»Sie sollten ein wachsames Auge auf Ihre Frau haben, Mr. Price. Thornham macht komische Sachen mit den Menschen.« Er tippte sich an den Hut, ging die Treppe hinunter und ließ mich mit mehr Fragen als Antworten zurück.

Jane kam ihm auf der Treppe entgegen. Es war das erste Mal, dass ich sie seit der Party gestern Abend sah. Sie lächelte dem Arzt herzlich zu, dann kam sie den Rest der Treppe nach oben. »Ich wollte nach ihr sehen. Edward hat mir erzählt, was letzte Nacht passiert ist. Klingt für mich wie ein blöder Unfall.«

»Das war es, aber Belle gibt sich die Schuld daran.« Ich schaffte es, meine Mundwinkel ein wenig nach oben zu zwingen.

»Sie war schon immer der mütterliche Typ«, sagte Jane mit einem Seufzer. »Das habe ich erlebt, als sie mit Clara zusammengewohnt hat, und natürlich musste sie schon als Kind auf sich selbst aufpassen. Sie ist zu hart mit sich.« Jane kniff die Augen zusammen und sah mich irgendwie verschmitzt an. »Deshalb musst du nachsichtig mit ihr sein.«

»Ich versuche es«, versprach ich. Aber ich konnte mich des Gefühls nicht erwehren, dass ich versagte. Wenn Jane recht hatte, brauchte Belle vor allem jemanden, der sich um sie kümmerte. »Ich habe das Gefühl, sie will nicht, dass ich sie bemuttere.«

Jane lachte und schüttelte den platinblonden Kopf. »Bemuttere sie nicht! Ich fürchte, du hast mich missverstanden.

Sei einfach ihre Zuflucht. Das ist alles, was wir uns von der Liebe wünschen: einen sicheren Platz in den Armen von jemandem.«

»Gibt sie dir einen Rat?«, fragte Belle hinter mir, und wir zuckten zusammen. »Sie kann es einfach nicht lassen und muss immer Beziehungsratschläge geben.«

»Weil ich weiß, wovon ich spreche«, sagte Jane, trat an Belles Seite und strich ihr eine lose Haarsträhne hinters Ohr. »Willst du mir von deiner Nacht erzählen – oder soll ich dir von meiner erzählen?«

Zum ersten Mal an diesem Tag lachte Belle. »Ich glaube, ich würde lieber von deiner hören.«

»Hughes hat mich bereits gebeten, mit ihm nach Paris zu kommen«, sagte Jane und lenkte sie zurück in Richtung Schlafzimmer. Sie zwinkerte mir zu, bevor sie mir die Tür vor der Nase zumachte. Mir war das nur recht. Es war eine gute Ablenkung für Belle – für den Moment. Aber wie ich Jane kannte, würde sie bald ebenso überstürzt abreisen, wie sie gekommen war.

Ich merkte, dass ich den Flur hinunterging, ohne zu wissen, wohin ich eigentlich wollte. Irgendwie fand ich mich vor Edwards Tür wieder. Ich klopfte und fragte mich, ob er auch schon zurück war. Er öffnete mir mit zerzausten Haaren die Tür, blinzelte in das Licht im Flur und hielt schützend eine Hand über seine Augen.

»Verkatert?«

»Mehr als nur ein bisschen.« Er schloss die Augen, als bereitete ihm das Sprechen Schmerzen. »Kann ich was für dich tun?«

»Ich habe mir überlegt, dass Belle vielleicht eine Auszeit vom Haus gebrauchen könnte.«

Edward holte tief Luft. »Sie wollte zum Shoppen nach London …«

»Ich spreche mit Georgia.«

»Ich weiß nicht, ob wir einen Bodyguard brauchen …«

Ich warf ihm einen strengen Blick zu. »Ich rede mit Belle.«

12

BELLE

»Wenn du noch ein einziges Mal auf dein Handy schaust, konfisziere ich es.« Edward saß auf der Rückbank des Wagens und machte einen langen Hals, um zu sehen, was ich vorne trieb. Er lehnte sich über meine Schulter und schlug mir auf den Arm. »Wir sind erst seit einer Stunde weg.«

»Ich weiß.« Ich schaltete das Display aus und legte brav das Handy in den Schoß.

»Lass sie in Ruhe«, sagte Georgia vom Fahrersitz aus. »Es ist das erste Mal, dass du so weit von Penny weg bist, stimmt's?«

Ich schluckte und nickte. Seit Noras Unfall am Silvesterabend hatte Ruhe auf Thornham geherrscht. Aber was, wenn die Ruhe trügerisch war? Ich hatte das Anwesen nicht verlassen wollen. Edward hatte darauf bestanden, dass wir unsere Shoppingtour in London durchzogen. Jane war am Vortag abgereist, Hughes hatte sie mit nach Paris genommen, und ich war mir nicht ganz sicher, wann sie zurückkehren würde. Dadurch drängte die Gestaltung des Gästehauses nicht mehr so sehr, und ich musste im Grunde nicht in die Stadt. Ich bezweifelte, dass für Georgia die Inneneinrichtung eine große Rolle spielte. Aber Edward hatte auf dem Ausflug bestanden. Ich hatte den Eindruck, er brauchte ihn mehr als ich. Schließlich hatte ich zugestimmt, doch Smith hatte darauf bestanden, dass Georgia uns fuhr. Ich wollte Penny mitnehmen, stieß jedoch auf allgemeinen Widerstand. Es schien, als hätte ich eine Pause von dem Baby verdient. Ich konnte mich des Eindrucks nicht erwehren, dass es weniger um eine Pause ging als vielmehr darum, dass man mir nicht zutraute, einen ganzen Tag mit Penny in der Stadt zu verbringen. Ich war überstimmt worden, und jetzt war Penny mit Nora zu Hause. Es war mir allerdings sogar gelungen, ein paar Fläschchen Muttermilch abzupumpen, damit sie Penny keine Babynahrung geben musste. Mein Baby war in guten Händen. Smith würde die ganze Zeit über da sein. Trotzdem tippte ich nervös auf die schlichte schwarze Konsole von Georgias Porsche.

»Vielleicht müssen wir sie betrunken machen«, schlug Edward vor, hilfsbereit wie immer.

»Auf euch zwei muss ich wirklich aufpassen«, murmelte Georgia und verließ die M25. Als ich das Schild nach Heathrow entdeckte, veränderte sich meine Stimmung. Trotz meiner Sorge, Penny zurückzulassen, wuchs meine Freude mit jeder Meile, die wir der Stadt näher kamen. Ich war seit Pennys Geburt nicht mehr hier gewesen, und damals hatte ich die meiste Zeit versucht, Wehen zu bekommen. Dies war das erste Mal seit Monaten, dass ich frei herumlaufen und tun und lassen konnte, was ich wollte. Was Georgia dachte, war mir egal. Die Gelegenheit schrie förmlich nach Champagner.

Als wir Harrods erreichten, hielt Georgia direkt vor dem Eingang. Sie ignorierte den Türsteher in seiner erbsengrünen Uniform, der versuchte, sie wegzuwinken. »Ich bin in ein paar Minuten bei euch. Benehmt euch.«

»Ja, Mum«, neckte Edward sie, als wir ausstiegen.

»Tut mir leid, hier ist kein Park…« Als der Mann Edward entdeckte, erstarrte er und ging zur Tür. Die Leute in der Menge, die sich umgedreht hatten, um den verkehrswidrig abgestellten Porsche zu betrachten, begannen zu tuscheln. Eine Sekunde lang meldete sich die Paranoia, die ich seit unserem Umzug nach Thornham öfter verspürte, und ich packte Edwards Arm. Er zog mich mit geübtem Desinteresse in das Gebäude und nickte einem Security-Mann zu, der die Schaulustigen davon abhielt, uns zu folgen.

»Das habe ich nicht vermisst«, stieß er hervor.

»Ehrlich gesagt hatte ich vergessen, wie viel Aufsehen du erregst.«

»Glaub mir, in den letzten Monaten war es noch schlimmer.« Sein Lächeln in die Menge war eine steife Grimasse.

Ich konnte mir nur annähernd vorstellen, wie unerbittlich die Reporter gewesen waren, nachdem sein Mann so kurz nach ihrer Hochzeit umgekommen war. Als wir vor Pennys Geburt hier gewesen waren, war er verkleidet gewesen, irgendetwas zwischen Bettler und Rockstar, um nicht aufzufallen. Jetzt, in seiner gebügelten Kakihose und dem Hemd, war er leicht zu erkennen.

»Wohin zuerst?«, fragte er und ignorierte hartnäckig, dass gerade Dutzende von Menschen stehen geblieben waren, um ihn anzuglotzen. Die Blicke setzten sich drinnen fort, aber da es in dem erlesenen Harrods nicht ungewöhnlich war, eine Berühmtheit oder in diesem Fall einen Prinzen beim Shoppen zu sehen, sprach uns niemand an.

»Dritte Etage«, zwitscherte ich. Wir waren wegen des Gästehauses hier, nicht wegen Sachen für uns, darum mussten wir in die Möbelabteilung.

»Okay, aber ich habe strikte Anweisungen von Smith«, gestand er mir.

Ich schloss einen Moment die Augen und fragte mich, ob ich überhaupt allein aufs Klo gehen durfte, doch zu meiner Überraschung fügte Edward hinzu: »Ich soll dafür sorgen, dass du etwas wirklich Teures und wirklich Unnützes für dich mitnimmst.«

»Ach ja?«, sagte ich lachend. Smith hatte schon immer gewusst, wie man eine Frau verwöhnte. Einmal hatte er mir die gesamte Herbstkollektion von Louboutin gekauft.

»Abgemacht.« Ich zog ihn zu den Aufzügen und umging so die bronzenen Rolltreppen, die an allerlei Ablenkungen entlangführten. Außerdem entkamen wir so einem halben Dutzend Neuankömmlingen, die auf Edward zeigten wie auf ein Tier im Zoo.

Ein Teil von mir hatte gehofft, dass Georgia die Gelegenheit nutzen würde, in London zu bleiben, aber sie hatte darauf bestanden, uns her- und wieder zurückzufahren. Was auch immer sie und Smith ausheckten, sie steckten noch mittendrin. Ich beschloss, meinem Mann zu vertrauen, und drängte ihn nicht, mir den wahren Grund ihres Aufenthalts in Thornham zu verraten. Ich wusste, er wollte, dass außer ihm jemand ein Auge auf das Baby und mich hatte, aber es war mehr als das. Zweifel nagten an mir. Wir hatten das schon einmal durchgemacht, aber damals hatte er mir ehrlich gesagt, was vor sich ging. Ich wusste nicht, ob er versuchte, mich zu schonen, damit ich mir nicht noch mehr Sorgen machte, oder ob er in mir die primäre Gefahr sah.

»Tu das nicht«, unterbrach Edward meine Gedanken, als der Aufzug klingelte und ankündigte, dass wir die dritte Etage erreicht hatten.

»Was?«, fragte ich.

»Du machst dir Sorgen«, stellte er fest. »Wenn du nicht aufhörst, muss ich dich noch vor dem Mittag mit Champagner abfüllen.«

»Ich bin mir nicht sicher, ob Smith das gutheißen würde.« Auf dem Weg zur Bad- und Bettwäscheabteilung strich ich mit dem Finger über einen Tisch, auf dem eine schöne Auswahl an Wedgwood-Tellern stand.

»Es war seine Idee.«

»Wirklich?« Ich blieb stehen.

»Klar«, versicherte Edward und stupste mich an, »er sagte, ich soll tun, was auch immer nötig ist, damit du dich amüsierst.«

»Das klingt für mich wie ein Freifahrtschein.« Ich konnte mir ein Kichern nicht verkneifen, als ich mich bei meinem besten Freund einhakte. Überall um uns herum lockten Auslagen mit luxuriösen Stoffen und maßgefertigter Dekoration die Käufer dazu, jeden Raum in ihrem Haus neu zu gestalten. Zum Glück war der größte Teil von Thornham erst kürzlich eingerichtet worden, sonst hätte ich ein kleines Vermögen ausgeben müssen, so sehr gefielen mir einige der Dekors. Das Schöne an diesem Luxusladen war, dass er seine Angestellten gut darauf trainiert hatte, hilfsbereit, aber nicht lästig zu sein. Trotzdem zogen wir das übliche Interesse auf uns, das einem entgegenschlug, sobald man mit Edward unterwegs war.

»Wie wäre es damit?«, fragte er und zeigte auf klassische, von Ralph Lauren entworfene Bettwäsche, deren Schottenmuster wunderbar mit einer dicken marineblauen Tagesdecke aus Samt harmonierte. Sie war einfach und elegant und traf sicher den Geschmack der meisten Gäste. Ich nickte. »Das könnte ich mir gut in Georgias Zimmer vorstellen.«

»Für Jane sollten wir vermutlich etwas Exzentrischeres wählen«, überlegte er.

»In dem Zimmer werden auch andere Leute übernachten«, murmelte ich und ging meine Optionen durch, »aber du hast schon recht, ich möchte, dass Jane so oft wie möglich kommt und sich wohlfühlt.« Wir traten zu einer anderen Auslage, diesmal mit Seidenlaken in satten Edelsteintönen. Ich überlegte gerade, ob ich das Blau auf der anderen Seite des Gästehauses fortsetzen oder das tiefe Pflaumenviolett nehmen sollte, das mir besser gefiel, als Edward neben mir murmelte: »Soll das ein Witz sein?«

»Was?« Ich blickte auf und sah Georgia auf uns zukommen, aber sie war nicht allein. Ich sah zu Edward und machte mir Sorgen, dass er explodieren oder weglaufen könnte, aber er stand nur mit geballten Fäusten da, während Clara mit einem Kinderwagen auf uns zukam.

Sie schenkte mir ein nervöses Lächeln. Wenn die Aufmerksamkeit schon vorher auf uns gerichtet gewesen war, würde es nun unerträglich werden. Ich schaute mich um, bereit, mich zwischen Clara und die Handykameras der anderen Kunden zu stellen, aber die Abteilung war bis auf die Verkäufer leer. Man hatte uns reingelegt. Georgia hatte Clara gesagt, dass wir hier sein würden, und Clara hatte sich in unser Shoppingdate geschmuggelt.

»Ich hoffe, es macht euch nichts aus, wenn ich mich zu euch geselle«, rief Clara, die zur Sicherheit hinter dem Kinderwagen stehen blieb. Ihr Blick zuckte zu Edward, bevor sie schnell zu mir schaute.

»Wir sind nur überrascht«, sagte ich schnell. Ich ging um den Kinderwagen herum und umarmte sie fest. Mit gesenkter Stimme flüsterte ich: »Ich weiß nicht, wie er reagieren wird.«

»Ich auch nicht«, flüsterte sie zurück. »Aber da keiner von euch auf meine Anrufe reagiert, hatte ich keine andere Wahl.«

Ihre Stimme zitterte, aus ihr sprach die Einsamkeit. Clara war glücklich in ihrer Ehe mit Alexander. Die beiden liebten einander mit einer Inbrunst, die jeden ihrer Schritte diktierte. Aber er war ein mächtiger Mann, und mit dieser Macht waren Pflichten verbunden, die bedeuteten, dass sie nicht immer zusammen sein konnten. Ich dachte daran, wie es sich die letzten Monate angefühlt hatte, in Thornham eingesperrt zu sein, und empfand Mitgefühl. Sie konnte nirgendwo ohne Security hingehen. Seit ihrer Entführung verließen Alexander und sie Buckingham kaum noch. Und die ganze Zeit keine Nachricht von ihren besten Freunden. Edward hatte jedes Recht, nach dem, was passiert war, auf Distanz zu gehen, aber welche Ausrede hatte ich? Ich hatte sogar ungewollt ihre einzige Gefährtin mit Beschlag belegt und Georgia nach Briarshead gelockt, damit sie Smith und mir half.

»Tut mir leid«, sagte ich ernst. »Ich war eine Bitch.«

»Du hast ein Baby«, sagte sie und lachte über meine Wortwahl. »Aber ich habe einige Dinge gehört, die mich beunruhigt haben.«

»Lass uns später darüber reden«, bat ich. Vermutlich würde mir ein Gespräch mit Clara sogar helfen, besser zu verstehen, was in meinem Kopf vor sich ging. Clara hatte eine Schwangerschaft durchgemacht. Clara hatte Ungewissheit und Gefahr erlebt. Sie hatte selbst Kinder. Plötzlich wusste ich nicht mehr, warum ich ihr überhaupt aus dem Weg gegangen war, und die Probleme schienen mir nicht unüberwindbar zu sein.

Wir lösten uns voneinander. Clara schaute mir besorgt über die Schulter. Sie wartete einen Moment, dass Edward etwas sagte. Als er das nicht tat, drehte ich mich um, legte meinen Arm um Claras Taille. Ich verstand den Gefühlssturm, den er bei ihrem Anblick durchlebte. Wir hatten schon einmal über die Verwirrung gesprochen, die daraus resultierte, dass sein Mann Clara und die Ihren bedroht hatte und dafür mit dem Leben bezahlen musste.

Clara schwankte ein wenig, die freie Hand fest um den Griff des Kinderwagens gelegt. Ich schob sie sanft nach vorne. »Ihr zwei solltet euch unterhalten.«

Ich schlenderte mit dem Kinderwagen in Richtung der Auslage, die ich mir vorhin angesehen hatte, beugte mich hinunter und hob Wills hoch, der vor Vergnügen gluckste, als er mich sah.

»Erinnerst du dich an mich?«, fragte ich leise.

Er grinste noch breiter. Ihn zu sehen, erinnerte mich an die Zeit, die ich vor Pennys Geburt in Buckingham verbracht hatte. Mich um Wills zu kümmern, hatte sich natürlich angefühlt. Warum war mit Penny alles so schwer? Ich wusste, dass sich meine Hormone veränderten und dass die Mutterschaft eine ganz andere Art von Verantwortung mit sich brachte. Als ich Wills auf meine Hüfte setzte und er nach meiner Halskette griff, ahnte ich, dass ich vielleicht besser mit Babys umgehen konnte, als ich dachte. Hier konnte ich das doch zweifelsfrei sehen. Warum nur hatten wir beschlossen, aufs Land zu ziehen?

Ich zwang mich, mich wieder der Bettwäsche für Janes Gästezimmer zuzuwenden, und warf dabei einen Blick auf Edward und Clara. Georgia gesellte sich zu mir und befühlte das Material des Lakens.

»Wie läuft's bei den beiden?«, fragte ich leise.

»Noch gibt es keine Toten.« Sie nahm einen Kissenbezug in die Hand, drehte ihn um, als hätte sie noch nie einen gesehen, und legte ihn wieder hin.

»Du hättest mich warnen können«, sagte ich.

»Ich wollte keinem die Chance geben, einen Rückzieher zu machen. Ehrlich gesagt, die Feiertage waren sehr schwer für Clara. Sie hatte wieder Albträume. Alexander tut, was er kann, aber manchmal braucht eine Frau ihre besten Freunde um sich.« Das hier war eine ungewöhnlich aufmerksame Aktion von Georgia, stellte ich fest. Ich wusste zwar, dass sie sich mit Clara angefreundet hatte, aber vielleicht war Georgia doch nicht so kalt, wie ich dachte.

Ich schluckte gegen die Schuldgefühle an, die in mir aufstiegen. Ich war so sehr mit meinen eigenen Sorgen beschäftigt gewesen, dass ich gar nicht darüber nachgedacht hatte, ob Clara vielleicht anrief, weil sie mich brauchte, und ich zurückrufen sollte.

»Ich wünschte, wir hätten London nie verlassen«, sagte ich zu meiner eigenen Überraschung.

Georgia schnaubte und widmete ihre Aufmerksamkeit der Analyse von Zierkissen.

»Raus mit der Sprache«, sagte ich und stupste sie gegen den Arm. »Wenn du eine Meinung dazu hast, spuck's aus.«

»Smith dachte, er könnte vor euren Schwierigkeiten davonlaufen, aber ich weiß nicht, warum er nicht sieht …«

»… dass sie uns immer wieder einholen?«, beendete ich den Satz für sie. Ich seufzte und entschied mich für die Pflaumenfarbe. Nicht alles im Leben musste perfekt zusammenpassen. Das war gar nicht möglich. Genau das bewies Thornham. »Ich will dort nicht mehr sein. Thornham macht mich fertig.«

»Ich weiß«, sagte Georgia schlicht. »Ich arbeite daran.«

Ich wollte sie fragen, was sie damit meinte, aber wir wurden von Clara und Edward unterbrochen. Beide hatten Tränen in den Augen, als sie zu uns traten. Edward zögerte einen Moment, bevor er seine Arme nach Wills ausstreckte.

»Hast du was dagegen, wenn ich meinen Neffen halte?«

Ich schaute Clara an und erkannte, dass ihre Tränen Freudentränen waren – eine Erinnerung, dass Tränen genauso oft glückliche wie traurige Ursachen hatten. »Ganz und gar nicht.«

Georgia hatte recht. Wir würden unsere Probleme nicht lösen, indem wir uns vor ihnen versteckten, vor allem, da sie uns ja offensichtlich verfolgten. Wir mussten uns ihnen stellen. Ich musste Smith nur davon überzeugen, dass London der Ort war, an dem wir stark genug waren, Hand in Hand Widerstand zu leisten.

13

SMITH

Wenn Belle dachte, dass Penny sie nicht vermissen würde, lag sie falsch. Nora und ich hatten das Baby in den letzten Stunden abwechselnd genommen, aber Penny war nicht zu trösten. Sie wollte ihre Mutter, und niemand konnte sie ihr ersetzen. Trotzdem war ich dankbar, dass das junge Kindermädchen da war, um mir zu helfen. Vor allem nachdem ich in der letzten Stunde im Kinderzimmer umhergelaufen war, bis Penny müde wurde.

Triumphierend kam ich mit dem schlafenden Baby auf dem Arm in die Küche, wo Mrs. Winters gerade in der Speisekammer kramte.

»Ist alles in Ordnung?«, fragte ich leise, da ich Penny nicht aufwecken wollte.

Mrs. Winters drehte sich um, fasste sich erschrocken an die Wange und wirkte insgesamt irgendwie wackelig und benebelt. Sie schüttelte den Kopf, als wollte sie zur Besinnung kommen. »Durchaus.«

Mit der Haushälterin war seit Noras allergischer Reaktion nicht gut Kirschen essen. Sie gab sich die Schuld für den Vorfall, was bei der alten Streitaxt hieß, dass sie die Schuld auf alle um sie herum projizierte. Ich machte einen Schritt nach vorn und betrachtete die Gegenstände, die auf der Arbeitsplatte lagen.

»Machen Sie die Schränke sauber?«

Sie warf mir einen wütenden Blick zu. »Falls Sie es unbedingt wissen müssen, ich entledige mich sämtlicher Allergene, die ich in der Küche habe.«

»Ich glaube, Nüsse sind das Einzige, worüber Sie sich Sorgen machen müssen«, sagte ich.

Das war ein Fehler. Sie fuhr herum, stemmte die Hände auf ihre breiten Hüften und blickte mich voller Wut an. »Woher wollen wir das wissen? Was ist, wenn das Baby eine Allergie hat? Was, wenn …«

»Keiner gibt Ihnen die Schuld«, unterbrach ich sie. Bei all dem Durcheinander an Silvester war ich mir nicht sicher, ob ihr das jemand gesagt hatte. Ich hatte mir Sorgen um Belle gemacht. Belle hatte sich Sorgen um Nora gemacht. Georgia …

Nun, es war schwer zu sagen, um wen Georgia sich Sorgen machte.

Mrs. Winters wandte sich wieder ihrer Arbeit zu, aber ihre Schultern bebten, als würde sie weinen. Einen Moment später drehte sie sich mit einer Schachtel in den Händen und einem verwirrten Gesichtsausdruck zu mir um. »Warum ist der wieder hier?« Sie stellte sie auf den Tresen und wandte sich dann einem anderen Schrank zu. Sie zog eine Teedose heraus, öffnete den Deckel, roch daran und sah verwirrt zu der Schachtel.

»Was ist los?«

»Ich glaube, das ist der Stilltee, den Mrs. Price trinken sollte.«

»Was hat sie denn dann getrunken?« Dass sich noch einmal wiederholte, was an dem Morgen geschehen war, als Belles Milchfluss versiegt war, könnte ich nicht ertragen. Ich war mir nicht sicher, ob sie sich ein zweites Mal davon erholen würde.

»Das ist es ja gerade. Sie mag den Tee nicht. Es war einfacher, sie dazu zu bringen, den anderen zu trinken. Das heißt, dieser«, sie schüttelte die Dose, »ist fast voll.«

»Ich habe nur eine Schachtel mitgebracht«, sagte ich.

»Dann muss das hier die sein, die sie beim ersten Mal mit nach Hause gebracht hat, aber dann …« Sie starrte die Schachtel noch einen Moment lang an, zuckte mit den Schultern und schob sie zurück in den Schrank.

Es gab nur eine Erklärung dafür, wie die Schachtel ins Haus gekommen war. Belle hatte sie mitgebracht. Wenn das aber der Fall war, wie war sie dann an den falschen geraten? Ich könnte es als unschuldigen Fehler abtun, wenn der Tee, den sie getrunken hatte, nicht genau das Problem verursacht hätte, das sie zu vermeiden gehofft hatte. Ich wünschte, sie wäre jetzt hier, um sich das Ganze anzugucken. Aber sie war in London, und ich wollte sie nicht stören. Georgia hatte mir eine kurze Nachricht geschickt, um mich wissen zu lassen, dass der Shoppingtrip gut lief, was mich freute, dennoch hätte ich Belle gern bei mir gehabt. Bevor ich die Teegeschichte irgendwie deuten konnte, klingelte mein Handy.

»Entschuldigen Sie mich.« Ich trug Penny aus der Küche und schob sie an meine Schulter, um das Gespräch anzunehmen. »Hallo?«

»Hallo, Mr. Price«, begrüßte mich die dröhnende Stimme unseres Immobilienmaklers Dennis. »Ich gestehe, ich habe nicht erwartet, so schnell wieder von Ihnen zu hören. Sie haben doch nicht schon die Nase voll von Thornham?« Er lachte über seinen eigenen Scherz.

Ich zog eine Grimasse. Wenn er wüsste, was hier vor sich ging, würde ihm das Lachen vergehen. »Ich habe eine Frage. Mir wurde kürzlich gesagt, dass das Anwesen nicht offiziell zum Verkauf stand, als wir es besichtigt haben. Stimmt das?«

Es folgte eine Pause, und ich konnte fast sehen, wie er sich aus seiner entspannten Position – die Füße auf dem Schreibtisch und das Handy am Ohr – aufrichtete. »Nun ja. Das stimmt. Das ist aber nicht ungewöhnlich«, fügte er schnell hinzu. »Diese alten Familienhäuser werden selten auf den Markt gebracht. Die meisten Käufer und Verkäufer regeln die Dinge unter sich.«

»Aber die Familie war weg«, erklärte ich und trat von einem Fuß auf den anderen, als Penny sich in meinem Arm rührte. »Warum sollte es nicht offiziell angeboten worden sein?«

»Ich … Das weiß ich nicht«, gab er zu. »Ich kann dem nachgehen, wenn Sie Bedenken haben, aber ich versichere Ihnen, dass Ihr Kauf völlig legal war.«

Ich stellte mir vor, dass dieses Gespräch ihm den kalten Schweiß auf die Stirn getrieben hatte. Er dachte, er würde einfach einen Kunden anrufen, der sich bedanken wollte. Mit einem Verhör hatte er nicht gerechnet.

»Das wird nicht nötig sein«, wiegelte ich ab. »Ich wollte nur nachfragen.«

»Natürlich.« Er atmete erleichtert aus. »Gibt es sonst noch

etwas, womit ich Ihnen helfen kann? Wir hatten ja darüber gesprochen, Ihr Londoner Haus anzubieten …«

»Im Moment nicht. Also dann …«, ich hielt inne und überlegte. »Wie haben Sie eigentlich von Thornham erfahren, wenn es nicht auf dem Markt war?«, fragte ich.

»Wir bekommen immer wieder Tipps. Wahrscheinlich hat uns jemand aus dem Ort Bescheid gesagt. Irgendein Wichtigtuer, der es leid war, das Haus verfallen zu sehen.«

»Das klingt logisch«, sagte ich knapp. Ich dankte ihm für seine Zeit und legte auf. Ich hatte nicht viel erfahren – zumindest nichts Konkretes –, aber er hatte bestätigt, was Georgia mir gesagt hatte.

Das Anwesen hatte nicht offiziell zum Verkauf gestanden. Vor Monaten hätte ich seine Erklärung vielleicht hingenommen. Aber jetzt?

Nichts hier passte zusammen. Alles, was Georgia bis jetzt herausgefunden hatte, war durch Polizeiberichte und Bezirksakten belegt. Die Familie war verschwunden, und wir hatten Jahrzehnte später ihre Überreste ausgegraben. Und laut Rowan waren die Gerüchte im Dorf wahr. Miranda Thorne lebte. War es möglich, dass uns kein Gespenst aus unserer Vergangenheit Probleme machte, sondern dass wir in eine fremde Tragödie hineingeraten waren?

Nora sprang die Treppe herunter und sah, wie ich mich abmühte, eine Nachricht zu verschicken.

»Geben Sie sie mir.« Sie nahm das Baby hoch. »Ich kann das wirklich übernehmen.«

Den ganzen Tag über hatte ich darauf bestanden, mich selbst um meine Tochter zu kümmern. Jetzt war ich dankbar für die Atempause.

»Hätten Sie etwas dagegen, wenn ich Sie allein lasse und ein paar Dinge erledige?«, fragte ich sie, erleichtert, dass es jemanden gab, auf den ich mich verlassen konnte.

»Ich bin immer für Sie da, Smith.« Sie machte auf dem Absatz kehrt und trug Penny vorsichtig die Treppe hinauf zum Kinderzimmer.

Ich war bei der zweiten Zeile meiner Nachricht an Georgia angelangt, als mir auffiel, dass Nora mich noch nie mit meinem Vornamen angesprochen hatte. Vermutlich lag das nahe, da sie rund um die Uhr hier war und Belle darauf bestand, von ihr mit Vornamen angesprochen zu werden. Trotzdem gefiel es mir nicht. Andererseits schien in diesen Tagen in Briarshead alles aus dem Lot zu sein. Ich dachte, wir hätten London hinter uns gelassen, um ein einfacheres Leben zu führen, aber jetzt musste ich den Tatsachen ins Auge sehen. Nichts war je einfach, wenn es um Belle und mich ging.

14

BELLE

Nun war es amtlich. Edward war ein Naturtalent im Umgang mit Babys. Ich hatte ihn oft genug mit Penny erlebt, um zu wissen, dass er in ihrer Nähe aufblühte. Doch ihn mit Wills zu sehen, der ein paar Monate älter war, bewies, dass er nicht nur ein hervorragender Onkel war, sondern eines Tages auch ein toller Vater sein würde. Wenn er jemals die Liebe wiederfand.

»Er betet dich an«, sagte ich, während Edward mit Wills, der in die Händchen klatschte, auf dem Boden saß und ein Kinderlied sang. Harrods hatte freundlicherweise das Penthouse geräumt, damit wir dort Tee trinken konnten. Wahrscheinlich fürchteten sie das Spektakel, das die halbe königliche Familie auslösen würde, genauso sehr wie wir. Das schien Georgia zu beruhigen, die sich den größten Teil des Nachmittags mit ihrem Telefon beschäftigte. Clara machte es sich neben mir auf einer grauen Wildledercouch bequem und seufzte glücklich, als wir ihrem Schwager beim Spielen mit ihrem Sohn zusahen.

»Vielleicht kommst du bald wieder öfter vorbei«, sagte sie hoffnungsvoll.

Edward reagierte mit einem angespannten Lächeln. »Ich habe vor, mit Belle zurück aufs Land zu fahren.«

»Du kannst unmöglich zurück nach Briarshead wollen«, sagte ich.

Er warf mir durch seine Brille einen strengen Blick zu. »Willst du mich loswerden?«

»Niemals«, sagte ich leidenschaftlich. Ich wollte nicht, dass mein bester Freund Thornham verließ. »Aber du wirst dich langweilen. Ich muss morgen in mein neues Büro gehen und mich um einige Bestellungen für die neue Saison kümmern.«

»Ich komm schon klar. Es hat sich herausgestellt, dass man auf dem Land amüsante Dinge unternehmen kann.«

»Da fällt mir ein«, sagte ich und schnippte mit den Fingern. »Wann bist du Silvester eigentlich nach Hause gekommen?«

»Niemand soll an Silvester nach Hause kommen«, sagte er ernst. »Ich war bis nach Mitternacht unterwegs.«

»Vorsicht«, warf Clara ein, »sonst verwandelst du dich noch in einen Kürbis.«

»In dem Märchen ist nicht der Prinz derjenige, der sich in einen Kürbis verwandelt«, sagte er trocken.

»Er ist derjenige, der hinter dem Mädchen her ist, das er auf der Party kennengelernt hat«, bestätigte ich und gab ihm recht. »Klingt eher nach dir und Alexander.«

Sofort trat Stille ein, und ich begriff, was ich falsch gemacht hatte. Bisher war es uns gelungen, seinen Namen aus dem Gespräch herauszuhalten, um Edward und Clara Raum zu geben, ihre Freundschaft wiederzubeleben. Edward an seinen Bruder zu erinnern, war nicht hilfreich.

»Also, was kann man in Briarshead anstellen?«, lenkte Clara schnell das Gespräch zurück auf weniger gefährliches Terrain.

»Nicht was«, erklärte ich ihr, »sondern mit wem.«

»Ach, wirklich?« Sie klatschte aufgeregt in die Hände. »Ich will alles wissen.«

»Da gibt es nichts zu wissen.« Edward blätterte mit Wills in einem Bilderbuch. »Ich habe einen Freund gefunden.«

»Mit dem er bis weit nach Mitternacht unterwegs war«, fügte ich mit Nachdruck hinzu.

»Ist das ein alleinstehender Freund?«, wollte Clara wissen.

»Das ist ein alleinstehender, heißer *französischer Koch*«, sagte ich.

»Wir haben uns nur amüsiert«, sagte Edward schroff und weigerte sich, uns in die Augen zu schauen. Clara und ich sahen uns an. Offenbar waren wir noch weit davon entfernt, ihn zu verkuppeln.

»Hast du alles gefunden, was du brauchst?«, wechselte Clara wieder das Thema. Offenbar wollten wir bei dem sichersten aller Gesprächsthemen bleiben: dem Shoppen.

»Ich glaube schon.« Ich ging in meinem Kopf die Dinge durch, die ich bereits gekauft hatte. »Ehrlich gesagt, geht es mir nur darum, dass sich die Gäste ein bisschen wohler fühlen. Georgia ist nicht empfindlich, aber Jane soll sich bei ihrem nächsten Besuch wie zu Hause fühlen.«

»Du hattest eine Menge Besuch, wenn man bedenkt, dass du ein Neugeborenes hast.«

»Ja, wir brauchten etwas Hilfe mit Penny«, gab ich verlegen zu.

Edward hatte Wills zum Fenster getragen, um ihm die Autos unten auf der Straße zu zeigen, und so nutzte ich die Gelegenheit, unter vier Augen mit Clara zu sprechen. »Hattest du jemals eine postpartale Depression?«

Claras Gesichtsausdruck wurde augenblicklich weicher, und sie streckte ihre Hand aus und legte sie auf meine. »Ein bisschen. Es war nicht allzu schlimm bei mir.«

»Oh.« Auf einmal wollte ich den Tag nicht verderben, indem ich düstere Themen anschnitt.

»Aber das ist ganz normal«, sagte sie sanft. »Und es ist überhaupt nichts, wofür man sich schämen muss.«

»Ich wünschte, das wäre so«, murmelte ich.

»Hast du mit einem Arzt gesprochen?«

Ich nickte. »Ich habe sogar etwas dagegen genommen, aber es ist nur noch schlimmer geworden, und von den Schlaftabletten, die er mir verschrieben hat, bin ich geschlafwandelt.«

»Ich wette, das war peinlich«, sagte Clara mit einem mitfühlenden Kichern. Georgia hatte sie offenbar nicht in meine Heldentaten eingeweiht.

Ich zwang mich zu einem Lächeln. Bei allem, was Clara im letzten Jahr durchgemacht hatte, brauchte sie nichts von dem Vorfall auf dem Teich zu wissen. Ich wollte ihr keinesfalls noch mehr Sorgen bereiten. »Ich habe die Tabletten abgesetzt, aber jetzt kann ich natürlich nicht mehr schlafen.«

»Es dauert lange, sich daran zu gewöhnen«, sagte Clara. »Man denkt, Mutter zu sein, wäre ganz natürlich. Zum Teil ist das auch so. Man liebt das Kind. Und es hat meine Beziehung zu Alexander noch vertieft. Aber das heißt nicht, dass irgendwas daran einfach war. Es kann die Hölle sein, wenn man mal richtig schlafen muss oder das Baby einen unruhigen Tag hat oder zahnt.«

»Wie gehst du mit den harten Tagen um?«

»Ich erinnere mich daran, dass der nächste Tag genauso wahrscheinlich ein guter wie ein schlechter sein wird«, sagte sie. »Und dann verzeihe ich mir, dass ich nicht immer eine Heilige bin.«

»Du bist keine Heilige?«, fragte ich, als würde ich das ernsthaft bezweifeln.

»Glaub mir.« Sie lachte. »Ich bin weit davon entfernt. Es gibt Tage, an denen ich mich nur im Schlafzimmer verstecken und mir die Decke über den Kopf ziehen will. Das könnte ich wahrscheinlich sogar machen. Alexander hat jederzeit die halbe Armee um sich, einige von denen werden schon wissen, wie man Windeln wechselt.«

»Aber du tust es nicht«, vermutete ich.

»Ich nehme mir fünf Minuten«, sagte sie leise. »Und dann stehe ich auf und tue mein Bestes, mich, so gut es geht, an dem Tag zu erfreuen. Manchmal ist es nur ein einziger Moment, und der Rest ist Mist, aber dieser eine Moment …«

»Der macht alles wieder wett«, fügte ich leise hinzu. Ich wusste genau, was sie meinte. Jedes Mal, wenn ich nicht in der Lage war, Penny zu beruhigen, gab es einen Moment, in dem ich zu ihr hinunterblickte und sah, wie sehr sie aus einem bestimmten Blickwinkel Smith ähnelte oder wie sie in ihren Träumen lächelte.

»Deshalb ist es so wichtig, Alexander in der Nähe zu haben«, bestärkte sie mich. »Jedes Mal wenn ich ihn mit einem unserer Kinder sehe, verliebe ich mich ein bisschen mehr in ihn.«

Ein Dutzend Bilder von Smith, wie er Penny im Arm hielt

und sie in den Schlaf wiegte, schossen mir durch den Kopf. Es war ein unglaubliches Geschenk, den Mann, den ich liebte, mit unserem Kind zu sehen. »Manchmal vermisse ich es, nur mit ihm allein zu sein.«

»Natürlich«, sagte Clara. »Vorher konntet ihr euch einfach mal zum Vögeln davonschleichen. Jetzt hast du andere Prioritäten.«

»Ich mache mir Sorgen, dass Smith und ich uns auseinanderleben.« In Wahrheit war ich besorgt, dass wir auseinandergerissen wurden. Jeder Tag schien eine neue Prüfung mit sich zu bringen, und da wir uns um Penny kümmerten, blieb uns nur wenig Zeit füreinander.

»Das Geheimnis ist, dass die Liebe zu euren Kindern ein Teil eurer Ehe ist. Außerdem bleiben sie nicht ewig klein. Du solltest Elizabeth sehen. Wenn ich einmal blinzele, geht sie schon auf die Uni.«

»Sag das nicht«, rief ich und wünschte, Clara hätte sie auch mitgebracht. »Bloß nicht.«

»Siehst du? Daran merkst du, dass du alles gut machst. Der Gedanke an den Tag, an dem dein Haus wieder leer sein wird, macht dich traurig.«

»Trotzdem hätte ich nichts dagegen, etwas öfter allein zu sein«, flüsterte ich.

»Na ja, man muss ja nicht im Schlafzimmer Sex haben«, sagte sie ernst.

Ich schlug mir eine Hand auf die Brust. »Ich bin schockiert, Eure Majestät!«

»In Buckingham gibt es eine Menge Orte, an die man sich schleichen kann.« Sie zuckte mit einem schelmischen Grinsen die Schultern.

Es war immer so leicht, mit Clara zu reden. Ich wünschte nur, wir wären nicht so weit voneinander entfernt. »Ich werde einfach das Gefühl nicht los, dass ich es vermasseln werde. Dass ich es mit ihr vermasseln werde.«

»Ich habe dich mit Wills und Elizabeth gesehen. Du bist ein Naturtalent. Beim eigenen Kind ist es schwieriger, aber du schaffst das.«

»Ich unterbreche euer lauschiges Geplauder nur ungern«, meldete sich Georgia und kam mit dem Telefon in der Hand zu uns. »Aber es ist schon spät. Ich weiß nicht, wie es mit dem Verkehr ist. Wir sollten uns wahrscheinlich auf den Weg machen.«

Claras Hand schloss sich erneut um meine, als Georgia zu Edward ging. »Du kannst mich jederzeit anrufen. Du kannst mir alles erzählen. Ich weiß, dass es sich manchmal so anfühlt, als würdest du verrückt werden. Schlafmangel, Zahnen und zu wenig Sex. Denk einfach daran, ich bin immer für dich da, und ich verstehe dich.«

Ich nickte und umarmte sie. Ich wünschte, es wäre so einfach. Vielleicht hatte ich den Ausflug nach London gebraucht, um einen klaren Kopf zu bekommen. Keine Schlaftabletten mehr. Ein anderes Medikament. Und eine Erinnerung daran, wer ich war und was ich wollte.

Ja, London war immer eine gute Idee.

15

SMITH

Ich fand Rowan an der Eingangstür von *Bless*, wo er gerade ein neues Schloss anbrachte. Er trat zurück und begutachtete es. »Der Wind hier draußen ist zu stark«, erklärte er. »Die Tür wird immer wieder aufgerissen. So sollte es halten.«

»Danke«, sagte ich. Ich hatte ihn nicht wegen seiner Arbeit aufgesucht, sondern um mehr Informationen über die Geschichte von Thornham zu erhalten. »Ich habe mich gefragt, ob ich Ihnen noch eine Frage zu den Thornes stellen könnte.«

Er zuckte mit den Schultern und beugte sich vor, um das Werkzeug aufzuheben, mit dem er das Schloss angebracht hatte. »Ich habe Ihnen so ziemlich alles gesagt, was ich weiß.«

»Das wollte ich Sie fragen.« Ich hatte den ganzen Nachmittag über Rowans Informationen nachgedacht. Allen in der Stadt zufolge waren alle Thornes verschwunden. Selbst Longborn hatte erschüttert gewirkt, als Mirandas Überreste nicht bei den anderen gewesen waren. Trotz der Gerüchte, die sich um sie zu ranken schienen, nahm offenbar jeder an, dass auch sie tot war. Die abergläubischen Landbewohner glaubten, sie hätten einen Geist gesehen. Aber wenn stimmte, was Rowan sagte, konnten sie sie gar nicht gesehen haben. Miranda Thorne war weggesperrt worden. Damit hatte ich nur noch eine Frage an Rowan. »Woher wussten Sie, dass sie in eine Anstalt eingewiesen worden war?«

Rowan drehte sich um, aber seine glänzenden Augen sahen mich gar nicht, sondern fixierten einen Punkt in der Ferne. »Mir ist nicht gestattet, Ihnen das zu sagen.«

»Ich will sie einfach nur finden«, sagte ich. »Ich brauche eine Bestätigung, dass sie weggesperrt wurde. Für einige Dinge, die seit unserem Einzug passiert sind, gibt es verdammt noch mal keine Erklärung.«

»Ich habe Ihnen gesagt, dass das in Thornham immer so war. Miranda zu finden, wird Ihnen nicht helfen«, sagte er mit barscher Stimme.

»Aber woher wussten Sie, dass sie lebt und in der Psychiatrie ist?«

Rowan schien zu überlegen, wie viel er preisgeben durfte. Schließlich seufzte er. »Vermutlich spielt es keine Rolle mehr. Nicht nach Seths Tod.«

»Wer ist Seth?«, fragte ich verwirrt.

»Mein Bruder. Er hat vor mir hier gearbeitet«, erinnerte er mich.

Ich nickte und hoffte, er würde endlich fortfahren.

»Er war einige Jahre älter als ich. Dreiundzwanzig und mit viel schottischem Charme.«

»Charme liegt den Schotten im Blut«, stimmte ich ihm zu.

»Genau. Deshalb kann man einem schottischen Mann

nicht vorwerfen, dass er einer Frau den Kopf verdreht – selbst einer verheirateten Frau.«

Allmählich bekam ich eine Ahnung davon, wie es einst auf Thornham zugegangen war.

»Miranda Thorne war eine wunderschöne Frau«, erzählte er weiter. »Nach allem, was man hört, hat sie ihren Mann über alles geliebt, als sie geheiratet haben. Deshalb bekamen sie auch so viele Kinder. Aber die Liebe hält eben nicht ewig.«

»Wahre Liebe schon«, sagte ich leise.

»Ihnen beiden wünsche ich natürlich das Beste«, sagte er kopfschüttelnd. »Vielleicht hat sie ihn ja noch geliebt. Ich weiß es nicht genau. Sie haben sich auseinandergelebt. Als ich in das Haus kam, war die Ehe so gut wie vorbei. Dann eines Abends gab es einen großen Streit zwischen Mr. und Mrs. Thorne. Auf dem Anwesen wurde tagelang von nichts anderem geredet. Mr. Thorne fuhr weg, und Mrs. Thorne wollte ihr Zimmer nicht mehr verlassen. Die Kinder gerieten in alle möglichen Schwierigkeiten, wie das mit Kindern eben so ist. Dann fiel die kleine Caroline vom Dach – das habe ich Ihnen ja schon erzählt.«

Ich nickte. Er hatte auch erwähnt, dass einige nicht davon überzeugt waren, dass es ein Unfall war.

»Als das passierte, kam Mr. Thorne schnell wieder her, und alles schien sich einzurenken – und dann kamen wir eines Morgens zur Arbeit, und alle waren weg.«

»Haben Sie die Polizei gerufen?«

»Zuerst nicht«, sagte Rowan. »Jeder nahm irgendwie an, sie müssten verreist sein. Aber als sie nicht zurückkamen, wurden die örtlichen Behörden eingeschaltet.«

»Man hat nie etwas gefunden«, sagte ich. »Nicht bis wir den Keller umgegraben haben.«

»Ja, das stimmt.«

»Woher wissen Sie dann, dass Miranda Thorne in der Psychiatrie war?«

»Seth hat es mir erzählt«, gestand er. »Er war der Grund, warum die Thornes sich gestritten haben. Mr. Thorne hatte herausgefunden, dass Miranda sich mit Seth traf. Er hat sie in den Ställen erwischt, um genau zu sein.«

Mit einem bitteren Geschmack im Mund sah ich an dem weiß getünchten Stall empor. Ich konnte mir keine Zukunft vorstellen, in der Belle mich betrügen würde oder ich sie. Aber ich konnte mir vorstellen, wie Untreue eine Ehe im Kern erschüttern konnte. Meine erste Frau war mir mehrmals untreu gewesen. Ich hatte ihr das Gleiche angetan. Ich wusste, wie es war, jemanden zu lieben und dann langsam jede Verbindung zu ihm zu verlieren.

»Sie kam zu Seth und erzählte ihm, dass sie schwanger war«, berichtete Rowan. »Es war *sein* Kind. Sie war außer sich. Sagte, sie sei nirgends mehr sicher. Die Polizei suchte damals nach ihr – sie suchten nach allen Thornes. Zuerst versuchte er, sie zu verstecken, aber dann … Nun, ihm wurde klar, dass sie mehr Hilfe brauchte, als er ihr geben konnte. Er fand einen Ort in Brighton, wo man bereit war, sie aufzunehmen. So kam sie in die Anstalt.«

»Was ist aus dem Baby geworden?«

»Was wurde wohl aus Babys, die in einer Anstalt geboren wurden? Das ist lange her«, sagte Rowan. »Damals war man nicht so fortschrittlich wie heute. Ich bin sicher, das Baby hat irgendwo ein Zuhause gefunden.«

»Und Miranda? Ist sie noch dort?«

»Soweit ich weiß, hat sie das Heim nie verlassen«, sagte er traurig.

Ich verstand jetzt, warum Rowan nicht gern über seine Vergangenheit auf Thornham sprach. Sein Bruder Seth war eng mit der Familie Thorne verstrickt gewesen. Ich wusste selbst, wie es war, wenn man die Vergangenheit hinter sich lassen wollte und sie dennoch immer wieder ihre hässliche Fratze zeigte. Ich bedankte mich bei ihm und machte mich auf den Weg zurück zum Haus. Ich glaubte nicht an Geister, aber ich glaubte, dass die Vergangenheit zurückkommen und einen heimsuchen konnte. Die Frage war, wessen Vergangenheit uns gerade heimsuchte.

Ich saß in meinem Arbeitszimmer und starrte aus dem Fenster auf die großen Eichen, die hinter dem Haupthaus aufragten. Sie streckten die Äste aus, als wollten sie mir Trost spenden oder vielleicht auch Zuflucht vor Thornham bieten. Ich hatte die Anstalt in Brighton, in der Miranda Thorne untergebracht worden sein musste, im Internet gefunden und wusste nicht, was ich mit dieser Information anfangen sollte. Welche Antworten konnte ich mir erhoffen, indem ich eine Frau aufsuchte, die seit Jahrzehnten als geisteskrank galt? Je mehr ich über unser Haus erfuhr, desto mehr fragte ich mich, ob ein Haus auf dem Land der sichere Hafen war, den ich mir erhofft hatte.

Im Haus war es gespenstisch still. Ich entließ Mrs. Winters für den Abend, entschlossen, mit dem Abendessen auf Belle und die anderen zu warten. Penny hatte den ganzen Nachmittag glücklich im Kinderzimmer unter Noras wachsamem Auge geschlafen. Georgia hatte eine Nachricht geschickt, als sie London verließen, und geschrieben, dass sie bald zu Hause sein würden. Es war an der Zeit, Belle zu erzählen, was ich herausgefunden hatte. Miranda Thorne mochte weggesperrt sein, unfähig, jemandem etwas anzutun, aber irgendwo da draußen gab es noch einen anderen Thorne – einen, von dem fast niemand wusste. Ich lehnte mich in meinem Stuhl zurück und rieb mir den Nacken in dem vergeblichen Versuch, die Spannung dort zu lösen.

Da hörte ich leise Schritte von der Tür her sich nähern. Ich starrte aus dem Fenster und beobachtete die Sterne, die so prächtig funkelten. Die hatte ich ihr versprochen, aber was würde es uns kosten?

»Ich weiß nicht, was ich tun soll«, gestand ich und hörte, wie sie hinter mir stehen blieb. So war es leichter. Wenn ich ihr nicht ins Gesicht blicken musste beim Geständnis meiner Unsicherheit. Ich hatte ihr nicht verschweigen wollen, was vor sich ging. Ich wollte meiner Frau nichts verschweigen, aber ihr labiler Zustand schien es zu erfordern. Jetzt, wo ich Antworten hatte, war es an der Zeit, reinen Tisch zu machen. »Ich habe geschworen, Penny zu beschützen, aber ich werde das Gefühl nicht los, dass ich sie im Stich lasse. Vielleicht war es eine schlechte Idee hierherzuziehen. Es gibt Dinge, die du wissen solltest. Aber ich weiß nicht, wo ich anfangen soll.«

Ich schloss die Augen und kniff mir mit Daumen und Zeigefinger in die Nasenwurzel, weil ich spürte, dass ich erneut Kopfschmerzen bekam. Sie trat hinter den Stuhl und begann, mit ihren zarten Händen meine Schultern zu massieren. »Glaubst du, dass man jemals seiner Vergangenheit entkommen kann? Ich werde das Gefühl nicht los, dass meine Sünden mich jetzt einholen.«

Ich griff nach oben, schloss meine Hand um ihre und zog sie zu mir herunter, ich musste ihre Haut auf meiner spüren, sehnte mich nach dem Geschmack ihres Kusses.

»Ist das ein neues Parfüm?«, fragte ich, führte ihre Handgelenke an meine Lippen und atmete ihren Duft ein. »Gefällt mir.«

Ich öffnete die Augen und wollte mich gerade umdrehen und sie in die Arme nehmen, als mein Blick eine Reflexion im Fenster bemerkte. Ich ließ die Hand los, drehte den Stuhl herum, sprang auf und wich einen Schritt zurück. Nora erstarrte auf der Stelle, ihre dunklen Augen waren riesig in ihrem blassen Gesicht.

»Es ist okay«, murmelte sie schließlich und rückte ein wenig näher. »Du lässt niemanden im Stich, Smith. Penny könnte keinen besseren Vater haben.«

»Du solltest gehen«, grollte ich. Der Duft ihres Parfüms hing mir noch in der Nase, und mir drehte sich der Magen um.

»Ich sehe dich.« Sie schüttelte den Kopf und weigerte sich zu gehen. »Belle sieht vielleicht nicht, wie sehr du mit dir ringst.«

»Sag nicht ihren Namen.« Das war alles, was ich tun konnte, um meine Wut unter Kontrolle zu halten. Georgia hatte mich gewarnt, und ich hatte nicht auf sie gehört.

»Smith«, sagte sie leise, kam auf mich zu und legte ihre Hand auf meine Brust. »Was ich für dich sein kann …«

Ich schob ihre Hand weg. »Du musst gehen.«

»Wenn du nur …«

»Pack. Deine. Sachen!«, stieß ich hervor.

Sie kam noch näher und griff in meinen Pullover. »Du hast

es auch gespürt! Ich habe gesehen, wie du mich anschaust, wenn sie nicht hinsieht.«

»Was zum Teufel ist hier los?«, ertönte Belles scharfe Stimme.

Nora erschrak und wich in die Dunkelheit zurück.

»Meine Schöne«, rief ich, aber sie war bereits geflohen. Ich drehte mich zu Nora um und machte einen Schritt in ihre Richtung. »Räum dein Zimmer. Ich will, dass du morgen früh verschwunden bist.«

»Das meinst du nicht ernst.« Sie keuchte. »Wer kümmert sich dann um Penny? Du kannst ihr nicht trauen …«

»Verschwinde verdammt noch mal aus meinem Haus.« Ich wartete nicht auf ihre Antwort, sondern war schon aus der Tür und lief in die Richtung, in die Belle verschwunden war.

Edward blieb auf der Treppe stehen, die Arme voll mit Einkaufstüten, und wich zur Seite, als er mich die Treppe hinunterlaufen sah.

»Wo ist sie hin?«, bellte ich, als ich an ihm vorbeikam.

»Sie ist gleich zu dir gegangen, als wir zurückgekommen sind«, antwortete er verwirrt. »Was ist los?« Sein Blick sprang nach oben, wo Nora am oberen Treppenabsatz stand.

Ich hatte keine Zeit, es ihm zu erklären. Ich musste Belle finden, bevor sie zu weit weg war. In der Halle traf ich auf Georgia, die wie ein Packesel beladen war. Sie ließ stöhnend die Einkaufstüten fallen und sah erschöpft aus. Kaum dass sie mich sah, kniff sie die Augen zusammen.

»Ist sie in diese Richtung gegangen?«, fragte ich.

»Wer? Belle?«

Das genügte mir als Antwort. Ich wechselte die Richtung,

ging zur Rückseite des Hauses und entdeckte, dass die Tür weit offen stand.

»Belle!«, rief ich in die Nacht, aber sie antwortete nicht. Ich zögerte nur einen Moment, ob ich in Richtung Teich oder in Richtung Büro gehen sollte. Sie war wütend – sie kochte vor Wut, da war ich mir sicher – und schlafwandelte nicht, also rannte ich zu den Ställen.

Als ich sie erreichte, brannten schon die Lichter im Büro. Ich versuchte, die Tür zu öffnen, doch sie war verschlossen. Ich hämmerte mit der Faust dagegen. »Mach die Tür auf, meine Schöne.«

Ich wartete einen Moment lang. Als sie nicht antwortete, schlug ich fester dagegen. Schließlich ging die Tür auf, und sie wartete, die Hände in die Seiten gestemmt und mit hochgezogenen Augenbrauen, auf eine Erklärung.

»Das war nicht das, wonach es aussah.«

»Sieht aus, als hätte unser Kindermädchen versucht, dich zu vögeln«, sagte sie unumwunden, verschränkte die Arme über der Brust und forderte mich mit ihrem Blick auf, ihr zu widersprechen.

Das ließ mein Selbsterhaltungstrieb nicht zu.

»Sie ist gescheitert«, sagte ich und grinste sie an. Aber ihre Lippen wurden nur noch schmaler. Sie war nicht in der Stimmung für Scherze. Ich schob mich an ihr vorbei und trat die Tür hinter mir zu. Es gab nur einen Weg, das Problem zu lösen: Ich musste es ihr beweisen.

»Was muss ich tun?« Ich sank vor ihr auf ein Knie, dann auf das andere. »Betteln? Es ist nichts passiert, und es wird auch nichts passieren.«

»Nichts?«, drängte sie.

Ich biss die Zähne zusammen und holte tief Luft. »Sie kam rein, und ich hatte ihr den Rücken zugewandt. Ich dachte, sie wäre du.«

»Was soll das bedeuten?«, fragte sie mit erstickter Stimme.

»Sie hat mir den Nacken massiert, und ich … habe ihr Handgelenk genommen und es geküsst.« Ich konnte immer noch Noras fremden Duft auf meiner Zunge schmecken.

»Du hast sie geküsst?«, flüsterte Belle.

Ich öffnete den Mund, um es ihr noch einmal zu erklären, aber irgendwie wusste ich, dass es keine Rolle spielte, wo ich Nora geküsst hatte. Was zählte, war, dass meine Lippen eine andere Frau berührt hatten.

Belle schritt zum Schreibtisch und blieb einen Moment lang schweigend stehen, bevor sie sich zu mir umdrehte. »Erinnerst du dich an den Tag, als Philip mich vor deiner Kanzlei in London abgefangen hat?«

Ich riss die Augen auf und nickte. »Er wollte dich zurück.«

»Ich sagte Nein, und er küsste mich trotzdem«, rief sie mir die Geschichte in Erinnerung.

»Ich würde lieber vergessen, dass das jemals passiert ist«, gab ich zu.

»Ich weiß«, sagte sie hochmütig und richtete ihren wachsamen Blick auf mich. »Aber das hat dich nicht davon abgehalten, mich zu zwingen, dir meine Loyalität zu beweisen, als du es herausgefunden hast.«

Ich hob die Hand mit meinem Ehering. Den sie mir auf den Finger gesteckt hatte. »Ich gehöre dir. Daran kann nichts etwas ändern.«

»Beweis es«, forderte sie mit grimmigem Lächeln.

»Was immer du willst«, versprach ich.

Sie musterte mich einen Moment lang, dann ging sie an mir vorbei zu den Kleiderständern, die die andere Seite des Raumes säumten. Sie schob ein paar Bügel zurück, griff in die Körbe mit Accessoires darunter. Schließlich richtete sie sich triumphierend auf und hielt einen dünnen Ledergürtel in den Händen. Belle schnippte mit den Fingern und zeigte auf den Boden. Dann sagte sie nur ein Wort: »Kriech.«

Es war mehr als eine Herausforderung, sie wollte mir etwas beweisen. Belle war im Schlafzimmer selten über mir gewesen, es sei denn, ich hatte es ihr erlaubt. Wie könnte ich es nicht zu schätzen wissen, wenn sie von Zeit zu Zeit auf meinem Schwanz ritt. Das war es aber nicht, was sie jetzt wollte. Sie wollte mich daran erinnern, dass jeder Moment der Dominanz, den ich genoss, auf ihre Unterwerfung zurückzuführen war. Sie gab sich mir aus freien Stücken und vertrauensvoll hin. Sie erlaubte mir, an ihrem Körper meine dunklen Gelüste auszuleben, aber im Grunde hatte sie stets die Kontrolle. Sie allein hatte die Macht, mir ihre Unterwerfung zu gewähren.

Und jetzt musste ich alles zurückgewinnen: ihr Vertrauen, ihre Unterwerfung, ihr Herz.

Ich ließ sie nicht aus den Augen, während ich mich nach vorn beugte und meine Hände auf den Boden legte. Langsam kroch ich auf allen vieren zu ihr. Ich hätte nie gedacht, dass ich mich für eine Frau so weit erniedrigen würde, aber ich würde mein Leben in Ketten verbringen, nur um ihr die Füße zu küssen. Als ich sie erreichte, tat ich genau das.

»Sehr schön«, murmelte sie, als ich einen einzelnen Kuss auf der Spitze ihrer Lederstiefel platzierte. Belle wickelte den Ledergürtel um meinen Hals und führte ein Ende durch die Schnalle, bevor sie ihn festzog. »Reizend.«

Sie hatte mir ein Halsband umgelegt. Die Botschaft war klar: Ich gehörte ihr.

Ich schob mich auf die Fersen und wartete auf ihre nächste Anweisung. Sie zeigte auf ihre dicken schwarzen Leggings. »Zieh sie herunter.«

Ich griff den elastischen Bund und enthüllte Zentimeter für Zentimeter von ihrer cremefarbenen Haut. Belle spreizte die Beine so weit, wie es die Leggings zuließen. Ihre Scham war nackt, bis auf einen kleinen blonden Flaum. Ich leckte mir über die Lippen.

»Zeig mir, wen du anbetest«, forderte sie.

Ich nickte und schob mich eifrig auf die Knie hoch. Ich wollte nach ihren Hüften greifen und sie zu mir heranziehen, aber sie schlug meine Hände weg. »Benutze deinen Mund.«

Mein Schwanz fühlte sich an, als würde er gleich in meiner Hose explodieren, aber sonst hatte ich kein Problem mit dieser dominanten Seite meiner Frau. Ich mochte es eher, dass sie von mir Befriedigung verlangte. Ich wollte ihr immer Lust bereiten und mochte, dass sie genau das verlangte. Vorsichtig beugte ich mich nach vorn und drückte mein Gesicht an ihren süßen Hügel. Es erforderte einige Geschicklichkeit, ihre Scham mit der Zunge zu öffnen. Belle reagierte, indem sie die Beine etwas weiter spreizte, um mir besseren Zugang zu gewähren. Ich strich mit der Zungenspitze an ihr entlang, bevor ich mich auf ihre Klitoris konzentrierte. Ich stöhnte auf, als ihr Geschmack meinen Mund füllte und den letzten Rest von Noras Parfüm auslöschte.

»Was soll das?«, fragte sie. Sie trat einen Schritt zurück und entzog sich mir.

»Ich liebe es, dich mit dem Mund zu nehmen.«

»Nein«, sagte sie barsch. Sie beugte sich vor, sodass unsere

Augen auf gleicher Höhe waren, und ich wünschte, ich wäre hinter ihr, damit ich sehen könnte, wie sie ihren runden Hintern in die Luft reckte. Sie griff nach meinem behelfsmäßigen Halsband. »Du liebst es, wenn ich meine Muschi auf deine Lippen lege, wenn ich auf deiner Zunge reite – stimmt's?«

Ich hatte nur eine Chance, es richtig zu machen. Wir spielten ein Spiel, aber ich war entschlossen, ihr den Sieg zu schenken. »Ja, Madame.«

Ihre Lippen verzogen sich zu einem Lächeln. »Gut. Ich werde deinen Mund ficken, bis ich komme. Würde dir das gefallen?«

»Ja, Madame«, wiederholte ich und drehte mein Gesicht einladend nach oben.

Belle entfernte sich ein paar Schritte und zog nacheinander die Stiefel aus, dann streifte sie sich die Hose herunter. Mit schwingenden Hüften kam sie wieder auf mich zu. Ich ging auf meine Fersen zurück und unterwarf mich ihr, während sie sich auf mein Gesicht senkte. »Du darfst mich halten.«

Fuck. Ich wusste nicht, dass sie so heiß sein konnte. Sie wollte mir vielleicht etwas beweisen, aber ein Teil von mir wollte öfter Streit anzetteln, wenn das bedeutete, dass sie dann die Kontrolle übernahm. Ich packte ihre Pobacken und hielt sie fest, während ich meine Zunge in ihr versenkte. Ich strich über ihre Klitoris, bis sie prall mit Blut gefüllt war, und knabberte daran. Belle presste ihre Scham an meinen Mund, und ich nahm sie gierig. Sie grub die Hände in mein Haar und drängte sich grob an mich. Als sie kam, drückte sie die Schenkel an meine Ohren, ritt die letzten Wellen der Lust aus und stöhnte vor Vergnügen, während sie mich langsam, aber sicher erstickte.

Das wäre der perfekte Abgang.

Dennoch schnappte ich nach Luft, als sie zur Seite trat. Sie schien nicht im Entferntesten besorgt zu sein. Stattdessen zeigte sie auf den Boden. »Steh auf.«

Ich leckte mir die Reste von ihr von den Lippen. Belle zeigte auf den Tisch, auf dem ich sie erst letzte Woche gevögelt hatte. Ich ging hinüber und war mir meiner Erregung schmerzhaft bewusst. Als ich ihn erreichte, ließ sie den Zeigefinger kreisen. »Dreh dich um.«

Ich folgte ihrem Befehl und fragte mich, was sie als Nächstes mit mir vorhatte. Belle trat hinter mich, legte einen Arm um meine Taille und ließ die Hand über meine Hose gleiten. Sie streichelte mich grob. »Das gehört mir«, knurrte sie leise in mein Ohr. Ihre andere Hand packte das Ende des Gürtels um meinen Hals und zog daran, bis ich kaum noch atmen konnte. »Hast du verstanden?«

Ich versuchte zu schlucken, konnte es aber nicht, weil das Leder meine Kehle zuschnürte. Stattdessen blinzelte ich zu ihr nach hinten, und sie grinste. »Das gefällt dir, oder? Dass du mir gehörst.«

Sie wartete, aber ich konnte mich nicht bewegen, ohne mir die Luft ganz abzuschnüren. Belle hob eine Augenbraue.

Da wurde mir klar, dass es nicht darum ging, wie weit sie es treiben würde, sondern darum, wie weit ich bereit war, mich ihr zu unterwerfen. Ich ruckte mit dem Kopf gegen das Lederhalsband und schnitt mir den Sauerstoff ab, um unmissverständlich zu nicken. Sofort erschienen Sterne am Rand meines Sichtfelds. Meine Eier zogen sich zusammen, und ich entlud mich in ihrer Hand. Belle ließ das Halsband los, und ich sackte nach vorne, musste mich mit den Händen an der Kante des Konferenztisches abstützen. Sie zog die Hand aus meiner Hose und hielt sie mir hin, um mir zu zeigen, dass sie von meinem Saft glänzte. Ich beobachtete, wie sie ihren Zeigefinger damit benetzte. Dann strich sie mit dem nassen Zeigefinger über meine Lippen. Ich erstarrte, wandte mich ein Stück um und sah ihr in die Augen, um dort einem herausfordernden Blick zu begegnen.

Belle hatte mir nie etwas verweigert. Ich musste eine Entscheidung treffen. Ich öffnete die Lippen, und sie schob ihren Finger in meinen Mund und verteilte meinen Samen auf meiner Zunge.

»Koste dich selbst«, murmelte sie. Ich saugte an ihrem Finger und war überrascht, dass ich wieder hart wurde. Das hatte nichts mit meinem Geschmack zu tun, sondern eher mit der schamlosen Selbstsicherheit ihres Handelns. Mein Geschmack vermischte sich mit ihrem, der noch auf meiner Zunge lag, und ich schloss die Augen, als ich die Probe unserer Vereinigung schluckte.

Sie trat zurück und schien zufrieden. Ein merkwürdiges Gefühl von Stolz durchströmte mich. Empfand sie so, wenn sie sich mir hingab? Ihr Blick wanderte hinunter zu der Erektion, die aus dem Bund meiner Hose ragte.

»Ich will nicht, dass deine Lippen jemals die Haut einer anderen Frau berühren.«

Diesmal klang es nicht mehr wie ein Befehl. Sie öffnete den Gürtel um meinen Hals. Er glitt nach unten, und sie rieb über die Spuren, die er hinterlassen hatte.

»Du machst das gar nicht schlecht«, lobte ich.

»Die andere Seite ist mir trotzdem lieber«, sagte sie schlicht.

Ich zog eine Augenbraue hoch. »Es tut mir leid, meine Schöne.«

»Ich weiß.« Aber sie sah mir nicht direkt in die Augen.

»Wie kann ich es dir beweisen?«, fragte ich.

»Du musst nichts beweisen.« Sie schüttelte den Kopf. »Ich weiß es.«

»Ich glaube, ich sollte es trotzdem versuchen«, sagte ich grimmig. Ich hob sie auf den Tisch und positionierte meinen Schwanz zwischen ihren Beinen. Anstatt in sie zu stoßen, wartete ich. Dies war immer noch ihr Spiel. Ich würde ihr beweisen, dass ich genauso sehr zu ihr gehörte wie sie zu mir. Sie rutschte nach vorne, nahm mich in sich auf und verdrehte die Augen.

»Sag es, Price«, bettelte sie, während sie auf meinem Schwanz ritt. »Sag mir, dass du mich für immer lieben wirst.«

Ich stöhnte und beschleunigte meinen Rhythmus. »Ich werde dich für immer lieben – und für einen Tag.«

16

BELLE

Ich wünschte, ich könnte nach dem, was passiert war, so fest schlafen wie Smith. Er hatte mich zurück in unser Zimmer getragen und mich erneut genommen, um wieder das Sagen zu haben. Ich hatte mich nicht gesträubt. Genauso wie er brauchte ich die Gewissheit, dass er immer noch mir gehörte und ich immer noch ihm. Doch nun lag ich wach im Bett und starrte an die Decke. Smith hatte recht gehabt, Nora zu feuern. Ich würde ihr nie wieder vertrauen können – aber damit hatten wir kein Kindermädchen mehr. Nach meinem Ausflug nach London fühlte ich mich als Mutter sicherer. Aber das hieß nicht, dass ich bereit war, es allein zu schaffen. Ich sagte mir, dass Edward und Georgia in der Nähe waren, um mir zu helfen, doch die leichte Panik, die immer wieder in mir hochstieg, konnte ich nicht abschütteln.

Meine Panik hatte mich davon abgehalten, Nora zur Rede zu stellen. Sie hatte meinen Mann angefasst – das konnte ich ihr nicht verzeihen. Wut kochte in mir hoch, als sich die Szene in meinem Kopf abspielte. Ich konnte nicht vergessen, wie sie sich in seinen Pullover gekrallt und versucht hatte, ihn zu sich zu ziehen. Mir war egal, was sie über mich dachte. Aber dass ihre Hände das berührt hatten, was mir gehörte, war mir verdammt noch mal nicht egal.

Ich drehte den Kopf und beobachtete Smith einen Moment lang. Warum hatte ich das nur vorher nicht gesehen? Wie lange hatte sie schon Interesse an meinem Mann gehabt? Mein Herz schlug schneller. Wenn das so weiterging, würde ich tatsächlich bald durchdrehen. Vorsichtig schlug ich die Decke zurück und schlüpfte leise aus dem Bett. Ich schnappte mir meinen Morgenrock, schlich zur Tür und öffnete sie leise. Irgendwie musste ich den Kopf freibekommen. Auf Zehenspitzen schlich ich die Treppe hinunter, wohl wissend, dass meine Schritte auf den Marmorböden und in den weiten luftigen Gängen widerhallten. Ich wollte niemanden aufwecken.

In der Küche brannte Licht, und ich machte mich darauf gefasst, auf Mrs. Winters zu treffen. Doch nicht der ergraute Kopf der Haushälterin steckte im Kühlschrank, sondern Noras. Ich hielt inne und überlegte, was ich tun sollte. Schließlich trat ich mit vernehmlichen Schritten über den Steinboden in die Küche. Das war meine Art, sie zu warnen, bevor ich angriff.

Nora fuhr herum, ließ jedoch eine Hand an der Kühlschranktür. Sie schloss sie und lehnte sich dagegen, wirkte in die Enge getrieben.

»Stiehlst du jetzt auch noch mein Essen?«, fragte ich kalt. Der Inhalt des Kühlschranks war mir egal, aber mir war nicht egal, dass sie noch hier war. Dass sie laut Smith erst am Morgen das Haus verlassen musste, fühlte sich kaum befriedigend an. Ich musste mich beherrschen, ihr keinen Tritt in den Hintern zu verpassen und sie raus in den Schnee zu befördern.

»Belle«, begann sie, verstummte jedoch sofort wieder. Offenbar wusste das Flittchen nicht, was es sagen sollte.

Ich verschränkte die Arme und hielt die Stille zwischen uns aus, bis sie sie schließlich erneut durchbrach. »Es war nicht das, was Sie denken.«

So wollte sie es drehen? Hielt sie mich für blind? Ich schwieg. Sie würde sich von ganz allein verdammen.

»Smith und ich haben so viel Zeit miteinander verbracht«, fuhr sie fort, »und er hat mir schon seit einer Weile zweideutige Signale gesendet.«

Ich biss die Zähne zusammen und versuchte, meine Wut im Zaum zu halten. Ich wollte ihr dabei zusehen, wie sie ihr Grab schaufelte, und das bedeutete, ihre erbärmlichen Lügen nicht zu unterbrechen.

»Ich habe mich in ihn verknallt.« Sie ließ beschämt den Kopf sinken, und ihre Schultern bebten. Als sie schließlich aufblickte, liefen ihr Tränen über die Wangen. »Ich wollte das nicht. Es war, als hätte er mich in seinen Bann gezogen.«

»Und er hat dich ermutigt?«, fragte ich kalt.

»Ja.« Sie zögerte und schüttelte dann den Kopf. »Nein. Ich bin mir nicht sicher.«

Ich wusste nicht, ob sie versuchte, ihre Haut zu retten, indem sie ihm die Schuld gab, oder ob sie wirklich dachte, er hätte Interesse an ihr gezeigt. So oder so, sie hatte sich geirrt. »Lass mich etwas klarstellen.« Ich machte ein paar Schritte nach vorn, sodass nur noch wenige Meter zwischen uns lagen.

Nora wich gegen den Kühlschrank zurück. »Ich glaube dir nicht. Smith würde mich nie betrügen.«

»Vielleicht bislang nicht, aber jeder weiß, dass Sie nicht mehr dieselbe sind.« Sie fasste aus unerklärlichen Gründen Mut, richtete sich auf und schüttelte den Kopf. »Er braucht eine Frau, die ihn lieben kann, und Penny braucht eine Mutter, die sich um sie kümmern kann.«

»Du kleine Schlampe«, fauchte ich.

»Ich bin keine Schlampe. Ich sehe nur, was Sie sich nicht eingestehen wollen. Sie haben ihn verletzt. Sie haben sie verletzt. Wann begreifen Sie, dass Sie sie nicht verdienen? Das alles hier!«

»Geht es noch klischeehafter?« Ich konnte nicht glauben, was ich da hörte. Jeder hatte sich darüber lustig gemacht, dass wir ein schönes junges Kindermädchen einstellten, aber dass sie mich tatsächlich hintergehen könnte, war mir nicht in den Sinn gekommen. »Ich schlage vor, dass du dich sofort an der Uni einschreibst, denn ich werde dafür sorgen, dass du nie wieder einer Familie Schaden zufügst.«

»Ich brauche das Geld!«, schrie sie, als begriffe sie erst in dem Augenblick, dass sie ihren Job verloren hatte. Sie machte einen wackeligen Schritt nach vorne. »Ich erwarte nicht, dass Sie das verstehen. Sie mit Ihrer Villa, Ihren Luxusautos und Ihren lächerlichen Schuhen. Manche von uns haben all das nicht.«

Allmählich begriff ich, was sie wirklich dazu getrieben hatte, sich an meinen Mann heranzumachen. Ich war mir sicher, dass sie ihn sexy fand – wie konnte sie das nicht? Aber sein Geld war mindestens genauso attraktiv. »Ich will, dass du morgen früh verschwunden bist. Wir schicken den letzten Scheck an die Agentur und informieren sie, was du getan hast.« Es hatte keinen Sinn, diesen Streit fortzusetzen. Es galt nur, das Geschäftliche abzuschließen. »Bitte verschwinde, bevor wir aufwachen.«

»Ich möchte mich von Pen verab...«

»Du wirst dich meiner Tochter nicht mehr nähern«, stieß ich hervor, machte einen Schritt auf sie zu, bohrte ihr meinen Zeigefinger in die Brust und erklärte klar und deutlich: »Oder meinem Mann. Sobald ich diesen Raum verlassen habe, wollen wir dein Gesicht nie wiedersehen.«

Ich wandte mich zum Gehen und erwischte Mrs. Winters, die uns von der hinteren Treppe aus beobachtete. Wortlos verschwand sie wieder in der Dunkelheit. Wenigstens war sie so vernünftig, sich nicht einzumischen. Entschlossen ging ich zurück zur Treppe und zählte jeden Schritt, um mein klopfendes Herz zu beruhigen. Das Blut rauschte in meinen Ohren, und egal, wie viel Abstand ich zwischen sie und mich brachte, ich konnte mich nicht beruhigen. Anstatt ins Schlafzimmer zurückzukehren, ging ich ins Kinderzimmer, um nach Penny zu sehen.

Sie schlief auf dem Rücken, die Arme zur Seite ausgestreckt, die Hände zu Fäustchen geballt.

»Es tut mir leid«, flüsterte ich ihr zu, und meine Wut wandelte sich in Traurigkeit. Ich hatte uns alle in diese Lage gebracht. Ich hatte sie in Gefahr gebracht. Ich hatte Smith gezwungen, eine Fremde zu Hilfe zu holen. In mir machte sich Schmerz breit und versuchte, mich in die Dunkelheit zu ziehen, der ich gerade erst entkommen war. »Keiner wird sich zwischen uns stellen. Nicht mehr. Ich bin deine Mutter, und ich liebe dich. Es tut mir leid, dass ich dich enttäuscht habe. Ich werde es den Rest meines Lebens wiedergutmachen.«

Ihre Lider flatterten im Schlaf, und sie lächelte sanft, als ob sie mich verstanden hätte.

Ich überprüfte das Babyfon und ging zurück ins Bett. Smith schlief immer noch. Er hatte sich bewegt und ein Bein unter der Decke hervorgestreckt. Ich bedauerte, dass ich ihn dazu gebracht hatte, seine Unschuld zu beweisen. Es gab nur eine Schuldige. Ich schluckte, dann traf ich eine Entscheidung. Ich musste die Frau sein, die er verdiente. Ich musste die Mutter sein, die Penny brauchte. Ich tappte ins Badezimmer, öffnete den Medizinschrank und nahm die Flasche mit den Schlaftabletten heraus. Nur für heute Nacht. Damit ich morgen frisch und klar war und den neuen Herausforderungen entgegentreten konnte. Ich sah mir dabei zu, wie ich eine Tablette schluckte, und versprach meinem Spiegelbild, dass der Morgen die Chance bringen würde, meine Fehler wiedergutzumachen. Ich musste an eine zweite Chance glauben. Ich musste daran glauben, dass ich es richtig machen konnte.

17

SMITH

Licht schimmerte durch meine Augenlider und holte mich sanft in die Welt zurück. Ich streckte meine Beine aus, bevor ich mich auf die Seite rollte und einen Arm um Belle schlang. Ich zog meine Frau an mich und drückte meinen Schwanz von hinten an sie. Sie rekelte sich in meinen Armen und rieb sich an meiner harten Männlichkeit.

»Guten Morgen, meine Schöne.« Ich küsste ihre Schulter. Ich wusste nicht, womit ich es verdient hatte, jeden Morgen neben dieser Frau aufzuwachen, aber ich würde mein Leben lang beweisen, dass ich es verdiente, sie zu behalten.

Belle drehte den Kopf und kuschelte sich an meinen Hals. »Guten Morgen, Sir.«

»Ich bin also wieder Sir?« Ich grinste und vergrub mein Gesicht in ihrem Haar.

»Für den Moment«, neckte sie mich.

»In diesem Fall …« Ich drehte sie zu mir um und schob

mich zwischen ihre Schenkel. Belles Hände glitten meine Brust hinauf, aber als sie meine Schultern erreichten, weiteten sich ihre Augen. »Was ist los?«

Ich schaute nach unten und sah, was sie entdeckt hatte. Sie begann, unter mir zu zittern, ein Beben durchlief ihren Körper.

Ich setzte mich auf, und sie rappelte sich neben mir hoch und hob die Hände. Einen Moment trafen sich unsere Blicke.

»Smith«, sagte sie mit erstickter Stimme, während wir auf das Blut und den Schmutz starrten, die über ihre Hände verschmiert waren, unter ihren Fingernägeln klebten und die Laken befleckten, auf denen sie geschlafen hatte.

Ohne ein Wort schoss ich aus dem Bett hoch und war bereits auf dem Weg zum Kinderzimmer. Belle folgte mir und rief verzweifelt meinen Namen, doch ich blieb erst stehen, als ich Pennys Zimmer erreichte. Sie strampelte in ihrem Kinderbettchen, und ich eilte zu ihr und hob sie hoch. Ich drückte sie an mich, atmete ihren zarten Duft ein und drückte meine Wange an ihren warmen Kopf. Ich drehte mich um und sah, wie Belle vor Erleichterung vor dem Bettchen auf den Boden sank.

»Ich verstehe das nicht«, sagte sie atemlos vor Panik.

»Bist du wieder schlafgewandelt?« Das wäre eine Erklärung, aber es erklärte nicht das Blut an ihren Händen.

»Ich habe gestern Abend eine Tablette genommen«, gestand sie leise. »Ich konnte nicht schlafen, nachdem ich …«

Mir kam ein schrecklicher Gedanke. Belle umklammerte ihre Handgelenke und grub die blutigen Finger in ihr Fleisch, auf ihrem Gesicht spiegelten sich meine eigenen Gefühle.

Ihre Lippen bewegten sich, aber es kam kein Ton heraus. Dennoch verstand ich, was sie sagte.

Nora.

Ich trug das Baby in den Flur und entdeckte etwas, das ich in meiner Hast zuvor übersehen hatte: eine Blutspur auf dem Boden. Ich folgte ihr mit dem Blick, und als ich sah, dass sie zur Schlafzimmertür des Kindermädchens führte, setzte mein Herz aus. Langsam ging ich darauf zu, wobei ich Penny vorsichtig an mich drückte. Instinktiv bewegte ich mich so leise wie möglich und hoffte, dass wir niemanden sonst im Haus geweckt hatten. Ihre Tür war unverschlossen, und ich öffnete sie und bereitete mich auf das vor, was mich dort erwartete. Doch das Zimmer war leer. Ich ging zum Bett, schlug die Decke zurück und sah … noch mehr Blut.

Als ich hinter mir eine Bewegung wahrnahm, drehte ich mich um. Dort stand Belle und sank an den Türrahmen, als sie die Szene vor sich sah.

»Was habe ich getan?«, fragte sie mit hohler Stimme.

»Wir wissen nicht …«

»Was habe ich getan?«, rief sie in heller Panik aus.

Ich musste die Situation in den Griff bekommen, bevor jemand anders das hier sah. Aber Belle richtete sich bereits auf und trat am ganzen Körper zitternd einen Schritt zurück. »Ich muss die Polizei rufen.«

»Nein«, sagte ich, so entschieden ich konnte. »Geh unter die Dusche. Du musst das Baby nehmen.«

»Smith, das sollte ich nicht.« Sie schüttelte den Kopf und sah entsetzt zu Penny. »Was, wenn …«

»Tu, was ich sage, meine Schöne«, unterbrach ich sie. Ich würde mich um die Sache kümmern, aber zuerst musste ich Nora finden.

Ich brauchte zwanzig Minuten, um Belle davon zu überzeugen, unter die Dusche zu gehen. Sie war nur noch ein Schatten ihrer selbst und murmelte etwas von einer Auseinandersetzung mit Nora in der vergangenen Nacht. Ich konnte mich nicht dazu durchringen, sie zu fragen, wie diese Auseinandersetzung geendet hatte. Ich folgte ihr ins Schlafzimmer, entschlossen, das blutige Laken von unserem Bett abzuziehen, während sie sich wusch. An der Badezimmertür hielt sie inne und sah mich an.

»Ich habe ihr nichts angetan«, sagte sie leise. »Das könnte ich nicht.«

Ich glaubte ihr, aber es war klar, dass sie selbst nicht davon überzeugt war.

»Alles wird gut, meine Schöne«, versprach ich ihr.

»Fürs Erste musst du dich waschen, und dann musst du das hier geheim halten.«

»Aber Smith …«

»Vertrau mir«, sagte ich fest.

Sie ließ die Schultern hängen, nickte jedoch. Sie verschwand im Bad, und ein paar Sekunden später hörte ich, wie die Dusche angestellt wurde. Penny war ganz wach und beobachtete mich neugierig, während ich Georgia eine Nachricht schickte und sie bat, so schnell wie möglich nach oben zu kommen. Mit dem Baby im Arm war es nicht ganz einfach, das Laken vom Bett zu reißen, aber ich konnte den Anblick keinen Moment länger ertragen. Ich warf die Daunendecke auf den Boden, gefolgt von den Kissen, dann riss ich das Laken mit einer Hand herunter. Ich knüllte es zusammen und warf es in die Ecke. Ich würde später klären, was damit werden sollte.

Ich hörte Schritte auf der Treppe und ging hinaus, um Georgia abzufangen.

»Was ist hier los?«, fragte sie. »Hat das etwas mit dem Ärger zu tun, den du dir gestern Abend mit dem Kindermädchen eingehandelt hast?«

Ich legte einen Finger an meine Lippen und bedeutete ihr, mir zu folgen. Bevor wir Noras Zimmer erreichten, hörte ich, wie Georgia innehielt und tief einatmete.

»Ist das …«, flüsterte sie. Ich brauchte nichts zu erwidern. Georgia wusste nur zu gut, wie Blut aussah.

Wir gingen weiter, in das Zimmer des Kindermädchens, und ich bedeutete ihr, Penny zu nehmen. Georgia hielt die Hände hoch und schüttelte den Kopf.

»Willst du dich lieber darum kümmern?«, fragte ich mit leiser Stimme und öffnete die Tür, damit sie den Schauplatz des offensichtlichen Verbrechens sehen konnte.

Sie stieß einen leisen Pfiff aus, als sie das blutverschmierte Bett in Augenschein nahm. »Es wäre nicht das erste Mal, dass ich mich um einen Tatort kümmere. Wo hast du die Leiche vergraben?«

»Das ist nicht lustig«, sagte ich.

»Das sollte es auch gar nicht sein«, gab sie ausdruckslos zurück.

»Es gibt keine Leiche.« Wir traten ein, und ich schloss die Tür. Die anderen würden bald aufwachen. »Ich muss dafür sorgen, dass niemand hier hereinkommt, bevor ich mich darum gekümmert habe, aber zuerst …«

»Willst du dich umsehen«, vermutete sie. Sie seufzte und streckte die Arme aus. Obwohl sie sich zuvor geweigert hatte, nahm sie Penny jetzt auf den Arm, als wäre es das Natürlichste von der Welt. Georgia mochte vielleicht keine Babys, aber dies waren besondere Umstände.

Nora hatte begonnen, ihre Sachen zu packen, und der Großteil ihrer Habseligkeiten lag in offenen Koffern und auf dem Boden verstreut. Ich bückte mich, um ein Notizbuch aufzuheben, und entdeckte ihren Computer, der aus den zerknitterten Bettdecken hervorlugte. Ich schnappte ihn mir, sah mich noch einen Moment um und sagte: »Bringen wir das in mein Arbeitszimmer.«

Vorsichtig schloss ich die Tür zu Noras Zimmer. Ich musste dafür sorgen, dass Mrs. Winters heute keinesfalls dort hineinging. Ich hatte ihr noch nicht mitgeteilt, dass Nora entlassen worden war, also hatte sie keinen Grund dazu.

»Dagegen müssen wir etwas unternehmen«, sagte ich und deutete auf die Blutspritzer auf dem Boden des Flurs.

»Nimm deine Brut.« Sie drückte mir Penny in die Arme. »Ich kümmere mich um alles.«

»Danke«, murmelte ich.

»Keine Ursache«, sagte sie. »Gute Freunde sind immer für einen da, aber nur beste Freunde lassen Beweise verschwinden. Vergiss das nicht, Price.«

»Was ist hier los?«, unterbrach uns Edwards Stimme. Er gähnte und fuhr sich mit der Hand durch die Haare, während er uns von seiner Schlafzimmertür aus zuschaute.

Georgia und ich erstarrten und tauschten einen Blick. »Nichts.«

Vielleicht war er noch im Halbschlaf, denn Edward blinzelte, schüttelte den Kopf und wandte sich wieder seinem Zimmer zu, wobei er murmelte: »Ihr zwei seid komisch.«

»Du wirst es ihm sagen müssen«, sagte Georgia.

»Wahrscheinlich«, erwiderte ich, »aber erst müssen wir die Situation in den Griff bekommen.«

»Wo ist Belle?« Georgia sah sich um, als ob ihr erst jetzt auffiele, dass meine Frau nicht da war.

»Sie duscht.« Ich biss die Zähne zusammen und spürte Wut in mir aufsteigen, dass das hier passierte.

»Warum duscht sie?«, fragte Georgia langsam.

»Weil sie mit Blut an den Händen aufgewacht ist«, gestand ich ihr mit leiser Stimme.

Georgia dachte einen Moment nach. »Ich beseitige das besser.«

Beste Freunde schienen auch nicht viele Fragen zu stellen.

Ich schleppte Penny und Noras Computer und Notizbuch in mein Arbeitszimmer. Den Computer legte ich auf meinen Schreibtisch, ließ mich mit Penny auf den Stuhl sinken und schlug das Notizbuch auf. Der erste Eintrag war vom letzten Herbst. Es war ein Tagebuch und enthielt nichts außer den unbedeutenden Gedanken einer jungen Frau. Ich blätterte weiter, um zu sehen, wann sie zu uns gezogen war. Als ich das Wort »Vorstellungsgespräch« entdeckte, hielt ich inne und las den Eintrag.

Die Prices scheinen ein perfektes Paar zu sein. Ich glaube, ich habe einen guten Eindruck gemacht. Hoffentlich stellen sie mich ein. Ich hätte nichts dagegen, den Ehemann jeden Tag zu sehen. Nicht dass ich eine Chance bei ihm hätte. Seine Frau ist so schön.

Sie hatte von Anfang an Interesse an mir gehabt. Ich dachte an Belles halbherzigen Einwand, ein hübsches Kindermädchen einzustellen, und meine Brust zog sich zusammen. Wir hätten sie nie in unser Haus einladen dürfen. Wir hätten gar nicht erst herkommen sollen. Ich fuhr fort. Das meiste war sinnloses Geschwafel, aber um Weihnachten herum nahmen ihre Einträge eine Wendung.

Ich mache mir ernsthaft Sorgen um Belle. Ich glaube nicht, dass ihre postpartale Depression normal ist. Andererseits, was weiß ich schon? Smith ist so verständnisvoll. Ich hoffe, es geht ihr bald besser.

Ich blätterte die Seite um und las den nächsten Eintrag.

Belle war beim Arzt. Das wurde auch Zeit. Keiner will ihr noch das Baby anvertrauen. Sie kann nicht mal an die Babytasche denken. Ich dachte, sie sei schön, aber eigentlich ist sie gemein. Ich habe immer Angst, dass sie mich anschreien wird. Ich bin so froh, dass ich hier bin, um Penny vor ihren Ausbrüchen zu schützen.

Ich hielt inne und dachte über ihre Worte nach. Belle hatte eine schwere Zeit gehabt, als Nora zu uns kam, aber ich hatte nie gesehen, dass sie dem Kindermädchen gegenüber gemein gewesen wäre.

Ich blätterte weiter, um zu sehen, was sie über Weihnachten geschrieben hatte. Es gab ein paar Einträge über die Zeit mit ihrer Familie, aber mich interessierte nicht, was sie getan hatte, als sie nicht auf Thornham gewesen war. Ich wollte wissen, was sie über ihre Rückkehr geschrieben hatte: den Tag, an dem wir Belle auf dem Teich gefunden hatten.

Belle ist geisteskrank, und niemand sieht es. Sie wird jemanden verletzen. Ich habe, ehrlich gesagt, Angst vor ihr. Ich bin so froh, dass Smith sie nicht mehr mit dem Baby allein lässt. Heute haben wir sie auf einem kaum gefrorenen Teich hinter dem Haus gefunden. Alle denken, sie sei schlafgewandelt, aber es ist offensichtlich, dass sie durchgedreht ist. Hoffentlich kommt beim nächsten Mal nicht jemand ums Leben.

Da wollte ich das Tagebuch schließen, aber ich musste sehen, was sie über die letzte Nacht geschrieben hatte. Als ich jedoch durch die Seiten blätterte, gab es keinen Eintrag. Nur eine fehlende Seite, die herausgerissen worden war. Ich schob das Notizbuch beiseite und starrte es an. Das Tagebuch zeichnete ein ganz anderes Bild von dem, was auf Thornham passiert war. Sah Nora die Dinge so? Oder war sie geblendet von ihren Gefühlen für mich?

Ich griff nach ihrem Laptop und klappte ihn auf. Ich war überrascht, ein Bild von Penny als Bildschirmschoner zu finden. Gott sei Dank war das Gerät nicht passwortgeschützt. Ich klickte auf das Symbol für ihr E-Mail-Konto, es ging auf, und ihre letzten E-Mails erschienen. Es gab eine an die Agentur, über die wir sie gefunden hatten. Ich öffnete sie und las den Inhalt, wobei sich mir der Magen umdrehte. Nora war schlauer, als ich dachte. Sie hatte der Agentur gestern Abend gemailt und erklärt, dass ich versucht hätte, sie auszunutzen, und dass Belle mich gebeten hätte zu gehen. Ich fuhr mit den nächsten E-Mails fort. Die meisten von ihnen waren Müll, aber es gab eine Reihe von E-Mails an eine M. Welter, offenbar ihre Mutter. Sie ermahnte ihre Tochter zur Vorsicht, was mich anging, und schrieb, dass verheiratete Frauen durchaus eifersüchtig reagieren konnten, wenn man ihnen den Mann ausspannen wollte. Das war wohl kaum eine erstklassige Erziehung. Ich klappte den Laptopdeckel zu und ging durch, was ich gefunden hatte. Es sah nicht gut aus.

Ich glaubte nicht, dass Belle das getan hatte. Ich konnte es nicht glauben. So war sie nicht. Aber bislang gab es nur Beweise für ihre Schuld. Belle war nicht fähig, jemanden zu ermorden. Doch etwas war Nora zugestoßen. Jemand hatte ihr etwas angetan. Jemand, der wusste, dass es auf Thornham Probleme gab.

»Was hast du gefunden?«, unterbrach Belle mich mit leiser Stimme. Ihr Haar war nass vom Duschen, und sie war in eine lockere Jeans und ein T-Shirt geschlüpft. Ich winkte sie zu mir, und sie kam, setzte sich auf meinen Schoß und legte eine Hand auf Pennys Rücken. Das Baby quäkte und wollte zu ihr. Belle nahm die Kleine und schmiegte sich an sie, bevor sie mich aus ihren blauen Augen mit traurigem Blick ansah.

»Sie hat eindeutig nicht viel von uns gehalten«, sagte ich mit erstickter Stimme. Ich nahm mir vor, sie keinen der Einträge lesen zu lassen. Damit würde ich nur Belles Sorge nähren, dass sie eine schlechte Mutter war. »Ich weiß, dass du ihr nichts angetan hast. Aber jemand anders hat das sehr wohl.«

»Mrs. Winters hat mich gestern Abend gesehen«, sagte Belle nachdenklich und fügte hinzu: »Als ich Nora zur Rede gestellt habe.«

»Das hast du mir nicht erzählt.«

»Ich dachte nicht, dass es eine Rolle spielt. Aber auch Mrs. Winters würde Nora nichts antun. Erinnerst du dich, wie sehr sie sich wegen der allergischen Reaktion aufgeregt hat? Wenn sie Nora töten wollte, könnte sie ihr einfach Nüsse ins Essen mischen«, gab Belle zu bedenken.

»Da hat sie recht«, warf Georgia ein, die gerade den Raum betrat. »Trotzdem würde ich niemanden ausschließen. Außer vielleicht Edward.«

»Er hatte definitiv nichts damit zu tun«, sagte Belle schnell.

Ich seufzte. So kamen wir nicht weiter. »Das weiß ich.«

»Wer würde ihr etwas antun wollen?«, fragte Belle.

»Vielleicht ging es nicht um sie«, überlegte Georgia. »Vielleicht geht es darum, *dich* zu verletzen. Was hat Rowan noch mal gesagt? Miranda beschwor seinen Bruder, irgendwer habe es auf sie abgesehen. Vielleicht war sie gar nicht verrückt.«

Belle schaute zwischen uns hin und her und zog verwirrt die Nase kraus. »Wovon redet ihr?«

»Ich muss dir etwas erzählen, meine Schöne«, begann ich zögernd. Belle hörte zunehmend fassungslos zu, als ich ihr berichtete, welche Informationen Georgia und ich zusammengetragen hatten. Als ich fertig war, schwieg sie lange.

»*Damit* wart ihr beschäftigt? Warum hast du mir das nicht gesagt?«

»Ich wollte dir nicht noch mehr Sorgen bereiten«, sagte ich leise.

»*Für immer*, erinnerst du dich?«, flüsterte sie tonlos. »Du darfst mir solche Dinge nicht vorenthalten.«

»Kommt nie wieder vor«, versprach ich.

»Was sollen wir denn jetzt tun?« Belle klang, als hätte sie bereits aufgegeben.

»Wir müssen herausfinden, was letzte Nacht wirklich passiert ist.«

»Wie sollen wir das anstellen?«, fragte Georgia.

»Indem ich herausfinde, was vor vierzig Jahren passiert ist«, sagte ich.

Ich küsste Belle auf die Stirn, dann Penny. Ich würde alles tun, um sie zu schützen. »Ich werde Miranda Thorne einen Besuch abstatten.«

18

BELLE

Zu einem Mord war ich nicht fähig. Mir waren in den letzten Monaten eine Menge Selbstzweifel gekommen, aber dessen war ich mir sicher. Eine winzige Stimme in meinem Kopf erinnerte mich jedoch an das, was vor zwei Jahren in dem Londoner Hotelzimmer geschehen war. Aber das war ein Unfall gewesen. Notwehr.

Doch ich konnte nicht leugnen, dass ich eine Schlaftablette genommen hatte und dass ich nicht sicher wusste, ob ich letzte Nacht in meinem Bett geblieben war. War es möglich, dass ich Nora in ihrem Zimmer überfallen und dafür bestraft hatte, dass sie mir meinen Mann wegnehmen wollte? Für den Versuch, mir meine Familie zu nehmen?

Nein!

Ich hatte beim Einschlafen Pläne gemacht. Ich wollte die Agentur anrufen und sie informieren, dass Nora nicht mehr für uns arbeiten würde und warum. Ich wollte die Sache professionell regeln, auch wenn ihr Verhalten eine solche Rücksichtnahme nicht rechtfertigte. Aber jetzt war sie weg, und ich konnte nicht erklären, was mit ihr geschehen war und warum ich mit blutigen Händen und Dreck unter den Fingernägeln aufgewacht war. Ich hatte einen Spaziergang auf dem Grundstück machen wollen, um nach Hinweisen zu suchen, dass ich letzte Nacht draußen gewesen war, doch Smith hatte darauf bestanden, sofort nach Brighton zu fahren. Georgia war zurückgeblieben, um unauffällig alle Spuren zu beseitigen. Keiner der beiden wollte die Polizei rufen.

Aber wenn Nora etwas zugestoßen war, wie wollten wir das vertuschen? Was, wenn sie genau die Hinweise beseitigte, die bewiesen, dass ich nichts damit zu tun hatte?

Was, wenn sie genau die Hinweise zerstörte, die bewiesen, *dass* ich es getan hatte?

Ich war so in meine Gedanken vertieft, dass ich nicht hörte, wie Mrs. Winters die Küche betrat. Erschrocken drehte ich mich um und weckte dabei Penny, die wütend aufheulte. »Mrs. Winters!«

»Wer sollte es sonst sein?« Sie musterte mich prüfend, während sie sich die Schürze um die Taille band. »Ich nehme an, Nora ist weg.«

»Wie bitte?«, fragte ich, bevor mir einfiel, dass sie gehört hatte, wie ich Nora des Hauses verwiesen hatte. »Oh. Ja.«

»Ich mache heute noch ihr Zimmer sauber. Ich kann mir vorstellen, dass Sie es für ein neues Kindermädchen brauchen.« Sie warf mir einen misstrauischen Blick zu. »Sie sollten vielleicht jemanden in Betracht ziehen, der etwas älter ist.«

»Ja.« Ich nickte. »Ich glaube nicht, dass wir jetzt schon nach jemand Neuem schauen. Smith und ich haben im Moment alles im Griff. Wir müssen ihr Zimmer nicht sauber machen. Ich glaube, sie hat da ein paar Sachen, die sie später noch holen will.«

Mrs. Winters zog einen Topf aus dem Schrank und stellte ihn auf die Herdplatte. »Dann kümmere ich mich darum, dass sie eingepackt werden.«

»Das ist nicht nötig.« Ich suchte nach einem Grund, sie von Noras Zimmer fernzuhalten, aber mir fiel nichts ein. »Ich hatte eigentlich gehofft, Sie könnten einen Kuchen backen.«

»Einen Kuchen?«, wiederholte sie. »Wozu das?«

»Heute ist Georgias Geburtstag«, platzte ich mit einer blöden Lüge heraus. Sie würde in dem Moment auffliegen, in dem Georgia den Mund aufmachte, um mir zu widersprechen – es sei denn, ich zwang sie mitzuspielen.

»Ich werde in den Ort gehen müssen. Das hätten Sie früher sagen können.« Sie schnalzte mit der Zunge, sichtlich verärgert, dass sie etwas Unvorhergesehenes erledigen musste.

»Tut mir leid.« In Wahrheit war ich erleichtert. Wenn es sein musste, hätte ich sie auf den Mond geschickt. Einen Kuchen zu backen, war da wirklich die einfachste Lösung. »Ich habe gerade erst erfahren, dass sie Geburtstag hat.«

»Wer hat Geburtstag?«, fragte Edward, der gerade in die Küche kam.

»Georgia«, sagte ich schnell.

»Ach ja?« Er kratzte sich am Kopf, als ginge er im Geiste seinen Kalender durch.

»Ja«, wiederholte ich mit Nachdruck. »Mrs. Winters wird einen Kuchen backen. Aber wir sollten keine große Sache daraus machen, du weißt, Georgia regt sich nur auf, wenn sie es herausfindet.«

»Okay«, stimmte er zögernd zu und warf mir hinter Mrs. Winters' Rücken einen Blick zu. Lautlos murmelte er: *Was ist hier los?*, dann fragte er laut: »Wo ist Nora?«

Das war eine berechtigte Frage, da ich ihm erst gestern gesagt hatte, dass ich den heutigen Tag im Büro von *Bless* verbringen wollte. Ich schaute zu Mrs. Winters und sah, dass sie mit offensichtlichem Interesse auf meine Antwort wartete. »Ich musste Nora entlassen.«

»Hat es mit dem zu tun, was letzte Nacht zwischen dir und Smith passiert ist?«

Ich nahm ihn beim Ellbogen und lotste ihn aus der Küche. »Das erzähle ich dir auf dem Weg in den Ort.«

»Wir fahren in den Ort?«, fragte er verwirrt.

»Um Geschenke zu kaufen«, sagte ich gereizt, als ob das offensichtlich wäre. Diese Lüge entwickelte sich schnell zu einer lächerlichen To-do-Liste. Aber hier konnte ich nicht offen mit Edward reden. Nicht ohne zu riskieren, dass Mrs. Winters etwas mitbekam. Bevor Smith mit Antworten aus der Psychiatrie in Brighton zurück war, konnte ich nicht ausschließen, dass Mrs. Winters etwas über Noras Verschwinden wusste. Ich konnte nur hoffen, dass sie nichts damit zu tun hatte, und wollte nicht darüber nachdenken, was sie letzte Nacht gesehen haben könnte. Smith mochte überzeugt sein, dass mich keine Schuld traf, aber ich hatte das Schlafmittel genommen. Ich konnte nicht beweisen, dass ich nicht wieder geschlafwandelt war.

Edward folgte mir ins Kinderzimmer und beobachtete, wie ich Pennys Tasche packte.

»Sie muss wohl mitkommen«, bemerkte er und nahm sie mir ab, damit ich mich auf die Tasche konzentrieren konnte. »Was ist mit Nora passiert?«

Ich seufzte und stützte mich am Wickeltisch ab. Für eine Sekunde schloss ich die Augen und überlegte, wo ich anfangen sollte. Doch als ich sie wieder öffnete, um Edward die Wahrheit zu sagen, sah ich hoch und entdeckte die Kamera, die Smith in der Ecke des Kinderzimmers installiert hatte. Wortlos eilte ich aus dem Zimmer in Smiths Büro.

Edward folgte mir und löcherte mich mit Fragen, aber ich ignorierte ihn und ging geradewegs zum Computer. Ich brauchte nur eine Minute, um mich anzumelden, und eine weitere, um die Anwendung zu finden, die die Videos speicherte. Es war nur eine vage Vermutung. Der Audiomonitor war letzte Nacht eingeschaltet gewesen, als ich nach Penny gesehen hatte, und nichts hatte mich in der Nacht geweckt.

»Du machst mir allmählich Angst«, sagte Edward, während ich durch das Filmmaterial scrollte.

»Gib mir eine Sekunde.« Ich spulte vor, bis ich mich selbst beim Betreten des Kinderzimmers sah. Das war, bevor ich die Schlaftablette genommen hatte. Ich verfolgte, wie ich das Zimmer verließ, dann spulte ich weiter vor. Dem Video zufolge hatte ich zwei Stunden später erneut das Zimmer betreten. Mein Herz schlug mir bis zum Hals. Ich hatte keine Erinnerung daran, dass ich noch einmal nach Penny gesehen hatte. Also war ich tatsächlich letzte Nacht schlafgewandelt. Edward hatte sich über meine Schulter gebeugt und sah sich das Video kommentarlos an. Auf einmal betrat noch jemand den Raum.

Nora.

»Nein«, sagte ich mit erstickter Stimme. Nora ging zu mir

und legte mir eine Hand auf den Arm. Dann sah ich zu, wie sie mich aus dem Zimmer führte.

»Worum geht es hier?«, fragte Edward betont ruhig.

Ich schluckte, spürte keinen Funken Hoffnung mehr in meinem ganzen Körper und drehte mich zu ihm um. »Ich glaube, ich habe letzte Nacht Nora getötet.«

19

SMITH

Die Psychiatrie von Brighton war ein genauso heiterer Ort wie erwartet. Das alte Steingebäude sah aus wie aus einem Horrorfilm. Es war von einem schmiedeeisernen Zaun umgeben. Als ich den Range Rover auf dem Parkplatz vor dem Gebäude abstellte, bemerkte ich die Gitter an den Fenstern. Der Tag war düster; die Temperatur war gerade so weit gestiegen, dass sich der Schnee in eiskalten Regen verwandelt hatte. Er prasselte aus grauen Wolken herab und hinterließ Einschusslöcher in den letzten Schneeresten der Feiertage.

Ich bekam vom Pförtner ein Namensschild, das ich an meinen Pullover heftete, dann öffnete ich die Eingangstür, betrat einen Vorraum und wartete darauf, dass mich ein Wärter einließ. Ein Riegel klickte, und zögernd stieß ich die Tür zum Haupttrakt auf. Im Grunde genommen betrat ich ein Gefängnis. Adrenalin durchströmte mich, als sich die Tür hinter mir schloss und ich an diesem seelenlosen Ort gefangen war.

Eine Frau in einem schlichten kastanienbraunen Anzug kam auf mich zu und streckte mir die Hand entgegen. »Mr. Price«, las sie von meinem Namensschild ab. »Ich bin Dr. Fellows. Mir wurde gesagt, Sie sind hier, um eine unserer Langzeitpatientinnen zu besuchen.«

»Ja. Miranda Thorne«, sagte ich mit belegter Stimme. Ich hatte keine Lust, mich zu erklären. Ich wollte es hinter mich bringen und so schnell wie möglich wieder von hier verschwinden.

»Und woher kennen Sie Miranda?«, erkundigte sie sich neugierig.

»Ich habe ihr Haus gekauft«, sagte ich mit einem grimmigen Lächeln.

»Es ist nicht allgemein bekannt, dass sie hier ist«, informierte mich Dr. Fellows. »Darf ich fragen, woher Sie das wussten?«

»Mein Gärtner hat für die Familie gearbeitet. Sein Bruder war ein Freund von ihr.«

»Ah, Seth«, vermutete sie.

»Sie kannten Seth?« Ich betrachtete sie einen Moment lang. Sie sah aus wie Mitte vierzig, nicht alt genug, um bei Mirandas Aufnahme bereits hier gewesen zu sein.

»Seth kam oft zu Besuch. Tatsächlich war er der letzte Besucher, den Mrs. Thorne hatte.« Sie führte mich zu einer Doppeltür und hielt inne, um eine Zugangskarte durch ein Gerät zu ziehen. »Ich muss Sie warnen, Miranda spricht nicht viel.«

»Ich will sie nur sehen«, sagte ich, ohne zu wissen, was mir das beweisen würde.

Dr. Fellows blieb vor einer Tür stehen, klopfte an und öffnete sie. Ich war überrascht, dass sie nicht verschlossen war. Sie steckte den Kopf hinein. »Mrs. Thorne, Sie haben Besuch.« Sie trat zur Seite. »Bitte geben Sie Ihr Namensschild zurück, wenn Sie gehen. Wir behalten gern den Überblick.«

»Das ist alles?«, fragte ich. »Müssen Sie nicht die Tür abschließen oder aufpassen oder so?«

»Normalerweise schon«, sagte sie, bevor sie einen Blick auf Miranda warf, die schweigend auf dem Bett saß und an die Wand starrte. »Aber Miranda ist schon länger hier als jeder andere Patient in dieser Einrichtung. Die meisten Menschen bleiben für ein paar Wochen oder Monate. Sie jedoch ist seit Jahrzehnten hier, wie Sie wissen. Sie hat nie versucht zu fliehen. Sie hat nie einen anderen Patienten verletzt. Sie sitzt die ganze Zeit in ihrem Zimmer. Natürlich steht sie unter starken Medikamenten. Neuroleptika. Die wirken bei jedem anders.«

»Verstehe. Es wird nicht lange dauern.«

Die Ärztin ging, während ich in der Tür stehen blieb.

»Mrs. Thorne, mein Name ist Smith.«

Sie antwortete nicht. Ich konnte mir nicht vorstellen, wie es war, vierzig Jahre lang weggesperrt zu sein, selten zu sprechen und dennoch nicht den kleinsten Fluchtversuch zu unternehmen. Die Frau vor mir sah nicht geisteskrank aus. Ihr silberfarbenes Haar war ordentlich gekämmt, ihr Kleid altmodisch, aber sauber. Sie sah nicht zu mir hoch, sondern blieb starr auf der Bettkante sitzen, die Hände im Schoß gefaltet. Das Zimmer selbst wirkte ebenso leblos wie seine Bewohnerin. Die Wände, die einst in einem fröhlichen Gelb geleuchtet haben mochten, waren verblasst und hatten jetzt die Farbe einer vergilbten alten Zeitung. Sie waren kahl bis auf ein einzelnes Kreuz, das in der Mitte der hinteren Wand hing. Es gab einen Stuhl und eine Kommode, das war alles. Keine Bücher.

Keine Kunst. Keine Fotografien. Kein Hinweis darauf, dass dies seit einem halben Jahrhundert ihr Zuhause war.

»Ich hatte gehofft, Sie könnten mir ein paar Fragen beantworten.« Ich durchquerte den Raum, in der Hoffnung, dass meine Bewegung eine Reaktion bei ihr auslösen würde.

Es funktionierte. Miranda hob den Blick, und ich trat zurück. In ihren Augen war nichts. Kein Hinweis darauf, dass eine Person den Körper vor mir bewohnte. Es war, als würde ich in die Augen einer Leiche schauen.

Ich räusperte mich. »Ich habe kürzlich Thornham gekauft.«

Ihre Wange zuckte, aber sie bewegte sich nicht. Vielleicht hatte ich mir die Reaktion nur eingebildet.

»Meine Frau und ich sind mit unserer Tochter Penny dorthin gezogen. Soweit ich weiß, war Thornham lange Zeit im Besitz der Familie Ihres Mannes.« Als ich das Haus zum zweiten Mal erwähnte, zog sie schützend die Schultern zu den Ohren hoch.

»Seit wir da wohnen, sind einige seltsame Dinge passiert«, fuhr ich fort. Sie hörte zu. Das spürte ich. In ihren leeren Augen regte sich etwas. »Mit meiner Frau und meiner Tochter.«

»Sie sollten gehen.« Die Worte brachen förmlich aus ihr heraus.

»Verzeihen Sie«, sagte ich und ging zurück zur Tür. »Ich hatte nur gehofft, Sie könnten mir sagen, was Ihnen widerfahren ist.« Als ich nach dem Türknauf griff, sprach sie erneut.

»Verlassen Sie Thornham.«

Ich drehte mich um und sah, dass sie mich beobachtete, ihre Brust hob sich, und sie atmete schnell und flach. »Warum?«, fragte ich.

»Sie sind alle da«, sagte sie und richtete den Blick wieder auf die Wand.

»Wer?«, fragte ich.

»Meine Kinder.« Ihre Stimme war jetzt leblos, leise, und ich merkte, dass sie mir wieder entglitt.

»Wir haben sie gefunden«, sagte ich sanft. »Wir haben ihre Leichen gefunden. Sie sind tot.«

»Oh nein.« Miranda schüttelte den Kopf, und ihr Haar wippte leicht. »Auf Thornham ist niemand jemals wirklich tot, Smith, ganz gleich wie sehr man versucht, ihn zu töten.«

Meinen Namen von ihren Lippen zu hören, war, als würde man mir einen Eimer Eiswasser über den Kopf schütten.

»Ich habe mit Seths Bruder gesprochen«, zwang ich mich fortzufahren.

Sie richtete sich auf. »Seth? Er kommt mich nicht mehr besuchen.«

»Ich weiß. Seth ist gestorben.«

»Vielleicht ist er jetzt auf Thornham«, sagte sie mit Blick auf das Kreuz. »Sie könnten nach ihm Ausschau halten.«

Ich schluckte. »Das mach ich. Mrs. Thorne, als Sie herkamen, waren Sie schwanger. Was ist aus dem Baby geworden?«

»Seth hat sie mitgenommen.« In ihrer Stimme lag ein leiser Seufzer. »Er hat sie nach Thornham gebracht.«

»Das kann nicht sein. Thornham stand ewig leer«, sagte ich.

Miranda blickte auf, durchbohrte mich mit ihren Geisteraugen und lächelte, wobei sie zwei Reihen fauliger Zähne entblößte. »Das stimmt doch nicht, oder?«

Sobald ich die Doppeltür passiert hatte, nahm ich das Namensschild ab und wollte diesen Ort nur noch hinter mir lassen. Er verursachte mir ein Kribbeln auf der Haut, und ich unterdrückte den Drang, mir den Pullover vom Leib zu reißen und mich zu kratzen. Ich blieb am Empfangstresen stehen, verärgert, dass er nicht besetzt war, und ließ das Namensschild fallen.

»Schlechte Idee, Mr. Price«, sagte Dr. Fellows, die wieder um die Ecke kam. »Vor zwanzig Jahren hat ein Besucher sein Namensschild abgenommen, als niemand hinsah, und saß daraufhin eine Woche lang hier fest, bis jemand kam und nach ihm suchte. Die Pfleger dachten, er sei ein Patient.«

»Dann bin ich ja froh, dass Sie mich gesehen haben«, sagte ich knapp.

»Ich hatte gehofft, Sie noch zu erwischen«, sagte sie und hielt eine Akte hoch. »Ich habe mich vorhin geirrt. Miranda hatte noch einen anderen Besucher. Ich war zu neugierig und musste nachsehen.«

»Wer war es?«

»Ich fürchte, das darf ich Ihnen nicht sagen. Aber Sie können einen Antrag ausfüllen, und wir werden uns mit der Person in Verbindung setzen. Wenn sie einverstanden ist, können wir ihre Kontaktinformationen herausgeben.«

Verdammte Bürokratie. »Warum sollte ich das tun?«

»Ich nehme an, Sie waren hier auf der Suche nach den Thornes. Den anderen, meine ich.«

»Wir haben sie gefunden. Sie sind tot.« Ich machte mir nicht die Mühe, irgendetwas zu beschönigen.

Aber da sie in einer Anstalt arbeitete, war Fellows der Tod

nicht fremd. »Das habe ich leider immer vermutet. Wenigstens ist ihre Tochter noch am Leben.«

Mein Blick sprang zu ihr. »Das Baby? Das sie hier bekommen hat? Das der Vater geholt hat?«

»Es tut mir leid.« Sie schlug sich eine Hand vor den Mund. »Ich hätte nichts sagen sollen. Sie müssen wirklich das Formular ausfüllen, aber ich bin mir sicher, dass die Person gerne mit den neuen Besitzern von Thornham sprechen wird.«

»Das bezweifle ich«, stieß ich hervor. Ich wandte mich zum Ausgang, bevor ich es mir anders überlegte. »Dr. Fellows?«

»Ja, Mr. Price?«

»Befolgen Sie meinen Rat und schließen Sie die Tür der Frau ab.« Ich wartete nicht auf ihre Antwort. Ich musste hier raus. Weg aus diesem Gefängnis. Weg von der Frau, die einst durch die Flure meines Hauses gegangen war.

Draußen fühlte sich die Luft frischer an, aber es regnete immer noch. Trotz der dicken, kalten Regentropfen, die auf meine Haut trafen, ging ich langsam zum Auto zurück. Ich wollte, dass sie diesen Ort von mir abspülten. Als ich eine halbe Meile die Straße hinuntergefahren war, hielt ich am Straßenrand und rief Georgia an.

»Was hast du herausgefunden?«, fragte sie.

»Miranda Thorne ist verrückt«, erklärte ich.

»Das hätte ich dir auch sagen können. Ist das alles?«

»Nein.« Ich schloss die Augen. Ich hoffte, meine Antwort gefunden zu haben, und fürchtete es zugleich. »Seth hat das Baby mitgenommen.«

»Das hat Rowan nicht erwähnt«, sagte Georgia gedehnt. »Miranda behauptet, er hätte es nach Thornham gebracht.«

»Das ist unmöglich. Das Haus war leer …«

»Soweit wir wissen.« Ich konnte nicht länger so tun, als gäbe es eine rationale Erklärung für Thornham und seine Wirkung auf Menschen.

»Smith, es gibt keine Geister«, erinnerte Georgia mich.

Ich legte eine Hand auf das Lenkrad. »Wir sind nicht auf der Suche nach einem Geist. Wir sind auf der Suche nach ihrer Tochter.«

20

BELLE

»Aber ich habe nicht Geburtstag.« Georgia knotete die Mülltüte zu, die sie gerade aus meinem Schlafzimmer schleppen wollte.

Edward, der neben mir stand, starrte sie misstrauisch an. »Was ist das?«

»Es ist besser, wenn Ihr das nicht wisst, Hoheit.« Georgia warf sich den Beutel über die Schulter und wandte ihre Aufmerksamkeit wieder mir zu. »Warum zum Teufel hast du ihr gesagt, dass ich Geburtstag habe?«

Ich war am Rande eines Nervenzusammenbruchs und konnte Georgia nicht dazu bringen mitzuspielen. Ich presste mir die Fingerspitzen an die Schläfen. »Weil sie hochgehen und Noras Zimmer aufräumen wollte«, zischte ich. »Und mir ist kein Grund eingefallen, warum das keine gute Idee wäre.«

»Und du konntest ihr nicht einfach sagen, dass sie es nicht tun soll?«, fragte Georgia.

»Hast du jemals versucht, Mrs. Winters einen Befehl zu erteilen?«, sprang Edward mir bei.

Ich schenkte ihm ein dankbares Lächeln. »Egal. Du musst jetzt mitspielen.«

Georgia sah nicht so aus, als würde sie sich fügen.

»Bitte«, flehte ich.

»Ich bin jetzt fertig«, informierte sie mich. »In Noras Zimmer ist nichts mehr, also gibt es keinen Grund, so zu tun, als wäre es mein Geburtstag.«

»Kuchen«, sagte Edward wie aus dem Nichts. »Kuchen ist immer ein guter Grund.«

Ich stampfte mit dem Fuß auf, sodass sie mich beide ansahen. »Wir sollten einfach die Polizei rufen«, zischte ich. »Ich hasse diese Heimlichtuerei.«

»Genau deshalb hat Smith mir dein Telefon gegeben«, sagte Georgia und schob sich an mir vorbei, um die Tüte – darin die letzten Beweise – zur Vordertür hinauszutragen.

»Er hat was?« Ich tastete nach der Tasche meiner Jeans. »Gib es mir zurück.«

»Auf keinen Fall, meine Schöne«, sagte sie anzüglich.

»Du scheinst das lustig zu finden.« Ich würde wirklich gleich einen Nervenzusammenbruch bekommen. Ich wollte, dass Smith nach Hause kam. Er musste mir versichern, dass alles gut werden würde. Aber auch ich wusste, dass das nicht stimmte.

»Ich versuche nur, dich davon abzuhalten, etwas Dummes zu tun«, flüsterte Georgia. »Zum Beispiel, die Polizei zu rufen oder es Mrs. Winters zu erzählen. Wir wissen doch noch gar nichts.«

»Das ist es ja gerade.« Ich schüttelte den Kopf und wünschte, sie würde mich so gut verstehen, wie sie meinen Mann verstand. »Wir wissen nicht, dass ich es nicht getan habe.«

»Natürlich hast du es nicht getan«, warf Edward ein. Das behauptete er, seit wir uns die Aufnahmen der Videokamera angesehen hatten. In seinen Augen konnte ich ihr nicht wehgetan haben.

»Hast du vergessen, was auf dem Eis passiert ist? Ich hätte keine Schlaftabletten mehr nehmen dürfen. Aber ich habe es getan, und jetzt ist Nora verschwunden.«

»Damit hast du nichts zu tun.«

»Und wenn doch?«, fragte Georgia unverblümt.

»Du kannst doch nicht ernsthaft denken …«

Sie unterbrach ihn: »Ich denke über so was nicht nach. Und das solltet ihr zwei auch nicht tun. Lasst Smith und mich ein bisschen nachforschen. Hört endlich auf, voreilige Schlüsse zu ziehen.«

Ich warf die Hände in die Luft und marschierte davon. »Ich sehe mal nach Penny.«

»Wann gehen wir in den Ort?«, fragte Edward mit leiser Stimme und folgte mir ins Kinderzimmer.

Ich sah zu, wie Penny in ihrem Kinderbettchen döste. Sie hatte es geschafft, sich auf den Bauch zu drehen. Ich wusste nicht einmal, dass sie das schon konnte. Mir war in ihren ersten Wochen so viel entgangen, und ich konnte den Gedanken nicht ertragen, noch mehr von ihrem Leben zu verpassen. Aber das hieß nicht, dass ich damit leben konnte, Nora etwas angetan zu haben.

»Sie hat sich an deinen Mann herangemacht«, erinnerte mich Edward.

»Das gibt mir nicht das Recht, ihr etwas anzutun. Sie

zu feuern? Ja. Sie zu ermorden? Nein.« Ich unterdrückte ein Schluchzen. »Vielleicht bin ich verrückt.« Dabei hatte ich gerade wieder angefangen zu glauben, dass ich normal war. Ich hatte gedacht, ich würde die Kurve kriegen. Und jetzt stand ich wieder ganz am Anfang. Es gab kein Entkommen.

Penny hob den Kopf, blinzelte schläfrig und lächelte, als sie uns sah. Edward ging einen Schritt näher und hob die Babytasche auf.

»Du musst weg von Thornham«, entschied er für mich. »Lass uns gehen und Georgia ein falsches Geburtstagsgeschenk kaufen.«

»Sie will keins«, sagte ich tonlos.

»Dann freu dich, ihr trotzdem eins zu verpassen. Wie oft hast du die Gelegenheit, Georgia Kincaid zu ärgern?«

Er versuchte, mich aufzuheitern und abzulenken, und dafür war ich ihm dankbar, also machte ich mit. Wie viel Zeit blieb mir schließlich noch mit ihm, ehe ich verhaftet wurde oder in die Klapse kam?

Ein Geburtstagsgeschenk für jemanden zu kaufen, der keins haben wollte, erwies sich als schwierig. Vielleicht lag es an der mageren Auswahl in den Geschäften von Briarshead, vielleicht aber auch daran, dass ich Georgia nicht gut genug kannte, um etwas für sie auszusuchen.

»Vielleicht sollten wir Clara fragen, was sie ihr zum Geburtstag geschenkt hat«, schlug Edward vor, während wir vor einer Auswahl an gehäkelten Teewärmern standen.

»Das Einzige, was sie sicher mag, sind Pistolen und Leder.« Ich nahm eine Teetasse aus der Auslage. »Wenn sie kein Geschenk will, warum machen wir uns dann Gedanken darüber, was wir ihr schenken könnten?«

Er zuckte mit den Schultern, und Penny rekelte sich vor seiner Brust. Er hatte sie in eine Babytrage gesetzt, damit wir die Hände frei hatten. Die meisten Geschäfte im Ort waren nicht für Kinderwagen geeignet. Das bedeutete natürlich, dass er eine Menge interessierter Blicke auf sich zog. Zweifellos würde morgen früh ein Bild in irgendeiner Boulevardzeitung erscheinen, das den Prinzen von England mit einem mysteriösen Kleinkind zeigte.

»Von hier sollten wir ihr nichts schenken«, sagte er. »Zu viel Tee. Sollen wir es nebenan versuchen?«

Ich nickte. An der Tür überprüfte ich die Decke, die wir um Penny geschlungen hatten, und vergewisserte mich, dass ihre kleinen Füße eingepackt waren. Das Wetter war wärmer als in den letzten Wochen, aber der Himmel über uns verdunkelte sich. Ein Sturm zog von der Küste heran und würde uns jeden Moment erreichen. Wir mussten uns beeilen. Als wir den Laden nebenan betraten – einen malerischen Buchladen –, trafen wir auf Tomas.

Er tat so, als sei er überrascht, Edward zu sehen, und zeigte auf das Baby. »Du hättest mir sagen können, dass ich dich geschwängert habe.«

»Ich glaube nicht, dass das so funktioniert«, sagte Edward und grinste.

Tomas beugte sich vor und küsste mich auf beide Wangen. Dann drehte er sich um und gab meinem Freund einen Kuss. »Du hast mich nicht angerufen.«

Edward warf mir flehende Blicke zu. Ich zuckte mit den Schultern. »Sieh nicht mich an.«

»Ich wollte anrufen«, sagte Edward hastig. »Auf Thornham war ziemlich viel los.«

»Kein Problem. Klingt übrigens, als hätten deine Tante und mein Onkel eine gute Zeit in Paris«, sagte er.

»Ich habe nicht viel von ihr gehört«, sagte ich.

»Genau«, sagte Tomas augenzwinkernd. »Das bedeutet, dass sie sich gut amüsieren. Also«, er hielt eine Einkaufstasche hoch, »ich muss zurück ins Restaurant. Sehen wir uns noch?«, fragte er beiläufig, aber ich wusste, dass die Frage an Edward gerichtet war.

»Ja«, sagte Edward. Tomas verließ den Laden, und ich boxte meinen besten Freund sofort gegen die Schulter.

»Autsch! Wofür war das denn?«

»Du hast ihn nicht angerufen?«, fragte ich.

»Ich hab nicht gedatet«, sagte er.

»Keiner erwartet, dass du nach dem Horror, den du erlebt hast, gleich wieder nach vorn schaust, aber ...«, begann ich, aber er hielt eine Hand hoch.

»Ich glaube, du verstehst nicht, was ich sagen will. Ich bin nie mit jemand anders als mit David zusammen gewesen. Ich kann gar nicht daten.« Sein Adamsapfel hüpfte, und ich merkte, dass er die Tränen zurückhielt. »Ich weiß nicht, wie ich das machen soll.«

Ich nahm ihn fest in den Arm. »Es tut mir so leid. Ich habe nicht nachgedacht. Lass mich dir helfen.«

»Dann darfst du aber keinen Mord gestehen«, flüsterte er.

»Edward, falls ich ...«

»Du hast es nicht getan.« Er rückte von mir ab und lächelte unter Tränen. »Mörder können nicht so gut umarmen wie du.«

»Ach, ja?«, fragte ich und lächelte, obwohl sich mein Herz bei dem Wort zusammenzog.

»Das ist eine Tatsache.«

21

SMITH

Ich warf meinen Regenschirm in den Ständer neben der Tür und wollte gerade nach oben, da klingelte die Fahrstuhltür, und Mrs. Winters humpelte heraus und hielt inne, als sie mich sah. Sie rieb sich mit der Hand die Hüfte. Wahrscheinlich hatte sie Schmerzen, was ihren finsteren Gesichtsausdruck erklärt hätte.

»Haben Sie meine Frau gesehen?«, fragte ich, wohl wissend, dass eine Frage nach dem Wohlbefinden der Haushälterin mit einer strengen Rüge beantwortet würde. Sie war aus harten britischen Teilen zusammengesetzt und mochte es nicht, wenn man etwas anderes suggerierte.

»Sie plant vermutlich die Party«, sagte sie müde. »Obwohl ich diejenige bin, die den ganzen Tag Kuchen backen muss.«

»Party?«, wiederholte ich. Belle war nicht gerade in Feierlaune gewesen, als ich nach Brighton aufgebrochen war, und im Moment schien es keinen Anlass zum Feiern zu geben.

Nicht wenn Nora vermisst wurde und man nicht wusste, wer für ihr Verschwinden verantwortlich war.

»Miss Kincaids Geburtstag«, antwortete sie und kniff die Augen zusammen, als hätte sie keine Zeit, das zu erklären. »Ich gehe besser zurück in die Küche und sehe nach dem Ofen.«

Auf dem Weg nach oben rätselte ich über ihre Worte. Ich musste die anderen finden. Als ich Georgia auf dem Flur vor meinem Arbeitszimmer traf, hatte ich es immer noch nicht begriffen. »Warum denkt Mrs. Winters, dass du heute Geburtstag hast?«

Sie verdrehte theatralisch die Augen. »Weil deine reizende Frau sie davon abhalten musste, in Noras Zimmer zu gehen, und das ist die geniale Lüge, die ihr eingefallen ist.«

»Ah, okay.« Die Lüge hatte niemandem geschadet, zumal Georgias Reaktion das erste Lustige war, was ich den ganzen Tag erlebt hatte. Derzeit musste ich wirklich jede Aufmunterung nehmen, die ich kriegen konnte.

»Ich habe das Zimmer ausgeräumt«, sagte sie, als ich zum Kinderzimmer ging. Ich trat ein und sah mich um, bevor sie hinzufügte: »Sie sind nicht hier, sie sind in den Ort gegangen.«

»Du hast sie allein ins Dorf gehen lassen?«, platzte ich heraus.

»Willst du, dass ich auf sie aufpasse oder ihren Dreck wegmache, Price?« Georgia verschränkte die Arme und starrte mich wütend an.

Normalerweise würde ich keinen Streit anfangen, aber heute war ich nervös. »Arbeitest du nicht für die königliche Familie? Wie kann es in Ordnung sein, einen Prinzen ohne Schutz herumlaufen zu lassen?«

»Darum geht es hier nicht.« Sie schritt aus dem Zimmer

und überließ es mir, ihr zu folgen. Überraschenderweise ging sie auf mein Arbeitszimmer zu. Kaum waren wir drin, schloss sie die Tür.

»Worum geht es dann?«, fragte ich.

»Sie. Du willst glauben, dass es ihr gut geht – dass sie es nicht getan hat.« Georgia hielt inne und holte tief Luft. »Wir können es vertuschen – was auch immer es ist –, und das weißt du. Es ist nicht das erste Mal, dass wir uns mit so etwas befassen müssen. Aber du musst akzeptieren, dass deine Frau diese Frau getötet haben könnte.«

»Belle würde nicht …« Ich brach ab.

Auf dem Rückweg von Brighton hatte ich mir das Ganze immer wieder durch den Kopf gehen lassen. Mir gingen Miranda Thornes leere Augen nicht aus dem Kopf, ihre grimmigen Warnungen. Sie war völlig durchgeknallt. Das war klar. Aber es war nicht so sehr, was sie gesagt hatte, sondern wie sie aussah. Belle hatte an dem Tag am Teich denselben leeren Blick gehabt. Ich glaubte nicht an Geister, aber das konnte kein Zufall sein. Die letzte Mutter, die auf diesem Grundstück gelebt hatte, war verrückt geworden. Sie hatte wahrscheinlich ihre Familie umgebracht und im Keller vergraben. War es das, was jetzt mit Belle passierte? War sie dazu verdammt, das gleiche Schicksal wie Mrs. Thorne zu erdulden?

»Wir müssen das vermisste Thorne-Baby finden«, sagte ich, entschlossen, meine Energie wieder auf etwas zu lenken, das ich kontrollieren konnte. »Es muss irgendeine Art von Aufzeichnung geben. Das Baby wurde in einer Anstalt geboren, verdammt noch mal. Was ist, wenn sie herausgefunden hat, dass sie eine Thorne ist, und verärgert war, dass wir das Haus ihrer Familie gekauft haben?«

Georgia stand mit mitleidigem Blick auf der anderen Seite des Schreibtisches. »Smith …«

»Bitte«, unterbrach ich sie, bevor sie mir sagen konnte, dass dies eine weitere Sackgasse war. Ich wusste, ich klammerte mich an einen Strohhalm. »Welche Wahl habe ich denn? Ich kann sie nicht aufgeben. Ich habe ihr versprochen, immer für sie da zu sein.«

»Okay. Ich helfe dir, sie zu finden«, sagte Georgia. Sie straffte die Schultern. »Da ist etwas, das du sehen solltest.«

Sie beugte sich vor und drückte ein paar Tasten auf meiner Tastatur. Mein Computerbildschirm leuchtete auf und begann, ein Video abzuspielen. Ich brauchte einen Moment, um zu realisieren, dass ich mir die Aufnahmen aus dem Kinderzimmer ansah.

»Das war letzte Nacht«, sagte sie mit ruhiger Stimme.

Ich beobachtete, wie Belle das Kinderzimmer betrat und sich über Pennys Krippe beugte. Meine Hände umklammerten die Armlehnen meines Stuhls und gruben sich in das Leder, als Nora auf dem Bildschirm erschien.

»Nein«, sagte ich leise. Ich zwang mich zuzusehen, wie Nora mit Belle sprach und sie dann sanft wegzog. »Nein.« Verzweifelt sah ich zu Georgia. »Ich weiß nicht, was ich tun soll.«

»Als Erstes suchen wir das Thorne-Baby«, entschied sie und klang für ihre Verhältnisse ungewöhnlich mitfühlend. »Dann finden wir den Rest heraus.«

»Das kann dauern.« Ich ließ mich in den Stuhl sinken und merkte, dass ich all meine Hoffnungen auf eine Fantasie gesetzt hatte. Je länger ich ignorierte, was passiert war, desto mehr waren wir in Gefahr. Die Leute würden bemerken, dass Nora weg war. Sie würden Fragen stellen. Mrs. Winters hatte gesehen, wie Belle mit dem Kindermädchen gestritten hatte, und dann war da noch die E-Mail, die Nora an die Agentur geschickt hatte. Wenn Fragen auftauchten, würden sie sich an uns wenden. »Wir dürfen keine Zeit mit einer Schnitzeljagd verschwenden. Es könnte Monate dauern, bis wir wissen, was passiert ist. Wir müssen uns darauf konzentrieren, Noras …« Fast hätte ich Leiche gesagt. »Wir müssen Nora finden.«

»Das dauert nicht Monate«, sagte Georgia und verzog das Gesicht. »Ich bezweifle, dass es Stunden dauern wird.«

Meine Augen verengten sich. »Was hast du getan?«

»Wir haben mächtige Freunde«, erinnerte sie mich. »Ich habe einen Anruf getätigt.«

Ich erhob mich, das Blut pumpte so heftig in mein Herz, dass ich dachte, meine Brust würde explodieren. »Du hast *ihn* angerufen!«

»Er schuldet dir was, und wenn jemand die Mittel hat herauszufinden, was mit einem Waisenkind passiert ist, dann ist es der König von England.«

Aber ich hörte ihr nur halb zu. »Ruf ihn noch mal an. Sag ihm, es war ein Missverständnis.«

Je mehr Leute wussten, was Belle getan hatte, desto schwieriger würde es werden, irgendetwas zu vertuschen.

Georgia schaute auf ihre Uhr. »Dafür ist es etwas zu spät.«

»Was soll das bedeuten?«, fragte ich, aber sie brauchte nicht zu antworten. Die Fenster des alten Anwesens gaben mir die Antwort, denn sie vibrierten, als sich ein Hubschrauber dem Grundstück näherte.

Wie der Zufall es wollte – denn der Zufall ist ebenso oft eine Bitch wie eine freundliche Dame –, landete der Hubschrauber auf dem Rasen, als Georgias Porsche gerade in die Einfahrt bog. Nachdem Georgia meine Frau und ihren königlichen Freund nicht in den Ort begleiten konnte, hatte sie sie wenigstens in ihrem gepanzerten Fahrzeug zum Shoppen geschickt. Der Wagen verlangsamte sein Tempo, zweifellos aufgrund des Spektakels, das sich auf dem Rasen abspielte. Dann schoss es vorwärts, als sei der Fahrer entschlossen, vor dem Piloten des Hubschraubers auf Thornham einzutreffen.

Vergeblich, denn als die Motoren verstummten und die Rotoren zum Stillstand kamen, stiegen Alexander und Brexton Miles aus, warfen ihre Helme auf den Sitz und gingen lässig in Richtung Haus. Bei ihrem gemächlichen Gang fragte ich mich unwillkürlich, wie viel Georgia ihnen über die Vorkommnisse erzählt hatte. Ich hatte Alexander mit mehr Interesse auf einheimische Terroristen zurennen sehen. Sie waren offensichtlich nicht übermäßig besorgt, dass meine Frau jemanden ermordet haben könnte.

Die Tür des Porsche flog auf, und Belle stieg aus. Sie starrte auf unsere Gäste, dann richtete sie ihren vorwurfsvollen Blick auf mich.

Ich hob die Hände, um ihr zu signalisieren, dass ich nichts damit zu tun hatte. Edward stieg etwas langsamer auf der Beifahrerseite aus. Wenn Belles Blick vorwurfsvoll gewesen war, war seiner mörderisch. Ich stöhnte auf, als mir klar wurde, dass Edward seit dem Sommer, als Alexander zugegeben hatte, David getötet zu haben, nicht mehr mit seinem Bruder gesprochen hatte. Was hatte sich Georgia nur dabei gedacht, ihn anzurufen? Wir hatten schon genügend Dramen, wir brauchten nicht noch mehr.

»Ich komme mit einem Geschenk«, verkündete Alexander und wedelte mit einem USB-Stick.

Hinter uns räusperte sich Mrs. Winters lautstark. Ich drehte mich um und sah sie empört an der Haustür stehen. Natürlich hatte sie den Hubschrauber kommen hören. »Ich nehme an, diese Leute sind wegen der Party hier? Das hätten Sie mir wirklich sagen können.«

Sie brummte weiter vor sich hin und wandte sich ab, um zurück in die Küche zu gehen. Alexander erreichte mich mit einem verwirrten Lächeln. »Party? Das wäre doch nicht nötig gewesen.«

»Ich hab keine Party geplant«, versicherte ich ihm und griff nach dem Stick.

Er ließ ihn los. »Können Sie mir sagen, warum ich Informationen über eine heimliche Adoption besorgen sollte, die fünfzig Jahre zurückliegt?«

»Das ist eine lange Geschichte«, begann ich, aber bevor ich weiterkam, fiel Alexanders Blick auf Belle. Oder, besser gesagt, auf ihren Begleiter.

Die Brüder starrten sich an, keiner sagte ein Wort. Schließlich marschierte Edward mit seinen Einkaufstüten ins Haus, ohne uns auch nur eines Blickes zu würdigen.

»Shit«, murmelte Alexander.

»Was haben Sie erwartet?«, fragte ich. »Eine Parade?«

»Ich begnüge mich mit einem Scotch«, sagte er mit angestrengter Stimme, »und einer Erklärung.«

Ich warf einen Blick auf meine Frau, die mit Penny im Arm langsam auf das Haus zuging. Georgia lief ihr entgegen, Brex folgte ihr dicht auf den Fersen. Sie könnte nicht in sichereren Händen sein. Belle schenkte mir ein kleines

Lächeln, als wollte sie mir die Erlaubnis geben, ihn hereinzubitten.

»Das schaffe ich.« Ich ging achselzuckend auf das Haus zu. »Folgen Sie mir.«

22

BELLE

Ich hätte nie erwartet, dass das Kinderzimmer zu einem gesellschaftlichen Treffpunkt werden würde, aber sobald wir im Haus waren, folgte mir ein Trupp die Treppe hinauf. Jemand hatte im Kamin ein Feuer entzündet, sodass man sich hier genauso gut aufhalten konnte wie in jedem anderen Raum. Eventuell hätte ich mir nicht so viele Gedanken über die Gestaltung des Wohnzimmers gemacht, wenn ich gewusst hätte, dass wir uns immer oben aufhalten würden.

»Ganz ehrlich? Das wird der schlimmste Geburtstag aller Zeiten«, verkündete Georgia, als ich Pennys Windel gewechselt hatte. Brex lungerte in der Ecke des Zimmers herum und wandte den Blick ab. Edward wippte wild im Schaukelstuhl. Ich war mir nicht ganz sicher, ob er gleich durchdrehen würde oder ob er sich bereits wieder gefasst hatte.

»Eigentlich ist es nicht dein Geburtstag«, erinnerte ich sie.

»Welche Frau würde sich darüber freuen, wenn der König

von England ihr den Tag verdirbt und die ganze Aufmerksamkeit auf sich zieht?«, machte sie sich über mich lustig.

»Wann hast du eigentlich Geburtstag?«, fragte Brex neugierig.

Wir drehten uns beide um und starrten ihn an. »Das ist jetzt nicht der richtige Zeitpunkt. Sorry.«

»Du hast Alexander angerufen. Er ist gekommen. Was hast du denn erwartet?«, fragte ich Georgia. Seit unserer Ankunft auf Thornham war ich in alle Details eingeweiht worden. Smith hatte mehr über die Thornes herausgefunden, und Georgia hatte in ihrer unendlichen Weisheit und ihrem unglaublichen Narzissmus doch tatsächlich für eine schnelle Recherche den König von England angerufen. Die Tatsache, dass Alexander mal eben alles stehen und liegen ließ, war das eigentlich Überraschende. Heute hatten wir schon genug Dramen gehabt. Nicht nur, dass Georgia das erhöhte Risiko ignoriert hatte, das die Anwesenheit des Königs für uns mit sich brachte, viel schlimmer war, dass sie überhaupt nicht an Edward gedacht hatte.

Wieder blickte ich zu meinem besten Freund hinüber. Er schaukelte immer noch im Stuhl.

»Früher oder später müssen die beiden sich aussprechen«, flüsterte sie.

»Aber wieso muss man ihn dazu drängen?« Erst hatte sie ihn gezwungen, sich mit Clara auseinanderzusetzen, und jetzt mit Alexander. »Willst du Davids Leiche ausgraben und ihn auch noch zum Reden bringen?«

»Das ist leider unmöglich.« Georgia zuckte mit den Schultern. »Wir haben seine Leiche nie gefunden.«

Ich war mir ziemlich sicher, dass sie stärker war als ich, sonst hätte ich womöglich versucht, sie zu erwürgen. Was war schon ein weiterer Mord unter Freunden?

Ich beschloss, die Taktik zu ändern, und richtete meine Aufmerksamkeit auf Brex. »Was hast du herausgefunden, dass Alexander extra herkommen musste, um es uns persönlich zu überbringen? Habt ihr keine E-Mail?«

Sein sonst so strahlendes Lächeln verblasste, und er zeigte bedeutungsvoll mit dem Kopf auf Edward. Laut sagte er: »Keine Ahnung. Der arme Junge hat mir nur gesagt, dass er etwas frische Landluft vertragen könnte.«

»Er war gerade erst in Schottland«, sagte Georgia rundheraus. »Und ich dachte, du solltest in Silverstone sein.«

Brex hatte den Auftrag, Anderson Stone, den unehelichen Sohn des verstorbenen Königs Albert, in das Licht der Öffentlichkeit zu begleiten. In Anbetracht all dessen, was die königliche Familie in letzter Zeit durchgemacht hatte, konnte ich Alexander nicht verübeln, dass er um die Sicherheit seines Halbbruders besorgt war. Brex hatte sich eine Auszeit von dieser neuen Rolle genommen, um in der Zeit vor Pennys Geburt in London auf mich aufzupassen, aber soweit ich wusste, war er nach Silverstone zurückgekehrt, nachdem Smith und ich das Baby nach Briarshead gebracht hatten.

Offenbar hatte Georgia das auch gedacht.

»Ich … wurde dort nicht benötigt«, sagte er zögernd. »Anders brauchte etwas Privatsphäre.«

»Schön, dass ich informiert wurde«, stieß Georgia hervor.

»Du hattest genug um die Ohren«, antwortete er.

Ich hob das Baby hoch und ging einen Schritt zurück. Vielleicht sollte ich ihnen für ihre Diskussion, worum auch immer sie sich drehte, etwas Raum geben, doch dann fiel mir etwas ein. »Moment, aber was ist mit Lola? Hat sie Silverstone ebenfalls verlassen?«

Meine Geschäftspartnerin war ein absolutes PR-Genie und deshalb angeworben worden, um Anders' Image aufzupolieren; sie war nun schon seit Wochen in Silverstone.

Brex räusperte sich. »Nun …«

»Oh.« Endlich verstand ich. »Das wird kompliziert.«

»Noch ist nichts passiert«, sagte er schnell. »Ich hatte einfach das Gefühl, dass Lola allein mit ihm fertigwird.«

Georgias Schultern bebten vor kaum unterdrücktem Lachen. »Brexton Miles, spielst du den Kuppler?«

»Ich gebe lediglich zwei Menschen eine Chance«, sagte er grimmig. Dabei glitt sein Blick über Georgias Körper.

Diesmal bildete ich es mir definitiv nicht ein. Ich schlich mich auf Zehenspitzen davon, um ihnen Raum zum Reden oder zum Streiten oder was auch immer zu geben, und setzte mich neben Edward.

»Ich wusste nicht, dass er kommt«, sagte ich leise zu ihm.

Sein Blick blieb auf den Kamin gerichtet, die Flammen spiegelten sich in seinen braunen Augen. »Das habe ich verstanden, als du gesagt hast: ›Wer zum Teufel ist das?‹, als du den Hubschrauber in eurem Vorgarten gesehen hast«, sagte er abwesend. »Wahrscheinlich hat er euren Rasen ruiniert. Rowan wird sich darum kümmern müssen.«

»Scheiß auf den Rasen. Wie geht es dir?«

»Ich konnte ihm nicht für immer aus dem Weg gehen. Das würde er nicht zulassen.« Er sah mich an, presste seine Lippen zu einer dünnen Linie zusammen und zog die Augenbrauen hoch. »Und er bekommt seinen Willen.«

»Ich sorge dafür, dass er verschwindet«, rief ich. »Es ist mir egal, wer er ist.«

Er verzog den Mund zu einem schiefen Lächeln. »Du

brauchst seine Hilfe. Unsere Familie ist gut darin, den Dingen auf den Grund zu gehen und …«

Dinge zu vertuschen. Das sagte er zwar nicht, aber ich wusste, was er dachte. Falls ich Nora tatsächlich etwas angetan hätte, könnte mir meine Verbindung zur königlichen Familie helfen, damit davonzukommen. Ich brachte es nicht übers Herz, Edward zu sagen, dass ich mich stellen würde, falls ich ihr etwas angetan hatte.

»Verzeihen Sie, Ma'am«, unterbrach Mrs. Winters uns, und alle drehten sich zu ihr um, »aber wollen Sie und Ihre Gäste einen Imbiss haben?«

»Ich kläre das mit Mr. Price«, sagte ich, bemüht, so zu tun, als sei es keine große Sache, dass sich mehrere Mitglieder der Monarchie und ihre Leibwächter in unserem Haus aufhielten. Mrs. Winters interessierte das Warum allerdings weniger, als dass sie nicht gewarnt worden war.

Ich stand auf. Edward streckte seine Arme nach Penny aus.

»Kann ich sie nehmen?«, fragte er.

Mit einem Lächeln reichte ich ihm das Baby. Wenn sie gut gelaunt war, gab es nichts Heilsameres, als sie zu halten.

Mrs. Winters trat mit mir in den Flur, und mir war klar, dass sie vorhatte, auf eine Antwort zu warten. Ich wollte jedoch nicht, dass sie zufällig mitbekam, was Smith und Alexander im Arbeitszimmer besprachen, und winkte sie weiter. »Ich komme runter und sage Ihnen Bescheid.«

»Natürlich, Ma'am.« Sie kniff säuerlich die Lippen zusammen, weil ich sie abgewiesen hatte.

Ehrlich gesagt, wann war sie nicht sauer auf mich?

Ich wartete, bis sie den Aufzug erreicht hatte, bevor ich leise das Arbeitszimmer meines Mannes betrat.

Alexander und Smith verstummten augenblicklich – bis sie merkten, dass ich es war.

»Meine Schöne«, sagte Smith, als wollte er mich auffordern hereinzukommen.

Ich durchquerte den Raum und fiel ihm in die Arme. »Was habt ihr herausgefunden?«

»Alexander hat ein paar Geburtsurkunden gefunden. Miranda Thorne hat vor vierzig Jahren ein kleines Mädchen bekommen.«

»Was ist mit ihr passiert?«, fragte ich und schaute Alexander an.

Der König saß hochherrschaftlich auf dem Schreibtischstuhl, die Ellbogen auf die Lehnen gestützt und die Hände in nachdenklichem Schweigen verschränkt.

»Das wissen wir noch nicht«, erklärte Smith. »Wir warten auf die Adoptionsunterlagen.«

»Aber trotzdem bist du den ganzen Weg hergekommen?«, sagte ich zu Alexander.

»Ich hatte in der Gegend was zu erledigen«, sagte er ruhig. »Außerdem sollten wir die Informationen in Kürze erhalten.«

»Er ist noch nicht bereit, mit dir zu reden«, sagte ich gereizt in dem Drang, Edward zu beschützen. Alexander bekam meiner Meinung nach zu oft, was er wollte.

»Das ist nicht der einzige Grund, warum ich hier bin.« Er richtete seine blauen Augen direkt auf mich. »Mir wurde gesagt, dass du meine Hilfe brauchst.«

»Was?« Ich warf Smith einen vernichtenden Blick zu. Wie konnte er ihm das erzählen?

»Georgia hat ihn angerufen«, erklärte Smith, »und ich habe bestätigt, dass wir ein Problem haben.«

Ich suchte in seinem Gesicht nach dem Grund, warum er mich verraten hatte, indem er einen Außenstehenden einweihte.

»Ich schulde euch beiden etwas«, warf Alexander ein. Er schluckte, sein unnachgiebiges Auftreten zeigte feine Risse. »Dafür, wie ihr Clara geholfen habt.«

»Sie ist meine beste Freundin«, sagte ich. Ich hatte nichts aus Rücksicht auf ihn getan, sondern um ihretwillen.

»Die Tatsache bleibt«, wies er mein Argument zurück. »Und ich glaube, Clara würde das Gleiche sagen. Sie war damit einverstanden, dass ich herkomme.«

»Solltest du nicht bei ihr sein?«, fragte ich hitzig. Sie taten beide so, als wäre ich in genauso großen Schwierigkeiten wie Clara, als sie entführt worden war. Aber Clara war damals das Opfer gewesen. Und das war ich nicht.

»Norris ist bei ihr. Sie und die Kinder sind in Buckingham in Sicherheit.«

Ich beneidete ihn um seine Festung. Er hatte volles Vertrauen in die Sicherheit der Mauern, die ihn dort umgaben. Wir hatten nicht die gleiche Sicherheit auf Thornham.

»Das Thorne-Baby beziehungsweise die Frau, zu der es herangewachsen ist, wird uns die Antworten liefern«, lenkte Smith das Gespräch wieder auf unsere Probleme.

»Warum denkst du das?«, fragte ich und stand auf. »Was könnte das mit Nora zu tun haben?«

»Das weiß ich noch nicht«, gab Smith zu. Seine Schultern wurden starr, seine Miene undurchdringlich. Es war lange her, dass ich ihn so gesehen hatte. Als wir uns kennenlernten, hatte er dieses Verhalten oft an den Tag gelegt, weil wir bedroht worden waren. Oh, wie hatte es mich damals angemacht zu sehen, wie weit er im Angesicht der Gefahr zu gehen bereit war. Es war aufregend zu beobachten, wie er jede Situation beherrschte.

Ich hatte mich dieser Beherrschung hingegeben.

Aber jetzt war die Lage anders. Versprechungen waren gemacht worden, und wir mussten uns jetzt um mehr als nur um uns selbst kümmern. Als ich sah, wie mir die Bestie, die er in sich eingesperrt hatte, aus seinen Augen entgegenblickte, bekam ich Angst. Ich wusste, dass er nicht zögern würde, alles Nötige zu tun, um mich zu beschützen, aber zu welchem Preis?

23

SMITH

Gegen Mittag hatte Belle Edward ermuntert, sie zu den Büroräumen von *Bless* zu begleiten. Zweifellos wollten die beiden dringend etwas Abstand zwischen sich und die Besucher im Haupthaus bringen. Ich war mit Alexander nach draußen gegangen, damit wir reden konnten, ohne dass uns jemand belauschte. Die Aufnahmen von Belle aus dem Kinderzimmer von letzter Nacht hatten mich daran erinnert, dass man sich zu schnell auf eine geschlossene Tür verließ, dabei hatten die Wände oft Ohren.

Wir schlenderten an den Gärten vorbei, die noch halb von schmelzendem Schnee bedeckt waren, in Richtung Tal, das sich hinter den Gebäuden des Anwesens erstreckte. Alexander schwieg, bis wir eine alte Eiche erreichten.

»Hat sie es getan?«, fragte er dort.

»Ich weiß es nicht«, gab ich zu.

Alexander verschränkte die Hände hinter dem Rücken und

ließ den Blick in die Ferne schweifen, als könnte er dort Antworten finden.

»Spielt das eine Rolle?«, fragte ich.

»Nicht für mich«, sagte er mit Nachdruck.

»Ich würde alles für sie tun.« Das war mein Ernst. »Ganz gleich, was sie getan oder nicht getan hat. Ich habe versprochen, sie zu beschützen.«

»Sie beide sollten zurück nach London kommen«, riet er mir und drehte sich um, um meine Reaktion zu sehen. »Es ist leichter für mich, die Dinge zu regeln, wenn wir uns nicht mit stümperhaften Detectives vom Land herumschlagen müssen.«

»Aber was, wenn man eine Leiche findet?«

Alexander schaute über mein Grundstück, bevor er eine Augenbraue hochzog. »Wir finden sie zuerst. Darum kann sich Brex kümmern.«

»Und wenn wir sie nicht finden?«

»Dann ist es noch einfacher – dann müssen wir nicht graben.« Er klopfte mir auf die Schulter. »London ist die beste Wahl, und ich könnte Sie dort gut gebrauchen.«

Immerhin war Belle auf dem Land zusammengebrochen. Wie viel schlimmer würde es in der lauten, geschäftigen Stadt werden? »Ich müsste mir erst gut überlegen, ob ich meine Aufmerksamkeit teile. Ich wollte dieses Leben hinter mir lassen.«

Er lächelte grimmig. »Das kann ich nur zu gut verstehen.« Der Rest des Satzes stand unausgesprochen zwischen uns: Aber das können wir nicht.

Egal, was wir taten, dieses Leben fand uns immer wieder.

»Ich glaube, ich gehe ein Stück«, sagte er und deutete mit dem Kopf in Richtung Haus. »Es ist selten, dass ich eine Weile von ihnen loskomme und allein sein kann.«

Das stimmte wohl. Alexander war immer von einer Entourage umgeben. Vermutlich fand er nur in seinem Schlafzimmer etwas Privatsphäre. »Ich schicke sie in die entgegengesetzte Richtung.«

»Smith«, rief Alexander, als er schon ein paar Schritte entfernt war. »Ich weiß, wir arbeiten schon lange zusammen.«

Ich wartete. Ich war nach dem Tod seines Vaters zu ihm gekommen und hatte nicht damit gerechnet, so lange mit ihm verbunden zu bleiben, aber dann hatte ich mich in eine peitschenschwingende Blondine mit roten Lippen verliebt.

»Ich möchte, dass du weißt, dass ich dich als Freund betrachte. Ich weiß, dass ich dir etwas schulde«, sagte er, »aber ich möchte klarstellen, dass ich nichts aufrechnen will. Wenn ihr mich braucht – wenn einer von euch mich braucht –, bin ich da.«

Ich dachte einen Moment lang über seine Worte nach. Ich hatte nicht viele Menschen, die ich in die Kategorie Freund einordnete. Schließlich nickte ich. »Dito.«

Wir trennten uns in dem Bewusstsein, dass wir mehr als Verbündete waren. Zwischen uns würde es nie wie bei Belle und Edward sein. Unsere Freundschaft war aus Pflichtgefühl und einer gemeinsamen Verantwortung erwachsen. Nur wenige Männer konnten verstehen, wie ich mich fühlte – Alexander war einer von ihnen.

»Lass dich hier draußen nicht ermorden«, riet ich ihm.

»Ich gebe mir Mühe.«

Unsere Freundschaft war bereits auf einem guten Weg. Als ich ins Haus zurückkehrte, überlegte ich, dass er außerhalb von Thornhams Mauern womöglich sicherer war als hier bei uns. Ich war so in Gedanken versunken, dass ich beinahe

Mrs. Winters umgerannt hätte, als sie aus der Speisekammer wankte.

»Der Imbiss ist fertig«, informierte sie mich, als ich in die Küche kam.

»Imbiss?«, fragte ich verwirrt.

»Ihre Frau sollte Sie fragen, ob ich einen Imbiss für Sie und Ihre Gäste zubereiten soll«, sagte Mrs. Winters in gereiztem Ton. »Sie hat sich nicht bequemt, mir mitzuteilen, was Sie gesagt haben, also habe ich vermutet, ich sollte etwas zubereiten. Soll ich es einpacken?«

Ich durfte auf keinen Fall noch mehr Personal verlieren. Belle war mit ihren Gedanken woanders, und das konnte ich ihr nicht verübeln. »Nein, ich werde alle zusammentrommeln. Entschuldigen Sie die Verwirrung. Es war ein anstrengender Tag.«

»Das kann ich mir vorstellen, jetzt, wo Nora weg ist …« Sie musterte mich, und ich konnte förmlich sehen, wie die Rädchen in ihrem Kopf sich drehten. »Das Dinner ist um sieben fertig. Ich nehme an, Seine Majestät bleibt zu der Party.«

»Hm«, wich ich aus. »Das vermute ich auch.« Ich wollte nicht für Alexander sprechen. Wahrscheinlich zog es ihn zurück nach London. Genau wie ich war auch er nicht gern lange von seiner Frau und seinen Kindern getrennt. Aber gewiss würde er hierbleiben, bis wir ein Stück weiter waren mit unseren Recherchen.

Mrs. Winters ging zurück in Richtung Küche, hielt aber inne. »Fast hätte ich es vergessen. Für Sie ist ein Brief gekommen. Ein Bote hat ihn gebracht. Ich habe ihn an der Tür liegen lassen.« Sie schüttelte den Kopf, empört, dass sie sich darum auch noch kümmern musste. »Wann ist Humphrey aus dem Urlaub zurück?«

»Dieses Wochenende, glaube ich«, sagte ich abwesend. Ich erwartete keine Dokumente. Mandanten, um die ich mich kümmern musste, hatte ich nicht mehr. Der Kauf von Thornham war abgeschlossen. Mir fiel kein Grund ein, warum ein Bote mir heute einen Brief zustellen sollte. Ich drehte mich um und grinste trotz des ganzen Stresses bei der Vorstellung, wie der Bote sich gefühlt haben musste, als er den Hubschrauber auf dem Rasen gesehen hatte. Die Szenerie war eher surreal als amüsant. Ich dachte, mein Leben vor Belle wäre kompliziert gewesen. Ich hatte ja keine Ahnung gehabt, wie viel komplizierter es noch werden konnte.

Ich fand den Umschlag auf dem Tischchen am Eingang, neben einem kunstvollen Arrangement aus frischen weißen Rosen und Lilien in einer silbernen Vase. Als ich nach dem Umschlag griff, stieg mir der Duft der Blumen in die Nase. Sie rochen süßlich, und ich verzog das Gesicht.

Sie rochen wie Noras Parfüm.

Ich verdrängte die Erinnerung an ihre Berührung. An den Kuss auf ihr Handgelenk. Es war ein Fehler gewesen – einer, für den sie teuer bezahlt hatte. Belle war auf dem Weg der Besserung. Nachdem sie die Schlaftabletten abgesetzt hatte, hatte ich endlich Hoffnung, dass unser Leben auf Thornham funktionieren konnte. Aber Nora hatte mir diese Hoffnung geraubt. Ich musste Belle zur Vernunft bringen. Jedes Mal wenn wir darüber sprachen, was passiert war, sah ich die Scham in ihren Augen. Sie wollte sich der Polizei stellen. Sie hatte Angst vor sich selbst.

Das Schlimmste daran war, dass sie mir ebenfalls Angst machte. Angst, dass sie wie Nora in der Nacht verschwinden könnte. Angst, dass sie den Verstand verlieren könnte wie

Miranda. Ich wusste, sie wollte nicht glauben, dass das Thorne-Baby etwas damit zu tun hatte, aber ich musste es glauben. Die Alternative war zu beängstigend, um sie in Betracht zu ziehen. Belle war nicht der Finsternis von Thornham zum Opfer gefallen. Ich konnte es nicht glauben. Nicht ohne weitere Beweise.

Ich ging mit dem Umschlag in mein Arbeitszimmer, nahm den Brieföffner vom Schreibtisch, schob seine Kante unter die Lasche und schnitt den Brief auf. Dann ließ ich den Öffner fallen und holte ein einzelnes Blatt Papier heraus. Ein paar Fotos waren mit einer Büroklammer an der Ecke befestigt. Mein Blick flog über den ausgedruckten Brief, der in einer langweiligen Standardschrift geschrieben war. Bei der zweiten Zeile angelangt, pochte mein Puls so stark in meinen Ohren, dass ich das Gefühl hatte, in ein Vakuum aus Raum und Zeit gesaugt worden zu sein.

Darling,
ich hoffe, du hast unser kleines Spiel genossen. Wir hatten immer so viel Spaß zusammen, aber dann hast du dir eine neue Partnerin gesucht. War ich so leicht zu ersetzen?
Sie war mir wohl kaum ebenbürtig. Ich kann mir nicht vorstellen, dass sie dich so gut unterhalten hat wie ich. Noch ein Zug, und ich werde sie komplett vernichten. Doch vorher biete ich dir an, ihren Platz einzunehmen. Wen soll ich vom Brett nehmen: den Springer oder den Bauern? Überbringe mir deine Antwort heute Abend um 19 Uhr persönlich am Teich, oder der Rest der Akte gelangt in die Hände von Leuten, die sie für immer einsperren werden. Nur ein Spieler, bitte – fair ist fair.

-M

Meine Finger tasteten nach den Fotos, die dem Brief beigefügt waren, mein Gehirn weigerte sich zu verarbeiten, was ich die ganze Zeit hätte sehen müssen. Das erste war ein Standbild von Belle und Nora aus dem Material der Überwachungskamera. Das nächste von der schlafenden Belle. Mein Blutdruck schnellte in die Höhe, als ich meine eigene Gestalt neben meiner Frau sah. Ich war dort gewesen, als es aufgenommen wurde. Aber das letzte Bild ließ mir das Blut in den Adern gefrieren: Es zeigte Penny, die in ihrem Bettchen schlief.

Es war keine Wahl. Es war eine Drohung. Einer von uns musste die Schuld für den Mord an Nora auf sich nehmen. Einer von uns musste seine Niederlage eingestehen. Die Entscheidung war nicht schwer. Dieses Leben war nie für mich bestimmt gewesen, aber wenigstens würde ich endlich meine Frau von dem Schleier des Wahnsinns befreien können, den man ihr übergeworfen hatte.

Das Thorne-Baby. Belle. Alles Fallen, die ausgelegt worden waren, um mich auszubremsen. Mein Feind hatte mich abgelenkt, während er die Schlusskonstellation auf das Brett stellte. Nun war es an der Zeit, meine Niederlage vor Publikum zu inszenieren. Ich hätte die ganze Zeit über wissen müssen, dass ich für meine Sünden bezahlen musste, dass ich Belle verlieren würde. Der Glaube an die Liebe, an die Erlösung, hatte mich blind gemacht für einen Gegner, der mich auslöschen würde.

24

BELLE

»Du kannst ihm nicht ewig aus dem Weg gehen«, erinnerte mich Edward. Er stellte einen Stapel Designbücher in ein leeres Regal und schaute mich ernst an. Er hatte es geschafft, mich davon zu überzeugen, meine fieberhafte Energie in etwas Produktives umzuwandeln. Smith hatte dafür gesorgt, dass die *Bless*-Büros fertig eingerichtet waren, aber nur ich konnte ihnen den letzten Schliff verleihen.

Doch ich war nicht mit dem Herzen bei der Sache, ich sah keinen Sinn darin.

»Das werde ich nicht.« Es war besser, es dabei zu belassen. Ich hatte vorhin den Ausdruck in Smiths Augen gesehen – ich wusste nicht, was er vorhatte, aber ich ahnte, dass es mir nicht gefallen würde. Er hatte mich schon früher ausgeschlossen, wenn er meinte, die Dinge selbst in die Hand nehmen zu müssen. »Ich weiß nicht, wie ich ihn aufhalten soll.«

»Ich schätze, er würde das Gleiche über dich sagen. Ich weiß nicht, wie ihr beide zusammengekommen seid. Ihr seid dermaßen stur«, stellte er fest.

Ich lehnte mich an den Schreibtisch, den Smith mir erst zu Weihnachten geschenkt hatte. Eigentlich sollte ich hier ein neues Leben beginnen. Er hatte mir diesen Raum geschenkt, um *Bless* zum Erblühen zu bringen, meinen Couture-Verleih, und jetzt würde ich das niemals tun. »Ich weiß nicht, warum wir uns überhaupt die Mühe machen.«

Ungerührt fuhr Edward fort, einen Rahmen an der Wand anzubringen. Als er nun den Kopf schüttelte, machte er sich noch nicht einmal die Mühe, sich zu mir umzudrehen. »Weil du ein Imperium zu leiten hast. Vor ein paar Wochen hast du dir noch Gedanken darüber gemacht, wie du nach Paris kommst und den Betrieb aufstocken kannst, um die Anfragen zu bewältigen«, sagte er. »Warum konzentrierst du dich nicht für eine Weile darauf, wie viel du schon erreicht hast?«

»Weil es sich im Moment nicht wie eine große Errungenschaft anfühlt«, gab ich zu. »Was spielt mein beruflicher Erfolg für eine Rolle, wenn ich hinter Gittern sitze?«

»Das wird Alexander nicht zulassen.« Es war das erste Mal, dass Edward seit der Ankunft seines Bruders dessen Namen aussprach.

»Bist du jetzt auf deren Seite?« Ich schnipste gegen einen Bleistift und ließ ihn über den Tisch rollen, bis er auf den Boden fiel.

»Ich bin immer – und war immer – auf deiner Seite«, sagte er mit Nachdruck. »Aber glaub mir, es gibt Zeiten, da sind wir selbst unsere schlimmsten Feinde.«

»Und das ist eine solche Zeit?«, vermutete ich.

»Versprich mir, dass du dich nicht wegschleichst und dich

der Polizei stellst.« Er trat vor mich und zwang mich, ihm in die Augen zu sehen. Als ich nichts sagte, schnalzte er mit der Zunge. »Das habe ich mir schon gedacht. Das lassen sie nicht zu. Das lasse *ich* nicht zu.«

»Interessiert hier irgendwen, was *ich* will?«

»Erinnerst du dich, als ich auf dem Botschafterball Gucci tragen wollte?«

Ich nickte. Er hatte behauptet, Gucci wäre ein Statement, aber eigentlich hatte er nur die ewigen Smokings satt. »Das hätte ich dir nie durchgehen lassen.«

»Genau.« Er nahm meine Hände in seine. »Es ist mein Job als dein bester Freund, dich vor dummen Fehlern zu bewahren.«

»Wirklich?« Ich hob eine Augenbraue, löste mich aber nicht aus seinem Griff. »Ich habe in letzter Zeit nämlich eine Menge dummer Fehler gemacht.«

»Na ja, ich kann ja nicht die ganze Zeit um dich sein«, neckte er. »Du solltest wirklich aufhören zu schlafwandeln.«

Und Menschen zu ermorden, dachte ich unglücklich. Ich wollte es gerade laut aussprechen, als Smith hereinkam. Edward blickte zwischen uns beiden hin und her, bevor er meine Hände losließ.

»Mrs. Winters hat einen Imbiss vorbereitet«, sagte Smith in knappem Ton. »Ihr geht besser rüber, bevor sie explodiert.«

Ich richtete mich auf, um Edward zu folgen, aber Smith fing meine Hand auf. »Einen Moment, meine Schöne.«

Edward hielt inne und wartete auf ein Zeichen von mir. Ich nickte, und er ging.

»Es tut mir leid«, sagte Smith, sobald sich die Tür hinter Edward geschlossen hatte.

Ich zuckte vor Überraschung zusammen, dass er gekommen war, um sich zu entschuldigen.

»Warum siehst du mich so an?«, fragte er, als ich ihn weiter anstarrte.

»Ich bin mir nicht sicher, ob du wirklich mein Mann bist.«

»Ich kann zugeben, wenn ich mich geirrt habe«, sagte er abwehrend.

Ich hob die andere Augenbraue.

»Ich irre mich allerdings nur außerordentlich selten«, fügte er hinzu. Ein Grinsen breitete sich über sein Gesicht aus, aber es erreichte nicht seine Augen.

»Ist alles in Ordnung?«, fragte ich sanft. Wir wussten beide, dass er normalerweise ums Verrecken nicht zugeben würde, sich geirrt zu haben. Dass er es jetzt tat, verriet mir, dass wir wirklich, wirklich in Schwierigkeiten steckten.

»Glaub nicht, ich könnte denken, du hättest Nora etwas angetan. Ich weiß, dass du es nicht getan hast.«

»Das kannst du nicht w…« Bevor ich den Satz beenden konnte, küsste er mich. Der Kuss hatte eine gewisse Dringlichkeit. Ich erkannte ihn als das, was er war: Mein Mann erhob Anspruch auf mich, genau wie ich es gestern in Bezug auf ihn getan hatte.

Doch obwohl ein Teil von mir dachte, dass ich ihn wegschieben und mit ihm sprechen sollte, sehnte ich mich stärker nach dem Trost, den mir seine Inbesitznahme verschaffen würde.

Smith trug mich zur Wand. Ich zerrte ihm den Pullover über den Kopf und breitete die Hände auf seinen festen Brustmuskeln aus. Er hielt inne und ließ mich kurz auf den Boden sinken, um mir den Slip auszuziehen, dann hob er mich erneut hoch. Ich griff nach meiner Bluse und zog sie mir über den Kopf, während ich ihm half, seine Jeans so weit nach unten zu schieben, dass sein Schwanz frei war. Er drang in mich ein und stieß auf keinerlei Widerstand. Ich war längst nass, die Aussicht, seine Haut auf meiner zu spüren, hatte mich erregt und getröstet wie lange nichts mehr. Meine Fingernägel gruben sich in seine Schultern, und ich klammerte mich an ihn, während wir uns gegenseitig zu der Antwort führten, die einfach immer Sinn ergab, ganz gleich, wie schlecht es uns ging.

Wir hatten einander. Wir hatten unsere Liebe. Die konnte uns niemand nehmen. Nichts konnte uns brechen, solange wir nur einander hatten.

Smith drückte seine feuchte Stirn an meine und keuchte, während er mich immer weiter dem Orgasmus entgegendrängte. »Ich liebe dich, meine Schöne.«

Ich war zu erregt, um zu sprechen, stattdessen suchte ich mit meinen Lippen seine und sagte ihm auf diese Weise, was er wissen musste. Unsere Liebe würde einen Weg finden. Dann löste ich mich in seinen Armen auf, in dem sicheren Wissen, dass er mich wieder zusammensetzen würde.

25

SMITH

Durch ihre Lüge hatte Belle mir unabsichtlich eine Möglichkeit verschafft, mich aus dem Haus zu schleichen, während alle anderen abgelenkt waren. Ich dachte an den Brief und den Zeitpunkt des Treffens. War es ein Zufall, oder wusste meine Feindin über jeden meiner Schritte Bescheid? Wusste sie von der Party, die heute Abend in meinem Haus stattfand? Sie besaß Fotos von mir und meiner Familie. Sie war im Zimmer meiner Tochter gewesen. Sie hatte die Aufnahmen von der Überwachungskamera des Kinderzimmers gesehen. Möglicherweise hatte sie den Zeitpunkt für unser Treffen in der Gewissheit gewählt, dass ich unbemerkt entkommen konnte, während die anderen zu feiern vorgaben.

Aber wenn sie das wusste, dann wusste sie auch, dass ich nicht allein auf Thornham war. Ich hatte Gäste. Mächtige Gäste. Gefährliche Gäste. Dennoch würde ich sie treffen. Nicht dass sie es sich anders überlegte. Falls sie sich davonschlich und eine Spur blutiger Brotkrumen für die Behörden hinterließ, wusste ich nicht, was passierte. Alexander könnte versuchen, alles zu vertuschen, aber wie lange würde solch selbstherrliches Verhalten der Monarchie toleriert?

So ungern ich es auch zugab, mich trieb noch ein anderer Gedanke zu dem Treffen.

Ich musste sie mit eigenen Augen sehen.

Ich musste mich diesem Geist der Vergangenheit stellen.

»Schleichst du dich etwa von meiner Party davon, Price?« Georgia erwischte mich, als ich gerade aus der Tür trat. »Das verletzt mich jetzt aber sehr.«

Ich deutete mit dem Kopf in die Dunkelheit. »Bin gleich zurück.«

Ich machte einen Schritt nach draußen und hoffte, sie würde nicht weiterfragen, aber dafür war Georgia zu gewitzt. »Du lügst.«

»Was soll ich da draußen schon Gefährliches machen? Laufen, bis ich den Rand der Welt erreiche, und runterfallen?« Ich drehte mich zu ihr um und hob die Schultern, um zu unterstreichen, dass sie sich lächerlich machte.

Georgia kam auf mich zu, hielt meinen Blick eisern in ihrem. »Wo willst du wirklich hin?«

Ich wollte sie da nicht hineinziehen. Ich wusste noch nicht, was mich erwartete. Ich würde es erst wissen, wenn ich ihr gegenüberstand. Doch Georgia kannte mich zu gut. Sie würde keine Ruhe geben, und ich wollte auf keinen Fall, dass die anderen aufmerksam wurden. Ich winkte sie mit mir nach draußen.

Die Dunkelheit hatte sich schwarz über das Land gelegt. Eine Rauchfahne stieg aus dem Schornstein auf und erfüllte die klare Luft mit dem Geruch von brennendem Holz. Ich lächelte, denn ich wusste, dass Belle und Penny umgeben von Freunden und warm und sicher neben dem Kamin saßen.

Georgia schlenderte hinaus und beobachtete mich unablässig aus schmalen Augen. Trotz des kühlen Januarabends fröstelte sie nicht in ihrer dünnen Bluse.

»Was ist hier los?«

»Ich habe eine Nachricht erhalten«, gestand ich mit leiser Stimme. Ich nahm das gefaltete Papier aus meiner Tasche und reichte es ihr. »Zusammen mit Fotos aus dem Haus.«

Georgia machte einen Schritt auf das Haus zu, wo über ihr eine Lampe mit Bewegungsmelder anging. Sie überflog den Brief, wobei ihr Interesse zunächst Verwirrung und schließlich Entsetzen wich. Mit offenem Mund sah sie wieder zu mir hoch. Es brauchte einiges, um Georgia Kincaid aus der Fassung zu bringen. Der Brief hatte es problemlos geschafft.

»Das kann nicht sein«, sagte sie und schüttelte den Kopf.

»Aber wer ist es sonst?« Ich riss ihr den Brief aus der Hand und faltete ihn wieder zusammen. »Ich muss zu ihr.«

»Nicht allein«, sagte sie abwehrend.

»Doch, allein.« Ich trat vor sie und begegnete im Licht ihrem Blick. »Ich weiß nicht, was sie vorhat. Aber ich weiß, wenn das ein Spiel ist, ist es für sie viel zu leicht, Belle die Schuld in die Schuhe zu schieben. Das ist es, was sie vorhat. Und das darf ich nicht zulassen.«

»Falls die Polizei kommt, beweist die Nachricht …«

»Was denn?«, blaffte ich. »Gar nichts beweist diese Nachricht. *Ich* hätte sie schreiben können! *Ich* hätte diese Fotos machen können. Belles Unschuld ist damit nicht bewiesen.

Wenn ich wüsste, welche Hinweise gestreut wurden, wenn ich das Ganze kontrollieren könnte, hätten wir vielleicht eine Chance.«

»Frag …«

»Nein«, unterbrach ich sie. »Ich muss mich darum kümmern.«

»Was wird sie mit dir machen?«, fragte Georgia. »Willst du, dass Penny ohne Vater aufwächst?«

Ich biss die Zähne zusammen und wandte mich dem Mond zu. »Als ich klein war, hat mein Vater mir erzählt, dass da oben ein Mann wohnt und dass der Mond ganz und gar aus Käse ist. Das ist eine der wenigen Erinnerungen an meinen Vater, die mich zum Lächeln bringen.«

»Ein Grund mehr, Penny ganz viele Erinnerungen an dich zu schenken«, sagte Georgia sanft.

»Das ist es ja gerade. Ich erinnere mich an andere Dinge. Begegnungen mit unheimlichen Männern. Dass er meine Mutter zum Weinen gebracht hat. Dass er mir sagte, ich soll auf mein Zimmer gehen und keinen Ton sagen. An seinen Körper, wie er in diesem verdammten Pool trieb. Ich habe viele Erinnerungen an meinen Vater, Georgia. Schreckliche Erinnerungen an einen grausamen Mann.«

»Du bist nicht wie er«, sagte sie. Sie packte mich am Arm, bis ich mich wieder zu ihr umdrehte.

»Aber werde ich wie er?« Meine Frage hallte in der Dunkelheit wider. »Als ich klein war, hat er mir von dem Mann auf dem Mond erzählt. Das Herz hat er mir erst gebrochen, als ich älter war.«

Das würde ich Penny nicht antun. Ich würde nicht zulassen, dass meine Vergangenheit Belle noch einmal verletzte. Sie hatte genug für meine Sünden gelitten. Es gab nur einen Weg sicherzugehen, dass sie nie wieder die Last meiner Vergangenheit würde tragen müssen.

»Du willst sie gewinnen lassen?«, forderte Georgia mich heraus, und ihre braunen Augen blitzten. »Aber das garantiert doch keineswegs, dass sie aufhört und deine Familie in Ruhe lässt.«

»Da kommst du ins Spiel. Ich habe einen Umschlag mit Anweisungen für dich hinterlegt. Es gibt auch einen für Edward und Alexander. Und einen für Belle.«

»Du kommst nicht zurück«, sagte sie dumpf.

»Ich will nur auf alles vorbereitet sein.« Ich zwang mich zu einem Lächeln, aber wir erkannten beide eine Lüge, wenn wir sie hörten. »Hör zu, behalte es einfach für dich – bis ich weiß, womit ich es zu tun habe.«

Georgia nickte und schien über meine Bitte alles andere als glücklich zu sein. Aber wir waren einander jahrelang treu ergeben gewesen. Sie würde mich jetzt nicht verraten, auch wenn sie ganz und gar nicht meiner Meinung war. Sie bückte sich und griff in ihren Stiefel, um eine kleine Pistole herauszuziehen.

»Nimm die mit.«

Ich schüttelte den Kopf. Heute Abend würde ich eine andere Waffe bei mir haben. Eine, die uns für immer von all dem hier befreien würde. »Wenn ich nicht zurückkomme, gib Belle den Brief und sag ihr …«

»Sag es ihr selbst.« Georgia stieß mir einen Finger in den Arm. »Ich lasse dich gehen. Ich verteile deine verdammten Briefe, aber ich werde mich nicht für dich verabschieden.«

Ich nickte. Das war nur fair. Ich hatte Belle in dem Brief

gesagt, was ich empfand. Ich hatte noch einen für Penny beigelegt, den sie bekommen sollte, wenn sie alt genug war, alles zu verstehen. Hätte ich mir das Herz herausreißen und es ihnen zum Trost dalassen können, hätte ich es getan. Stattdessen mussten Worte genügen.

Trotzdem war es einfacher gewesen, diese Briefe zu hinterlegen und aus der Tür zu gehen, als jetzt meiner Freundin gegenüberzustehen. Bis zu diesem Punkt hatte ich mich von meinen Handlungen distanzieren können, indem ich meine Verabschiedungen in eine Checkliste eingeteilt hatte. Belle hatte nicht gewusst, was mich heute Nachmittag zu ihr getrieben hatte. Sie dachte, wir würden uns einfach versöhnen. Die Briefe zu schreiben war schwierig gewesen, aber nicht so schwierig, wie ihren Empfängern gegenüberzutreten. Das wusste ich jetzt, da ich einem gegenüberstand. »Georgia, ich …«

»Ich werde mich nicht von dir verabschieden«, unterbrach sie mich, wandte sich ab, und ihre Stiefel knirschten über den gefrorenen Boden, als sie zum Haus zurückkehrte. Ich sah zu, wie sie in das Leben zurückkehrte, für das ich gekämpft hatte, zu der Familie, die ich gegründet hatte, zu der Wärme, dem Licht und der Liebe, die ich um jeden Preis schützen wollte – selbst wenn ich mich dafür opfern musste.

Dann wandte ich mich der Finsternis zu, um genau das zu tun.

Ich benutzte die Taschenlampe meines Smartphones, um den Weg zum Teich zu finden. Die Lampen mit Bewegungsmeldern, die in den Ecken von Thornham angebracht waren, reichten nicht so weit auf das Grundstück hinaus. Wahrscheinlich hatte sie die Stelle aus diesem Grund gewählt. Aber vermutlich hatte es auch mit jenem schrecklichen Moment vor ein paar Wochen zu tun, als Belle fast auf dem zugefrorenen See eingebrochen war. Seit der Brief heute Nachmittag eingetroffen war, hatte ich mehr Fragen als zuvor. Es war tröstlich zu wissen, dass die Antworten nahe waren, auch wenn sie mich viel kosten würden.

Mittlerweile hüllte Nebel das Anwesen in einen dichten Schleier, der es unmöglich machte, mehr als ein paar Meter weit zu sehen. Ein Teil von mir hatte sich gefragt, ob es ein Fehler gewesen war, die Waffe von Georgia abzulehnen. Aber jetzt, wo ich hier draußen war, wusste ich, dass sie mir nichts genützt hätte. Ich würde keinen sauberen Schuss abgeben können, es sei denn, ich stünde ihr Auge in Auge gegenüber. Der Lichtstrahl meines Handys fiel auf die Bäume rund um den Teich, und die Umrisse ihrer Äste zeichneten sich nur schwach in der Finsternis ab. Der meiste Schnee war im Laufe des warmen Nachmittags geschmolzen. Aber jetzt, da die Temperaturen gesunken waren, ließ Frost die Gräser am Rande des Wassers wie Glasscherben funkeln. Das Handylicht brachte die Blätter, die unter meinen Füßen knackten, zum Glitzern. Um den Teich wieder ganz zufrieren zu lassen, war es nicht kalt genug.

Zu meiner Linken knackte ein Zweig, das Geräusch wurde von der Stille vielfach verstärkt. Ich fuhr herum und hob die Lampe, als sie hinter einem Baum hervortrat und sich einen Weg durch den Nebel bahnte. Sie hielt den Kopf gesenkt, und das dunkle Haar verhüllte ihr Gesicht. Eine eiserne Faust schloss sich um mein Herz, während ich darauf wartete, dass sie aufschaute. Es war an der Zeit, dem Geist der Frau zu begegnen, die ich nie wirklich gekannt hatte – dem Geist der Frau, von der ich einst dachte, ich hätte sie geliebt.

Es war an der Zeit, mich Margot zu stellen.

26

BELLE

Die vorgetäuschte Party verlief besser als die meisten echten Partys, auf denen ich in letzter Zeit so gewesen war, was wahrscheinlich an den zwei großen Flaschen Scotch lag, die Smith nach dem Imbiss aufgeboten hatte. Mrs. Winters hatte alles hervorragend vorbereitet und war jetzt ziemlich verstimmt, weil sie gezwungen war, selbst an der Festivität teilzunehmen. Ich hob eine Flasche hoch, goss einen Doppelten in einen Tumbler und trug ihn zu ihr. »Warum trinken Sie nicht auch einen Schluck? Wir feiern nicht alle Tage eine Party.«

Sie drehte sich mit wirrem Blick und geröteten Wangen zu mir um, und ich roch, dass sie meinen Rat bereits befolgt hatte. »Das sollte ich nicht. Ich muss mich um den Kuchen kümmern.«

»Brauchen Sie dabei Hilfe?«, fragte ich, als sie sich erhob und dabei gefährlich auf ihren Absätzen wankte.

Sie schien empört über den Vorschlag zu sein. »Das dauert doch nur ein paar Minuten.«

Sie eilte aus dem Zimmer und stieß fast mit Georgia zusammen, die gerade auf die Party zurückkehrte.

»Was ist mit dir los? Das ist deine Party«, sagte ich, als sie näher kam.

»Sind die schon den ganzen Abend so?«, fragte sie und musterte stirnrunzelnd Edward und Alexander. Die Brüder saßen in den entgegengesetzten Ecken des Raumes. Edward blickte in die Richtung seines älteren Bruders, während er von seinem – meiner Zählung nach – dritten Glas an diesem Abend trank.

»Ich hätte sie wahrscheinlich nicht bitten sollen, im selben Raum zu sein«, gab ich zu. »Hoffentlich hört Alexander bald etwas. Ich glaube nicht, dass sie eine ganze Nacht unter demselben Dach überleben.«

»Er sollte wahrscheinlich nach London zurückfahren«, sagte Georgia mit ausdrucksloser Stimme.

Ich schob Penny an meine andere Schulter und drehte mich zu ihr um. »Wir müssen ein bisschen Schwung in die Sache bringen«, beschloss ich, räusperte mich und rief: »Zeit für die Geschenke!«

Vielleicht war eigentlich ich diejenige, die eine Ablenkung brauchte. Jeder Moment ohne Antworten erinnerte mich nur daran, dass ich genau wusste, wer die Schuldige war. Ich selbst. So seltsam dieser Abend auch war, ich wollte ihn bis zur Neige auskosten, wusste ich doch, dass es in meiner Zukunft keine Partys oder Abende mit Freunden geben würde. Vielleicht hatte ich meine Lüge unbewusst so gewählt, dass ich meiner Familie und meinen Freunden die glücklichste

Erinnerung hinterließ, die unter den gegebenen Umständen möglich war.

Meine Ankündigung hatte die beabsichtigte Wirkung, denn Edward stand sofort auf, um das Päckchen zu holen, das wir heute früh im Ort besorgt hatten.

»Ihr habt ein Geschenk für mich?«, murmelte Georgia leise.

»Glaub mir, es ist nicht viel. Wir mussten mit einem sehr begrenzten Angebot arbeiten.«

»Sollen wir auf Mrs. Winters warten?«, fragte Georgia trocken. »Ist das nicht alles nur zu ihrem Besten?«

»Mach einfach das Geschenk auf«, sagte Edward ungeduldig und drückte es ihr in die Hand.

Georgia zog den mit Klebeband versehenen Rand der Verpackung vorsichtig zurück, bevor sie das Papier geschickt in einem einzigen makellosen Bogen entfernte. Als sie sich umdrehte, um es auf einen Beistelltisch zu legen, blickte sie auf und bemerkte, dass wir sie alle verwundert ansahen. »Was ist los?«

»Nichts«, sagte ich schnell. »Wir wollen nur sehen, was du bekommst.« Vermutlich hatte keiner von uns jemals gesehen, dass sie so behutsam mit etwas umgegangen war. Wer hätte gedacht, dass sie eine Schwäche für Geschenkpapier hatte?

Georgia drehte das Buch in ihren Händen und starrte dann lange auf den Titel, der in Gold darauf geprägt war. »*Die Kunst des Krieges* von Sun Tzu – das habe ich gelesen.«

»Hast du?«, fragte ich überrascht.

»Ich kann lesen«, sagte sie und klang ein wenig beleidigt. Trotz ihrer Einwände gegen die vorgetäuschte Party wirkte sie seltsam gerührt angesichts unseres Geschenks. Sie schien den Tränen nahe zu sein und wandte das Gesicht ab. Ich schaute zu den anderen und stellte fest, dass sie genauso überrascht waren wie ich.

»Danke«, stieß sie hervor und sah uns immer noch nicht an. »Ich muss wohl öfter einen falschen Geburtstag feiern.«

Das schrille Klingeln eines Telefons lenkte uns von dem peinlichen Moment ab. Alexander zog sein Handy aus der Tasche und hob einen Finger. »Entschuldigt mich einen Moment.«

Mein Herz schlug mir bis zum Hals, es klopfte so heftig, dass ich Angst hatte, Penny aufzuwecken. Bei all der unerwarteten Aufregung des Abends war sie gerade erst eingeschlafen. Ich beneidete sie fast. Wünschte ich doch, ich könnte mich auch einfach entspannen und den Dingen, die da kamen, gelassen entgegensehen. Alexander verließ das Wohnzimmer, und wir anderen sahen uns erwartungsvoll an.

Schließlich brach Brex das unbehagliche Schweigen. »Wie wäre es demnächst mit einer echten Geburtstagsparty? An dem eigentlichen Tag? Wir könnten dir Kuchen und Geschenke besorgen.«

Daraufhin grinste Georgia, allerdings eher grimmig als dankbar. »Ich habe meinen Geburtstag noch nie gefeiert.«

»Seit du ein Kind warst?«, fragte Edward unschuldig.

»Schon immer.« Sie machte ein finsteres Gesicht.

»Aber das hier ist doch nicht deine erste Party«, sagte ich mit einem nervösen Lachen.

»Und wenn es so wäre?« Sie zuckte die Schultern.

Ich versuchte, meine Überraschung zu überspielen, aber es war zu spät.

Brex und Edward hatten einen ähnlichen Gesichtsausdruck wie ich.

»Jetzt bemitleidet mich bloß nicht«, regte sie sich auf.

»Wer will schon den Tag feiern, an dem er geboren wurde? Man erinnert sich ja nicht einmal daran! Man könnte genauso gut irgendeinen beliebigen Dienstag wählen und dann Kuchen essen.«

Ich war schon öfter gegen Georgias Schutzhülle geprallt, aber in den letzten Monaten hatte ich einen Blick auf das weiche Herz erhascht, das sie darunter verbarg. Ich nahm mir vor, Smith nach ihrer Vergangenheit zu fragen. Es war doch nicht möglich, dass sie noch nie ihren Geburtstag gefeiert hatte. Andererseits tat Georgia gern so, als bräuchte sie nichts und niemanden, besonders wenn es um ihre Gefühle ging. Die meiste Zeit über schien sie überhaupt keine zu haben. Das war einer der Gründe, warum es mir so schwerfiel, sie zu verstehen. Ich wusste mit Sicherheit, dass sie im wahrsten Sinne des Wortes ein Sub war. Da ich es liebte, meinem Mann im Schlafzimmer die Kontrolle zu überlassen – wenn auch nur dort –, kannte ich das glückselige Gefühl, alle belastenden Gefühle und Sorgen loslassen zu können.

Aber Georgia schien nie besorgt oder verärgert über irgendetwas zu sein. Wütend? Ja. Aber ich verstand nicht, wie das mit ihren sexuellen Vorlieben zusammenpasste.

»Hör auf, mich so anzustarren«, bellte sie.

Ich wandte mich ab, verlegen, dass sie mich erwischt hatte. »Tut mir leid. Ich dachte nur …« Ich suchte nach einer Ausrede, die uns beiden einen leichten Ausweg verschaffen würde. Bevor ich eine finden konnte, trat Alexander zurück ins Zimmer und wirkte angeschlagen.

»Wir sollten uns unterhalten«, sagte er mit ungewöhnlich besorgter Stimme. »Irgendwo unter vier Augen.«

»Ich denke, jeder in diesem Raum kann hören, was du zu

sagen hast«, entgegnete ich, doch meine Stimme zitterte leicht. »Irgendwann werden sie es sowieso erfahren.«

»Es ist nicht so, dass …« Alexander unterbrach sich, als Mrs. Winters den Raum betrat. Er schwieg, während sie uns musterte und sich nach Getränken erkundigte. Erst als sie in die Küche zurückging, sagte er: »Wo ist Smith? Er muss unbedingt dabei sein.«

»Ich dachte, er ist auf der Toilette.« Mir fiel auf, dass ich keine Ahnung hatte, wie lange mein Mann schon weg war. Ich hatte mir nichts dabei gedacht, als er sich nach dem Essen für einen Moment entschuldigt hatte, und dann war ich zu beschäftigt gewesen, um seine Abwesenheit zu bemerken.

»Du solltest ihn holen«, sagte Alexander bedeutungsvoll.

Ich wusste nicht, ob er wegen der Haushälterin vorsichtig war oder weil er warten wollte, bis Smith hier war, bevor er schlechte Nachrichten überbrachte. Ich sagte mir, dass es wohl Ersteres sein musste. Schließlich hatten wir alles darangesetzt, Mrs. Winters im Dunkeln zu lassen und genau zu verfolgen, wo sie sich wann aufhielt. Alexander würde niemals Geheimnisse vor Fremden offenbaren. Vermutlich hatte er sein ganzes Leben lang gelernt, darauf zu achten, dass das Personal nichts hörte, was es nicht hören sollte.

Ich nickte und ging auf den Flur zu. Smith musste nach oben gegangen sein. Wahrscheinlich brauchte er einen Moment Abstand von unserer wachsenden Anzahl an Gästen. Ich kam nur bis zur Tür, dann rief Georgia: »Halt!«

»Was?«, fragte ich, blieb jedoch sofort stehen.

»Oben wirst du ihn nicht finden«, sagte sie.

Ich starrte sie an. »Wo ist er?«

»Das darf ich dir nicht sagen.«

»Georgia«, sagte ich leise, aber so drohend ich konnte. »Wo *ist* er?«

»Ich habe dich schon beim ersten Mal verstanden«, sagte sie. »Ich darf es dir nicht sagen.«

»Dann sag es *mir*«, befahl Alexander und trat an meine Seite.

Georgia schüttelte den Kopf.

Beinahe gaben meine Beine nach, und ich wäre fast zusammengebrochen. Nur Penny, die sich immer noch in meine Arme schmiegte, zwang mich, aufrecht zu bleiben. Irgendetwas stimmte nicht. Georgia wusste, wo er hingegangen war, und ihrem verkniffenen Gesichtsausdruck nach zu urteilen, war sie nicht mit dem einverstanden, was er vorhatte.

War er weggegangen, um die Schuld für meine Tat auf sich zu nehmen? War er auf dem Weg zur Polizei, um auszusagen, dass er für Noras Verschwinden verantwortlich war?

»Ich glaube, du verstehst nicht«, fuhr Alexander fort. »Ich *muss* mit ihm reden.«

»Dafür könnte es zu spät sein«, sagte sie.

Ich machte einen wackeligen Schritt auf den nächsten Stuhl zu. Edward sprang auf und nahm mir gerade noch rechtzeitig Penny ab, bevor ich einknickte und auf den Stuhl sank. Ich wusste nicht, was Georgia meinte. Mein Kopf verstand ihre Worte nicht. Aber ich fühlte, wie mein Herz brach.

»Wo ist er?«, dröhnte Alexanders Stimme.

»Er macht etwas Dummes«, sagte Georgia mit zusammengebissenen Zähnen. Sie spannte den Kiefer an, und ich konnte ihre Zerrissenheit sehen. Schließlich atmete sie aus. »Er hat heute einen Erpresserbrief erhalten. Du hast niemanden umgebracht.«

Diese Aussage war an mich gerichtet. Das war alles zu viel. Ich konnte es nicht verarbeiten. »Das verstehe ich nicht.«

»Es ist ein Spiel«, sagte sie. »Sie hat immer gern Spiele gespielt.«

»Wer?«, fragte ich, doch bevor sie antworten konnte, erschien Mrs. Winters mit dem Kuchen. Sie hatte sich die Zeit genommen, den Schokoladenkuchen mit einer Glasur und zarten Blumen zu dekorieren, und in der Mitte brannte eine einzelne übergroße Kerze.

»Sollen wir singen?«, fragte sie und klang dabei fröhlicher als gewöhnlich. Sie stellte den Kuchen auf den Tisch in der Ecke des Raumes und fuhr fort: »Natürlich sollte er im Esszimmer gegessen werden, aber ich dachte …« Sie brach ab, als sie schließlich den Kopf hob und unsere Mienen sah. »Ist das eine Party oder eine Beerdigung?«

Ich unterdrückte ein Schluchzen, und Edward ließ sich in den Stuhl neben mir sinken. Im einen Arm hielt er behutsam Penny, den anderen legte er um meine Schulter, um mich nah zu sich heranzuziehen.

»Sie haben einen Kuchen gebracht?«, fragte Alexander wie aus dem Nichts. »Aber wenn Sie …«

»Kann mir jemand erklären, was hier los ist?«, fragte Mrs. Winters ärgerlich. »Ich habe den ganzen Tag in der Küche gestanden. Sie sollten ein Lied singen und die Kerze auspusten.« Als sich keiner von uns rührte, drehte sie sich um und huschte zurück in die Küche.

»Wer ist es?« Ich sah Georgia flehend an. Sie öffnete den Mund, um zu antworten, als mir klar wurde, dass es keine Rolle spielte. Die Zeit wurde knapp. Jetzt gab es nur noch eines zu tun. Ich zwang mich auf die Beine. »Sag mir, wo er ist.«

Die Zeit der Wünsche war vorbei. Es war nicht so wichtig, wem mein Mann gegenüberstand, sondern dass er es ohne mich tat. Ich hatte keine Ahnung, was Smith dazu trieb, aber ich würde hier nicht Däumchen drehen.

»Am Teich«, antwortete Georgia rau, als hätte es sie große Überwindung gekostet, es auszusprechen und ihn damit zu verraten.

»Bleib bei Penny«, sagte ich zu Edward, bevor ich in Richtung Küche ging.

»Wo willst du hin?«, rief er.

»Meinen Mann suchen.« Ich schaffte kaum zwei Schritte, bevor sich Georgias Hand um meinen Arm legte und mich zurückzog.

»Lass mich los.«

»Ich habe es ihm versprochen«, zischte sie.

»Ich habe es ihm versprochen!«, platzte ich heraus. »Und er hat es mir versprochen, und er wird sich dem, was auch immer es ist, nicht alleine stellen.«

»Natürlich nicht«, sagte Alexander da. Er drehte sich um und streckte Brex die Hand entgegen. Sein Bodyguard musterte ihn einen Sekundenbruchteil, dann seufzte er, griff unter seine Jacke und zog eine schwarze Waffe heraus. Er reichte sie dem König und zog aus dem Hosenbund eine weitere. Ich wollte mit ihnen nach draußen, aber wieder hielt Georgia mich zurück.

»Du kannst nicht erwarten, dass ich hierbleibe, wenn er in Schwierigkeiten steckt!«, rief ich aus.

»Nein«, stimmte Georgia zu, »aber ich kann dich bitten, um deiner Tochter willen hierzubleiben.«

Ihre Worte trafen mich ins Mark, und ich schaute hinüber zu Edward, der Penny weiterhin im Arm hielt und ein entsetztes Gesicht machte. Sie hatte recht. Ich wusste, warum Smith gegangen war. Er hatte es getan, um uns zu schützen – um seine Familie zu schützen. Wer auch immer auf ihn gewartet hatte, hatte das geplant.

»Derjenige will, dass ich auch komme«, sagte ich, ohne nachzudenken. Wenn jemand Smith oder mir etwas hätte antun wollen, hätte er genug Gelegenheiten dazu gehabt – einzeln. Hier ging es um etwas Größeres. Jemand wollte uns verletzen. Jemand wollte uns brechen.

»Wir regeln das schon«, versprach Alexander, doch Georgia trat vor ihn hin.

»*Wir* machen das schon. Wir sind die Bodyguards, schon vergessen?«

»Da hat sie recht, armer Junge«, stimmte Brex ihr zu. »Jemand muss hierbleiben. Das könnte sehr gut ein Trick sein, um sie allein zu erwischen.« Er deutete mit dem Daumen in meine Richtung.

Alexander sah aus, als würde er gleich in die Luft gehen, doch dann grinste er plötzlich. »Gutes Argument. Wir brauchen hier Sicherheit. Es gibt mehrere potenzielle Ziele. Brex, du bleibst.«

»Das ist nicht …«

»Georgia, du wirst mich als meine persönliche Security begleiten. So können wir unsere Ressourcen besser nutzen. Und ich schulde Smith Price etwas.« Sein Ton duldete keinen Widerspruch. Zu einem anderen Zeitpunkt hätte ich mich vielleicht gewundert, wie manipulativ er sein konnte, aber jetzt konnte ich nur noch daran denken, dass uns die Zeit weglief. Er ging zu Brex und flüsterte ihm etwas zu. Brex wich überrascht zurück, sagte aber nichts.

»Wir machen uns besser auf den Weg.« Georgia zog ihre Waffe und schaute auf die Uhr auf dem Kaminsims. »In dem Brief stand, dass er sie um sieben treffen sollte.«

Sie gingen zur Tür, doch dann blieb Alexander noch einmal stehen und drehte sich zu seinem Bruder um. »Edward …«

Ihre Blicke trafen sich für einen kurzen Moment, und sie verständigten sich wortlos. Edward erhob sich aus dem Ledersessel und reichte mir vorsichtig das Baby. Ich umarmte Penny sanft und erinnerte mich daran, dass sie der Grund dafür war, dass ich ihnen die Sache überlassen musste. Dann drehte Edward sich um und ging zu seinem Bruder.

»Falls …«, sagte Alexander.

Das Einzige, was wir alle wussten, war, dass wir keine Ahnung hatten, was uns erwartete. Wir hatten zu viel erlebt, um davon auszugehen, dass dies hier glücklich enden würde.

»Ich weiß«, sagte Edward, als sein Bruder kein Wort mehr herausbrachte, und legte ihm eine Hand auf die Schulter. »Ich kümmere mich um sie.«

Alexander schluckte, ein angespanntes Lächeln huschte über sein Gesicht, bevor er sich umdrehte und Georgia mit einem Nicken bedeutete, ihm zu folgen. Ich brauchte nicht zu fragen, was er gemeint hatte. Die Botschaft war klar. Alexander kannte das Risiko, das mit dieser Aktion verbunden war. Wenn er nicht zurückkehrte, würde Edward für Clara da sein. Das stand außer Frage. Aber Alexander hatte es von ihm hören müssen. Nach allem, was geschehen war, nach all den Grausamkeiten, die vielleicht nie vergeben werden konnten, waren sie vor allem eins: Brüder.

Wir sahen ihnen hinterher. Ich versuchte mir gut zuzureden, dass sie nachher alle wieder durch diese Tür treten würden – dass unser Albtraum endlich vorbei war –, aber ich glaubte nicht, dass es so einfach sein würde.

»Was hat Alexander dir gesagt?«, fragte Edward Brex. »Als er dir ins Ohr geflüstert hat.«

»Nichts, was viel Sinn ergäbe, es sei denn …« Brex hielt inne, als würde er darüber nachdenken. Sein Blick wanderte zu dem Kuchen, der auf dem Tisch stand und dessen einzelne rote Kerze noch brannte. Das Wachs war geschmolzen und bildete eine dunkelrote Pfütze in der Glasur. »Er hat gesagt, ich soll Mrs. Winters im Auge behalten.«

»Warum?«, fragte ich.

Er hob den Blick und sah mir in die Augen. »Weil sie das Thorne-Baby ist.«

27

SMITH

Es war nicht Margot. Ich blinzelte, um zu sehen, ob die Dunkelheit meinen Augen einen Streich spielte, doch dann erkannte ich sie. Sie war die ganze Zeit über direkt vor unserer Nase gewesen, aber ich war zu sehr mit Belle und dem Baby beschäftigt gewesen, um sie wirklich anzusehen.

Sonst hätte ich vielleicht die Wahrheit erkannt. Jetzt war es so offensichtlich. In vielerlei Hinsicht sahen sie sich überhaupt nicht ähnlich – bis auf die dunklen Haare. Ein verruchtes Lächeln schlich sich auf ihre Lippen, als ich sie anstarrte, ein Lächeln, das ich bei ihr noch nie, bei Margot aber oft gesehen hatte.

Aber es war nicht Margot.

»Nora«, sagte ich verwirrt. Für einen Sekundenbruchteil empfand ich Erleichterung. Sie war am Leben. Belle hatte nichts mit ihrem Verschwinden zu tun. Margot hatte meiner Frau den Mord nicht angehängt, wie ich den ganzen Nachmittag lang geglaubt hatte. Aber sie war auch nicht das naive Kindermädchen. Sie war keine Fremde, die wir in unserem Haus willkommen geheißen hatten. Ich kannte sie. Ich schüttelte den Kopf und nannte sie bei ihrem vollen Namen – ihrem richtigen Namen. »Oder sollte ich Honora sagen?«

»Hast du mich vermisst?«, fragte sie und zog die Nase kraus. Sie stolzierte über das gefrorene Gras und erinnerte kein bisschen mehr an die Frau, der ich die Pflege meiner Tochter anvertraut hatte. Das hieß aber nicht, dass sie eine Fremde war. Honora Pleasant war ein schüchternes Kind gewesen, zehn Jahre jünger als ihre Schwester und so unbeholfen, wie Margot anmutig war. »Ich habe abgenommen, bin ein wenig gewachsen. Ich bin einfach älter. Ich weiß nicht, warum ich mir Sorgen gemacht habe, dass du es herausfinden würdest. Andererseits hatte man mir immer gesagt, dass du klug bist.«

Ich schüttelte den Kopf, als mir Verschiedenes klar wurde. Das Bild von Margot in meinem Schreibtisch, das aufgetaucht war, nachdem sie bei uns angefangen hatte. Nora hatte gefragt, ob sie meine Schwester sei. Sie hatte mir die Information quasi geliefert. Meine Finger tasteten nach dem Handy in meiner Tasche, aber ich wagte nicht, es herauszunehmen.

»Jetzt siehst du es, nicht wahr?« Sie lachte, und der Klang hallte durch die Dunkelheit. »Ich war ziemlich beleidigt. Aber damals hast du dich so gar nicht für mich interessiert. Du hattest nur Augen für sie. Genauso wie du jetzt nur Augen für Belle hast.«

»Belle ist meine Frau«, knurrte ich.

»Das war Margot auch. Aber sie hast du auch vergessen.« Sie zeigte anklagend auf mich. »Jeder war für dich entbehrlich.

Margot. Hammond. Ich bin überrascht, dass du heute Abend überhaupt aufgetaucht bist. Das hier war mein letzter Test.«

»Test weswegen?« Während wir sprachen, lauschte ich aufmerksam auf etwas, das darauf hindeutete, dass sie nicht allein war, aber da war nur Stille um uns her.

»Ich wollte deine Liebe auf die Probe stellen!«, sagte sie. »Ich bin davon ausgegangen, dass du Belle verrätst. Wie konntest du einem heißen Kindermädchen widerstehen? Sogar ihre Geschäftspartnerin hat das gesagt. Ich habe es zufällig gehört, als wir zusammen zum Lunch gegangen sind.« Sie streckte die Hand aus, um ein einzelnes Blatt von einem kahlen Zweig zu zupfen. »Und dann, als Belle sich so seltsam verhalten hat, als sie deine kostbare Tochter in Gefahr gebracht hat, dachte ich, das wäre jetzt aber wirklich euer Ende. Aber du hast ihr beigestanden. Um Margot hast du dich nie so gekümmert. Du hast sie herumgereicht. Hast sie von anderen Männern vögeln lassen. Hast zugelassen, dass Hammond sie manipuliert.«

»Das hat *sie* zugelassen«, korrigierte ich sie. »Margot hat nie etwas getan, was sie nicht wollte.« Irgendwie hatte Nora aus ihrer Schwester eine verdammte Heilige gemacht, aber in Wahrheit war Margot genauso verdreht gewesen wie wir alle. Sie hatte allerdings immer ein wenig heller gebrannt. Sie war ein wenig höher hinaufgestiegen. Genau wie Ikarus.

»Das denkst du?«, blaffte Nora, das Gesicht vor Wut verzerrt. »Hast du jemals ihre Tagebücher gelesen? Hast du dir überhaupt die Mühe gemacht, die Sachen durchzusehen, die du unserer Mutter nach ihrem Tod geschickt hast? Es war nur ein Karton mit einer Notiz von dir, unter der nicht mal dein Name stand …«

»Ich war jung damals.« Aber ich wusste, dass das keine Ausrede war. Nach Margots Tod war ich zutiefst erschüttert gewesen. Unsere Ehe war schon fast vorbei, bevor sie umgebracht worden war. Das war uns beiden klar gewesen. Wir waren beide mehr an Geld interessiert und daran, was wir uns damit kaufen konnten, als an einer funktionierenden Beziehung. Als sie starb, verschloss ich alle Erinnerungen an sie in meinem Kopf. Das war einfacher, als mich zu fragen, ob ich für ihren Tod verantwortlich war.

Es war einfacher, als zuzugeben, was ich bereits wusste. Dass ich tatsächlich verantwortlich war.

»Sie wollte dich verlassen und rief an, um es unserer Mutter zu sagen, doch stattdessen war ich am Telefon. Ich war zu jung, um es zu verstehen, und sie hat so geweint. Ich habe nur eine einzige Sache verstanden. Sie sagte: ›Nora, lass dich niemals von der Liebe brechen.‹«

»Margot hat mich nicht geliebt«, sagte ich. Diesbezüglich war ich mir sicher. Alles, was ich seit ihrem Tod erfahren hatte, bestätigte das. Ich hatte ihre Verbindung zu dem Mann entdeckt, der mein Leben in einen Albtraum verwandelt hatte. Sie war wie Unkraut in mein Leben gepflanzt worden. Ich hatte Glück, dass sie mich nicht mit sich in den Abgrund gerissen hatte. »Wir waren nur Kinder, die ein Spiel gespielt haben.«

»Margot hat gern gespielt.« Nora nickte. »Ich habe ihre Tagebücher gelesen. Daher weiß ich das. Sie hat mit dir ein Spiel begonnen. Hammond hat sie dazu aufgefordert. Aber sie hat verloren.«

»Sie ist gestorben«, korrigierte ich sie. Ich wusste nicht, ob ich sie würde beschwichtigen können. Nora war wahnsinnig. Wahrscheinlich konnte ich sie nicht erreichen. Ich würde sie nicht umstimmen können.

»Sie hat verloren!«, schrie Nora, und über uns flatterte ein dunkles Wesen in den Nachthimmel. »Weil sie das Spiel aufgegeben hat. Sie hat sich in dich verliebt. Sie hatte alles, was sie sich nur wünschen konnte, und noch so viel mehr, was auf sie wartete. Hammond hat ihr gesagt, sie müsse bleiben, aber du hast ihr immer wieder das Herz gebrochen. Sie konnte das nicht mehr.«

»Sie hat mich nicht geliebt«, wiederholte ich kraftlos.

»Nein, Smith, *du* hast *sie* nicht geliebt«, sagte Nora.

Ich wusste, dass sie recht hatte. Ich konnte es nur nicht zugeben.

»Ich hätte ihr nie etwas angetan.« Gewiss, ich hatte eine Frau geheiratet, die ich nicht liebte, aber ich hatte doch zu ihr gehalten. Wir hatten uns doch im gegenseitigen Einverständnis Liebhaber genommen und in einer verdrehten Art von Ehe gelebt. Unser Arrangement war uns komfortabel vorgekommen. Ich hatte nie wirklich verstanden, warum alles auseinandergebrochen war – warum sie in jener Nacht gegangen war.

Bis jetzt.

»Ich bin hier, um meine Schwester zu rächen, verstehst du«, sagte sie. »Hammond hat all die Jahre gut für mich gesorgt. Schließlich hatte ich keine große Schwester mehr, die das tun konnte. Ich hatte niemanden, der mich beschützen konnte. Meine Mutter war nach Margots Tod nicht mehr dieselbe. Du hast dir nicht einmal die Mühe gemacht, nach uns beiden zu sehen. Das musste Hammond tun. Er hat sich um uns gekümmert.«

Mein Magen krampfte sich zusammen, ich verstand nur zu gut, was sie meinte. Nach dem Tod meines Vaters hatte Hammond sich um mich gekümmert – genau wie um den Rest meiner Familie. Es war Hammonds Gabe. Er konnte in jedem die dunkle Seite aufspüren und sie ausgraben wie ein darauf trainiertes Trüffelschwein im Wald. Wo andere traurige Geschichten sahen, sah er Potenzial. Er verabreichte ein Gift, das wie Liebe aussah und wie Liebe schmeckte.

»Es tut mir leid, dass er dir wehgetan hat«, sagte ich mit leiser Stimme.

»Du warst es, der mir wehgetan hat«, spie sie mir entgegen. »Als du meine Schwester genommen und sie benutzt hast. Als du ihr das Herz gebrochen hast. Als du ihren Tod kaum zur Kenntnis genommen hast. Denn als sie weg war, hat Hammond mir gezeigt, wie die Welt funktioniert.«

Diese Lektion kannte ich nur zu gut.

»Stell dir meine Überraschung vor, als Hammond mir erzählt hat, dass du dich in die Frau verliebt hast, die er dir geschickt hat. Aber du hast dich in sie verliebt. Ich hatte Margots Tagebücher gelesen, darum habe ich es nicht geglaubt. Du warst nicht fähig zu lieben. Sie war sich dessen sicher. Ich bin von der Universität aus nach London gefahren und euch beiden gefolgt. Und er hatte recht! Du hast diesen Ersatz geliebt. Du hast dich nicht einmal mehr an Margot erinnert oder daran, wie sehr sie dich geliebt hat.«

»Mein Leben ging weiter. Das ist der Vorteil, wenn man derjenige ist, der am Leben bleibt.« Das war eine Lektion, die sie als Nächstes lernen musste.

»Eine Zeit lang dachte ich, Hammond würde sich mit dir befassen – doch dann hat er das nicht getan. Das war eine Enttäuschung. Ich wünschte, ich wüsste, wer ihn getötet hat, ich würde demjenigen eine Dankeskarte schicken. Hammond war am Ende nur noch nutzlos.«

»Und du warst frei«, erinnerte ich sie. »Du könntest jetzt frei sein. Zurück auf die Uni gehen. Dein Leben fortsetzen, wie Margot es gewollt hätte.«

»Wie sie es gewollt hätte?« Nora schüttelte den Kopf und warf ihr dunkles Haar über die Schultern. »Sie wollte nur eines: dass du bezahlst. Sie wollte, dass du genauso leidest wie sie. Dass du weißt, wie es ist, ohne Liebe zu leben.« Sie hielt einen Moment inne und sah mich mit runden Augen an, die glitzerten wie der Frost auf dem Boden unter uns. »Ich habe meine Schwester nicht gut genug gekannt. Nicht bis ich diese Tagebücher gelesen habe. Danach wusste ich, was ich zu tun hatte. Ich musste dir die Liebe wegnehmen, die du gefunden hattest. Bis du nichts mehr hast. Genau wie meine Schwester. Also habe ich gewartet. Ich habe zugesehen, wie du geheiratet und dich mit deinen privilegierten Freunden umgeben hast. Und dann wurde Belle schwanger, und du bekamst kalte Füße wegen eurer Freunde. Du hast angefangen, nach einem Haus zu suchen. Ich gab dem Maklerbüro einen Tipp wegen Thornham. Das Anwesen ging an eine Stiftung, nachdem die vorherigen Besitzer gestorben waren. Heutzutage gibt es nicht mehr viele Menschen, die noch so altmodisch leben wollen. Aber ich kannte dich. Dein Vogel brauchte einen goldenen Käfig. Dann, als du da warst, wo ich dich haben wollte, habe ich Himmel und Hölle in Bewegung gesetzt, um über die Agentur das Vorstellungsgespräch zu bekommen. Ich habe alles über Belle und ihr Modeimperium gelesen. Niemand sonst sollte diesen Job bekommen. Das hätte ich nicht zugelassen.«

»Woher wusstest du überhaupt von Thornham?« Ich verstand nicht, wie alles zu Nora zurückführte. Sie war geisteskrank – so viel war klar. Aber sie verfügte nicht über Hammonds Ressourcen oder über sein Informationsnetzwerk.

»Ein Jahr nach dem Tod meiner Schwester wurde ich in die Psychiatrie in Brighton eingewiesen …«

Jetzt fielen alle Puzzleteilchen an ihren Platz. Sie war in der Lage gewesen, Himmel und Hölle in Bewegung zu setzen, weil sie die Hölle schon einmal erlebt hatte.

»Es war der Warnruf, den ich gebraucht hatte. Werde gesund, oder du endest wie diese Frau, sitzt jahrzehntelang in deinem Zimmer fest und redest mit den Wänden. Eines Tages kam sie aus ihrem Zimmer und schrie etwas von Thornham und Geistern. Das habe ich nie vergessen. Was aus ihr sprach, war der Wahnsinn. Als du dich entschlossen hast, aufs Land zu ziehen, habe ich mir das Anwesen angesehen und wusste sofort, dass es genau der richtige Ort für dich ist, Smith.« Nora grinste boshaft.

»Du konntest nicht wissen, dass wir herkommen würden.«

»Hammond hat mir einmal erklärt, dass eine Falle aus zwei Teilen besteht«, sagte Nora. »Zuerst legt man eine Schlinge aus. Das war Thornham. Es war alles, wonach du gesucht hast, aber du bist immer wieder ins verdammte London zurückgekehrt. Also musste ich herausfinden, wie ich den zweiten Schritt ausführe. Hammond sagte, man könnte entweder ewig warten, bis die Beute irgendwann in die Falle liefe, oder man könnte sie auf die Falle zutreiben. Ich erinnerte mich, dass Margot von der Kugel geschrieben hat, die du bei dir trägst. Die, die du aufbewahrst, um den Mörder deines Vaters zu töten. Also habe ich euch beiden ein kleines Geschenk für das neue Baby geschickt.«

»Du hast die Kugel geschickt?« Wie viel Zeit hatten wir mit

der Suche nach Verbindungen zum MI-18 verschwendet? Ich hätte die Kugel als den Hinweis sehen sollen, der sie war: Es war immer um mich gegangen – um meine Vergangenheit.

»Ich musste erreichen, dass du London verlässt. Dass du mich anrufst, damit ich euch mit dem Baby helfe.«

»Belle brauchte dich, aber du hast sie verraten.«

»Oh, am Anfang hat sie die meiste Arbeit selbst gemacht«, sagte Nora. »Ehre, wem Ehre gebührt. Sie war so emotional und komplett unfähig. Es war erbärmlich, aber ihr beide habt einfach alles aufgesaugt, was ihr an Hilfe bekommen konntet. Als sie anfing, sich verrückt zu benehmen, hast du geglaubt, dass sie verrückt ist.«

»Ich habe nie ...«

»Du musst mich nicht anlügen. Du dachtest, sie ist verrückt. Sie dachte das auch. Das war leicht zu arrangieren, insbesondere als ich eingezogen war. Neuroleptika können komische Dinge mit Leuten machen, die eigentlich nicht verrückt sind. Es ist wirklich lustig.«

»Du hast ihr ...« Wir hatten dieser Frau vertraut. Wir hatten sie in unser Heim gelassen, und sie hatte dieses Vertrauen missbraucht. Sie hatte sich in unsere Welt eingeschlichen und uns geschadet, wo sie nur konnte.

»Es war einfach. Falsche Medikamente. Falscher Tee. Ich nahm die Windeln wieder aus der Tasche, die sie eingepackt hatte, und sie ist fast zusammengebrochen. Ich flüsterte ihr im Schlaf Sachen zu, die sie am Morgen für wahr hielt. Gott, du schläfst wie ein Stein. Beim ersten Mal war ich so nervös. Ich war sicher, ich würde dich wecken, Smith, aber du hast dich nicht gerührt.« Sie lachte vor Freude bei der Erinnerung. »Ich musste nicht viel tun, um das Messer zu drehen. Wobei, wenn ich einen Lieblingstrick wählen müsste, würde ich mich für die Nüsse entscheiden. Ich weiß, du denkst jetzt wahrscheinlich: Was ist noch besser, als meinen eigenen Tod vorzutäuschen? Ich meine, es *war* ziemlich mühsam, sie mit dem ganzen Schlamm zu beschmieren, aber sie war so fertig, nachdem sie die Tablette genommen hatte. Und es war nicht gerade einfach, so viel Blut zu sammeln. Aber nein, es waren die Nüsse.«

»Die allergische Reaktion war auch vorgetäuscht?« Ich musste sie weiterschwärmen lassen. Ich wollte, dass sie jedes Detail ausspuckte. Ich wollte alles wissen.

»Nein.« Sie kicherte und drehte sich im Kreis. »Ich bin tatsächlich allergisch. Es war ein echtes Risiko. Ich glaube, deshalb war es auch so aufregend. Ich habe mich vergewissert, dass meine Akte weg war. Darin ist es übrigens nicht erwähnt, und zu Belle hatte ich auch nichts gesagt. Ich habe meinen EpiPen versteckt. Ich hätte wirklich sterben können!«

»Spannend«, stieß ich hervor und wünschte, sie wäre gestorben. Dann wäre der Albtraum vorbei gewesen.

»Sei kein schlechter Verlierer, Smith.«

»Mr. Price«, knurrte ich.

»Aber wir sind doch eine Familie, schon vergessen?«

»Was willst du von mir?« Ich hatte genug von ihrem Spiel. Ich konnte jetzt jeden Zug sehen. Und in einem Punkt irrte sie sich: Nora dachte, sie hätte mich im Griff. Sie meinte, sie könnte mich vom Spielbrett nehmen oder mich zwingen, zwischen meiner Frau und meinem Leben zu wählen. Da lag sie falsch.

»Dass du für deine Sünden bezahlst«, sagte sie. Ihre Hände glitten aus ihrer Tasche. Das Mondlicht spiegelte sich in der Schneide eines Messers. Sie hob es mit wütendem Blick über ihren Kopf, und ich sah ihren letzten Schachzug. Sie wollte das verdrehte Spiel gewinnen, von dem sie meinte, dass wir es spielten, selbst wenn es sie das Leben kostete.

»Nein!« Ich bewegte mich auf sie zu, als ein Schuss durch die Luft krachte. Etwas flog zischend an meinem Ohr vorbei, dann wurde Nora wie eine Stoffpuppe mit ausgebreiteten Armen durch die Luft geschleudert, wobei sie vor Überraschung die Augen aufriss, ehe sie mit einem dumpfen Laut auf dem Boden aufschlug.

»Guter Schuss.« Alexanders Stimme dröhnte durch den Nebel. Ich drehte mich um und sah, wie er und Georgia aus dem Dunst auftauchten, wie Geister, die durch eine Wand traten. Beide hatten die Waffen gezogen.

Ich atmete schwer aus und zog mein Handy aus der Tasche. »Ich habe ihr Geständnis aufgenommen«, erklärte ich. Nora brauchte nicht zu sterben. Früher hätte ich jeden Menschen, der meiner Familie etwas angetan hatte, ohne mit der Wimper zu zucken, umgebracht. Aber inzwischen sah ich die Dinge anders. Wie viele Leben hatte Hammond zerstört? Ich hatte mich geirrt. Es waren nicht meine Sünden, die mich immer wieder einholten. Es waren seine. »Sie muss weggesperrt werden. Sie muss für ihre Taten bezahlen.«

»Beschwerst du dich über unsere …«

Ein Schrei zerriss die Luft, und ich spürte, wie eine Klinge meine Schulter durchbohrte. Ich taumelte vorwärts und duckte mich gerade noch rechtzeitig, um Alexander einen freien Schuss zu ermöglichen, und er schoss, ohne zu zögern.

»Was wolltest du sagen?«, fragte er kühl.

Ich fasste nach meiner Schulter. Als ich die Hand zurückzog, war sie voller Blut.

»Bringen wir dich zurück zu deiner Familie«, sagte Georgia leise, »und rufen einen Arzt.«

»Und vielleicht die Polizei«, schlug Alexander vor und beugte sich vor, um Noras Leiche zu untersuchen.

»Nicht unbedingt.« Georgia suchte meinen Blick. »Begraben beste Freundinnen nicht die Leichen?«

»Diesmal nicht«, sagte ich. Ich wollte mich nicht mehr vor meiner Vergangenheit verstecken. Ich wollte nicht, dass sie mich bestimmte. Stattdessen ließ ich sie im Dreck zurück und ging.

Ich trat durch die Hintertür ins Haus und ging in Richtung Wohnzimmer zum Feuer, zu meiner Tochter und zu meiner Frau. Mrs. Winters kam auf mich zu und schnalzte missbilligend mit der Zunge. »Ist das Schlamm? Mein Boden!«

Ich sah mich um und bemerkte, dass ich eine Spur aus Blut und Schmutz hinterlassen hatte. »Das ist Blut. Tut mir leid, dass meine Wunde eine Sauerei macht.«

Sie fuhr herum, starrte mich an und rührte sich nicht vom Fleck, als Alexander und Georgia um sie herumgingen. Um Mrs. Winters würde ich mich später kümmern. Ich musste mit ihr sprechen, wenn ich nicht eine neue Haushälterin suchen wollte. Ich war mir nicht sicher, ob ihr armes Herz noch mehr Aufregung verkraften konnte – erst die Anwesenheit des Königs von England, dann die Schießerei auf dem Anwesen.

Ich presste eine Hand auf die Wunde, um die Blutung zu stoppen, und ging müde ins Wohnzimmer. Edward sprang auf, als er mich sah, und Brex ging sofort zu Alexander, um zu hören, was vorgefallen war. Doch Belle saß neben dem Kamin.

Pennys Haarflaum war knapp über ihrer Schulter zu sehen

und schimmerte golden im Feuerschein. Belle bewegte sich vor und zurück und schuckelte sie, aber das Baby schlief wahrscheinlich selig. Mir wurde klar, dass sie genauso versuchte sich zu beruhigen wie unsere Tochter.

»Meine Schöne«, sagte ich leise, und sie ließ die Schultern sinken, als wäre eine Last von ihnen genommen. Langsam drehte sie sich zu mir um. Als sich unsere Blicke trafen, entfuhr ihren Lippen ein erstickter Schluchzer.

Trotz der Erschöpfung, die ich empfand, ging ich schnell auf sie zu, vergaß meine Wunde und wollte sie an mich drücken. Belle eilte mir entgegen, legte schützend den Arm um Penny und schmiegte sich an mich. Den freien Arm legte sie um meinen Hals und berührte dabei die Stichwunde, woraufhin ich zusammenzuckte. Ihre Augen weiteten sich, und sie wollte zurückweichen, aber ich war schneller. Ich küsste sie und wusste wieder, dass sie mir gehörte und dass nichts zwischen uns kommen konnte. Wieder einmal hatten wir uns gemeinsam der Dunkelheit gestellt, und wir waren immer noch hier. Wir gehörten für immer zusammen. Ihr Mund öffnete sich in einem leisen Seufzer und hieß mich zu Hause willkommen.

Jemand räusperte sich vernehmlich, und wir lösten uns voneinander.

»Entschuldigt die Störung, aber ich habe dir nicht den Arsch gerettet, damit du an einer Stichwunde verblutest«, rief Alexander von der Tür aus.

»Du bist verletzt?«, schrie Belle panisch auf und weckte Penny.

»Immer mit der Ruhe. Die Blutung lässt bereits nach.« Ich beugte mich vor, um den Kopf des Babys zu küssen, und lächelte. Ich würde solche einfachen Zuneigungsbezeugungen nie wieder als selbstverständlich ansehen.

Wir legten Penny ins Kinderzimmer und kehrten ins Wohnzimmer zurück, um den Abend zu verarbeiten. Während Georgia meine Wunde untersuchte, die, wie sich herausstellte, nur gereinigt und verbunden werden musste, brachten wir Belle auf den neuesten Stand. Alexander und Brexton hatten jemanden gerufen, der sich um die Leiche kümmern sollte. Ich war nicht überrascht, als statt der örtlichen Polizei ein halbes Dutzend schwarzer Geländewagen auf die Auffahrt fuhr.

»Ich dachte, wir übergehen den stümperhaften Detective«, sagte er. »Es sollte alles in Ordnung sein, aber ruf mich an, wenn es irgendwelche … Probleme gibt. Du hast ja meine Nummer.«

»Gehst du schon?«, fragte ich.

Alexanders Blick glitt über uns, und ich wusste, was er sah: eine Familie. »Ich möchte nach Hause.«

»Gut, denn Clara hat ununterbrochen versucht, dich anzurufen«, sagte Brex und drückte ihm sein Handy in die Hand. »Und ich möchte nicht dafür verantwortlich gemacht werden, dass du zu lange wegbleibst.«

»Keine Sorge, das nehme ich auf meine Kappe.«

Belle begleitete Alexander und Brex zur Tür. Zu meiner Überraschung folgte Edward ihnen. Ich beobachtete, wie sich die Brüder etwas ungelenk voneinander verabschiedeten. Wenigstens sprachen sie wieder miteinander. Bevor sie hinausgehen konnten, stürzte Georgia zur Tür: »Brex. Auf ein Wort.«

Er tauschte einen kurzen Blick mit Alexander, der nickte. »Ich bereite mich auf den Heimflug vor. Bis gleich.« Er drehte sich um und sah mir in die Augen. »Vergiss nicht, Price, du kannst mich jederzeit anrufen, wenn du in Schwierigkeiten gerätst. Buckingham wird auf die Dauer ein bisschen eintönig.«

»Oh nein«, warf Belle ein. »Von jetzt an werden wir alle ein ruhiges, einfaches Leben führen.«

Alexander unterdrückte ein Lächeln. »Ich versuch's.«

Aber als er nach draußen trat, hallte sein Lachen über den Rasen. Wenigstens konnte er allmählich über unsere beschissenen Leben lachen.

Ein paar Minuten später marschierte Brex durch die Halle. Sein Mund wirkte verkniffen, und er zwang sich, uns beiden zuzunicken. »Gute Nacht.«

»Nacht«, riefen wir ihm nach.

Belle schloss die Tür und seufzte. »Werden die beiden jemals …«

»Nein«, unterbrach Georgia sie und trat aus der Tür, aus der Brex gerade gekommen war, in die Halle. »Genau das habe ich ihm gerade gesagt. Ich wasche mir jetzt die ganzen Psychopathen ab. Seid so gut und versucht, keinen Verrückten ins Haus zu lassen, solange ich in der Wanne liege.«

»Da fällt mir ein«, sagte Belle, und ihr Blick sprang zwischen uns hin und her. »Mrs. Winters ist …«

»Was ist Mrs. Winters?« Die Haushälterin erschien wie aufs Stichwort.

Belle erstarrte und musterte sie einen Moment lang. Schließlich straffte sie die Schultern und fragte: »Wurden Sie adoptiert?«

»Wie bitte?« Mrs. Winters schlug sich eine Hand auf die Brust.

»Es tut mir leid«, fügte Belle schnell hinzu. »Ich wollte Sie nicht verletzen.«

»Das … haben Sie nicht«, sagte sie. »Ich weiß nicht, warum das wichtig ist, aber ja. Ich habe nie eine andere Familie als die Winters gehabt. Ich bin schon als Baby zu ihnen gekommen.«

Mir blieb der Mund offen stehen, aber Georgia erholte sich schnell.

»Moment, Sie wurden von den Winters adoptiert und haben einen Winters geheiratet?«, fragte sie.

Mrs. Winters stieß einen Seufzer aus, als hätte sie es mit einem Haufen ungezogener Kinder zu tun. »Haushälterinnen nennen sich immer Missus – auch die unverheirateten wie ich. Wenn Sie mich jetzt entschuldigen würden, ich muss da eine Sauerei beseitigen.« Sie hielt einen Moment lang inne, bevor sie mich ansah. »Ich bin froh, dass es Ihnen gut geht, Mr. Price, und dass die Familie in Sicherheit ist.«

»Danke«, murmelte ich und meinte es ernst.

»Sagen wir es ihr?«, fragte Belle, nachdem sie gegangen war.

»Ja«, sagte ich und fügte dann hinzu: »Später.«

»Aber was sollen wir jetzt tun?«

Ich hob ihre Hand an meine Lippen und küsste sie. »Ich habe da ein paar Ideen.«

»Das ist mein Stichwort«, sagte Georgia und wandte sich ab.

Ich führte meine Frau die Treppe hinauf. Ich wusste, dass im Notfall alle da sein würden. Ich hatte volles Vertrauen. Das hatte sie mir geschenkt. Ich war vielleicht kein perfekter Mann gewesen, als Belle in mein Büro getreten war und mein Leben verändert hatte – vielleicht nicht einmal ein guter Mensch. Aber sie hatte mir einen Weg gezeigt. Jetzt wollte ich nie mehr einen anderen wählen.

Als ich mich diesmal zwischen ihre Beine schob und sie

nahm, lagen keine Schatten über uns. Wir hatten füreinander gekämpft. Wir hatten zueinander gefunden. Das würden wir immer wieder tun. Belle drängte sich an mich, während wir mit Keuchen und Stöhnen erneut unser Gelübde besiegelten.

Als wir uns schließlich erschöpft voneinander lösten, lachte Belle. Es klang, als ob endlich ein neuer Tag angebrochen wäre. »Ich sollte jetzt nicht glücklich sein, oder?«

Ich verstand, wie sie sich fühlte. Wir waren gerade erst der Dunkelheit entkommen. Vor uns lagen noch jede Menge Probleme.

»Ganz im Gegenteil: Ich verlange von dir, dass du glücklich bist – jetzt und für den Rest deines Lebens. Das ist ein Befehl.«

»Du hast eindeutig zu viel Zeit mit diesem Monarchen verbracht!« Doch sie rückte unter der Decke näher zu mir, dann schwieg sie einen Moment.

»Eigentlich sollte Thornham Mrs. Winter gehören«, sagte Belle leise.

Das hatte ich auch schon überlegt.

»Gehen wir nach Hause, meine Schöne«, murmelte ich, meine Arme um ihren nackten Oberkörper gelegt, eine Hand auf ihrer Brust. Nach den letzten Monaten konnte sie es mir nicht verübeln, dass ich sie besitzen wollte.

»Nach Hause?«, wiederholte sie und kuschelte sich an mich. »Ich bin zu Hause, solange ich bei dir bin.«

»Nach London.«

»London?« Sie hob den Kopf, um mir in die Augen zu schauen, die Überraschung war ihr deutlich anzusehen. »Übers Wochenende?«

Ich sah sie an und wusste, dass wir alles schaffen konnten. Gewiss würde es chaotisch und hin und wieder auch gefährlich werden, aber solange ich sie hatte, hatte ich alles, was ich brauchte. Der Vergangenheit konnte ich nicht entkommen, ich musste unsere gemeinsame Zukunft umarmen.

»Nein, für immer«, sagte ich und küsste Belle.

Leseprobe

aus »Royal Dream«
von Geneva Lee

Belle und Smith – Wie alles begann …

Erschienen
Juli 2017
im Blanvalet Verlag

Prolog

Die Westminster Bridge verlor sich im konturlosen Dunst der Nebelschwaden, die über der Themse hingen. Touristen schlenderten über die Brücke und fotografierten sich neben eng umschlungenen Liebespaaren, während hinter ihnen Jogger vorbeiliefen. Einer nach dem anderen wurde vom Nebel verschluckt und verschwand auf Nimmerwiedersehen – so wie sich die Wege von Menschen im Leben kreuzten und wieder trennten. Ein Kommen und Gehen.

Ich stützte mich schwer auf die Brüstung des Balkons. In dieser Stadt lebten Millionen von Menschen, und doch hatte ich mich noch nie so einsam gefühlt. Das hohle Ziehen in meinem Bauch verstärkte sich mit jedem Atemzug und machte mir meine innere Leere bewusst. Ich war allein.

Vor einer Stunde war das noch anders gewesen. Vor einer Stunde hatte ich noch Pläne gehabt, eine Zukunft – und ihn. Doch dieses Leben war jetzt vorbei.

»Da bist du ja.« Clara trat neben mich auf den Balkon und legte sanft ihre Hand auf meine.

»Wohin hätte ich denn verschwinden sollen?«, erwiderte ich matt. Meine ganze Zukunft hatte sich in Luft aufgelöst.

»Sitzengelassene Verlobte klingt nicht ganz so glamourös wie zukünftige Braut, findest du nicht?«

»Das sagt doch niemand. Die sagen höchstens, dass du die Frau bist, die Pepper Lockwood eine geknallt hat. Was in meinen Augen großartig ist«, erklärte sie mit Bestimmtheit.

Dieser Schnepfe eine zu verpassen, hatte sich verdammt gut angefühlt und wäre nur zu toppen gewesen, wenn ich Philip auch gleich erwischt hätte. »Ich hätte es kommen sehen müssen. Philip hat sich schon seit Wochen so merkwürdig verhalten.«

»Das hat niemand ahnen können«, versicherte mir Clara. »Und es ist absolut nicht deine Schuld. Philip hat dich betrogen, er hat alles kaputt gemacht.«

Der Diamantring an meiner Hand wurde immer schwerer. Als wäre er ein Anker, der mich an eine Vergangenheit kettete, von der ich mich lösen musste. Ich zog ihn vom Finger und hielt ihn Clara hin. »Wenigstens bringt der noch ein hübsches Sümmchen. Genug, um davon eine Weile zu leben.«

»Nur nichts überstürzen.« Sie nahm mir den Ring ab und umschloss ihn mit ihrer Faust, auf ihrer Stirn bildeten sich Sorgenfalten. Sie versuchte jedoch nicht, mir den Verkauf auszureden. Wir wussten beide, dass ich auf das Geld angewiesen war, während ich mich nach einem Job umsah.

Ein Job.

Ich sagte mir, dass ich hochqualifiziert war und keine Schwierigkeiten haben würde, eine Arbeit zu finden. Aber ich war mir nicht sicher, wie es sich in meinem Lebenslauf machen würde, dass ich ein Jahr mit den Vorbereitungen für eine Hochzeit zugebracht hatte, die nun doch nicht stattfand.

»Darum kümmern wir uns morgen.« Sie zog mich von der

Brüstung fort, und im selben Moment glitt die Balkontür zur Seite, und dieser gutaussehende Mann mit lockigem Haar erschien, den ich so mochte.

»Ich habe sämtliche verfügbaren Alkoholbestände beschlagnahmt und hergeschafft«, verkündete Edward. Der jüngere Prinz hatte sich als ein wahrer Freund erwiesen und stellte das heute Abend offenbar wieder einmal unter Beweis. »Wirklich wahr. Auf der ganzen Welt ist nichts mehr übrig. Alles unsers.«

Er legte mir ein Kühlkissen auf die Hand. »Das ist für deinen rechten Haken.« Dann hielt er eine Flasche hoch: »Für alles andere gibt es Wodka.«

Ich warf einen letzten Blick auf die Stadt unter uns, dann wandte ich mich zu meinen Freunden um. »Worauf warten wir noch? Betrinken wir uns.«

I

London kümmerte es nicht, dass ich einen Termin hatte. Unbeirrt schoben sich die Menschenmassen durch Kensington. Die wenigen Bäume entlang der geschäftigen Straße waren auch nicht wirklich hilfreich, sie hatten ihr Grün in hinreißende Gold- und Brauntöne verwandelt, und anscheinend musste jeder Tourist unbedingt ein Foto davon machen. Ich drängte mich zwischen einer großen Gruppe hindurch, die sich für ein Erinnerungsfoto vor Topshop aufgebaut hatte, entschuldigte mich, durchs Bild gelaufen zu sein, und hastete dann in eine etwas ruhigere Nebenstraße. Gerade hatte ich auf der anderen Straßenseite die rot lackierte Tür mit dem Namenszug *Smith Price, Esq.* entdeckt, als der Alarm in meinem Handy mich daran erinnerte, dass ich in fünf Minuten ein Vorstellungsgespräch hatte. So schnell es meine unpraktischen Schuhe erlaubten, wechselte ich auf die andere Straßenseite und hielt vor der Tür kurz inne, um tief Luft zu holen.

Als ich mit der Hand über mein Haar strich, stellte ich zufrieden fest, dass es nach dem überstürzten Aufbruch aus meiner Wohnung noch in Form war. Gerade erst hatte ich mich von der wallenden Lockenpracht getrennt, die ich mir für die

Hochzeit hatte wachsen lassen. Ein neues Leben, ein neuer Look.

Der schulterlange Bob mit dichtem Pony, für den ich mich entschieden hatte, war leichter zu stylen und anscheinend immun gegen das hektische Chaos auf Londons Straßen. Kurz überlegte ich, noch einmal zu checken, ob mein roter Lippenstift eine Auffrischung benötigte, verwarf die Idee jedoch wieder. Dafür war keine Zeit mehr, man erwartete mich. Ich strich meinen Bleistiftrock glatt, betete, dass ich mir keine Laufmasche gezogen hatte, und überprüfte den obersten Knopf meiner taillierten elfenbeinfarbenen Bluse. Angemessen gekleidet war ich, jetzt musste ich den Job nur noch bekommen. Ein fester Arbeitsplatz war das Letzte, was mir noch fehlte, um mein Leben wieder in die Spur zu bringen. Und vielleicht konnte ich von nun an das Geld für die Gründung meiner eigenen Firma zur Seite legen.

Als ich das Vorzimmer betrat, eröffnete sich mir eine andere Welt. Von einer der schicksten und modernsten Straßen Londons war ich geradewegs in der Vergangenheit gelandet. Im Inneren dominierten kostbares Mahagoni und Leder. An den Wänden reihten sich hohe Bücherregale aneinander, und hinter einem Eichenschreibtisch saß eine überaus adrette Dame, die eine Bürotür bewachte. Sie schürzte die Lippen und musterte mich mit derart strengem Blick, dass ich verlegen zur Seite schaute. Vielleicht war ich doch nicht so passend gekleidet. Ich schätzte sie auf Mitte bis Ende vierzig, doch vielleicht ließ ihr strenges Gehabe sie älter wirken, als sie tatsächlich war. Mit einem zuckersüßen Lächeln trat ich auf sie zu.

»Ich habe einen Termin bei Mr. Price.«

Selbst als sie nickte, wich die Missbilligung nicht aus ihrem Gesicht. »Gerade noch rechtzeitig, Miss …?«

»… Stuart«, ergänzte ich, obwohl sie meinen Namen vermutlich bereits kannte. Eine Frau hatte den Termin für mein Vorstellungsgespräch bestätigt, und ganz offensichtlich war sie die einzige weibliche Person hier. Nachdem ich mich jedoch schon seit sechs Monaten mit Vorstellungsgesprächen und befristeten Jobs herumschlug, wies ich sie lieber nicht darauf hin. Stattdessen schluckte ich meinen Stolz hinunter und wartete. Darin war ich ziemlich gut geworden, seit ich meinen Verlobten beim Fremdgehen erwischt hatte. Vielleicht sollte ich überlegen, das in meinen Bewerbungsunterlagen unter »Besondere Fähigkeiten« aufzuführen.

»Mr. Price erwartet Sie.« Endlich stand sie auf und bedeutete mir, ihr durch die Tür zu folgen, die sie bewachte.

Als ich sein Büro betrat, blieb ich wie vom Donner gerührt stehen. Ich hatte erst am Vortag nach Smith Price gegoogelt, aber es war mir nicht in den Sinn gekommen, Fotos von ihm anzuschauen. Bei der langen Liste seiner Bildungsabschlüsse und Karrierestationen sowie dem Kaliber der Mandanten, die sich von dieser Kanzlei vertreten ließen, hatte ich jemand Älteren erwartet. Deutlich älter. Doch der Mann, der vor mir am Schreibtisch saß und in seinem Dreiteiler absolut perfekt aussah, konnte kaum älter als dreißig sein. Sein dunkles, gewelltes Haar war sorgfältig gebändigt worden. Seine Augen waren von dunklen Wimpern umrahmt und leuchteten in einem beeindruckenden Grünton, der selbst auf diese Entfernung seine Wirkung auf mich nicht verfehlte. Seine glatte, markante Kinnpartie und seine breiten Schultern wirkten auf eine ursprüngliche Art männlich. Er saß zurückgelehnt in seinem Ledersessel und hatte die Hand nachdenklich an die fein gezeichneten Lippen gelegt. Während ich versuchte, die Fassung zu bewahren, prüfte ich fieberhaft die Festigkeit jener Mauern, die ich zum Schutz vor Männern um mich errichtet hatte. Vor allem vor Männern wie diesem. Ich straffte die Schultern und setzte ein professionelles, neutrales Lächeln auf.

Price stand nicht auf, als mich seine Sekretärin in den Raum führte. Er beobachtete nur und ließ den Blick langsam an meinem Körper hinaufwandern. Die Intensität seines Blickes brannte auf meiner Haut, Hitze schoss mir in die Wangen. Kurz bekam ich weiche Knie, und ich musste meinen ganzen Willen zusammennehmen, um in meinen Louboutin-Pumps Haltung zu bewahren. Zum Glück hatte ich mich für die vernünftigeren Absätze entschieden, sonst wäre ich jetzt gestrauchelt und hingefallen. Sein Blick blieb an meinem Mund hängen, und plötzlich bereute ich, dass ich einen derart provozierenden Rotton trug. Allerdings hatte ich auch nicht damit gerechnet, dass Smith Price aussah wie ein … wie ein Sexgott. Seine Lippen zuckten, als könnte er meine Gedanken lesen, doch dann verwandelte sich sein Gesicht wieder in eine steinerne Maske. Absolut undurchschaubar. Absolut entwaffnend.

Und leider total sexy.

Das läuft bis jetzt gar nicht gut!, warnte eine schrille Stimme in mir. *Du brauchst diesen Job, und du wirst ihn erst bekommen, wenn du unter Beweis stellst, dass du etwas auf dem Kasten hast. Mach den Mund auf!* Ich öffnete die Lippen und holte tief Luft. Wenn er sich nicht vorstellte, musste ich das wohl übernehmen. Ich durfte jedoch auf keinen Fall verzweifelt klingen.

Nur keine Schwäche zeigen. Wenn ich auch nur die kleinste Schwäche zeigte, konnte ich mir den Job abschminken. Ich kannte solche Typen.

»Mr. Price, sehr erfreut, Sie kennenzulernen«, sagte ich mit fester Stimme und möglichst unsexy.

Jetzt stützte er das Kinn in die Hand und öffnete diese fein modellierten Lippen, von denen ich den Blick nicht abwenden konnte.

»Smith.« Die schlichte Korrektur genügte, um den Bann zu brechen. Mein Blick zuckte nach oben und traf endlich seinen. Wir sahen uns lange und tief in die Augen, so wie man jemanden anschaut, den man schon ewig kennt – der einem vertraut ist. Sein Blick wirkte nicht so kontrolliert wie alles andere an ihm, und ich war überzeugt, dass er damit eine Absicht verfolgte.

»Setzen Sie sich, Miss Stuart«, forderte er mich auf und richtete seine Aufmerksamkeit auf seinen Schreibtisch. Ich nahm auf dem Stuhl ihm gegenüber Platz.

»Sie haben bestimmt Fragen zu der freien Stelle.«

Eigentlich nicht. Ich hatte damit gerechnet, hier in die Mangel genommen zu werden. Ich bemühte mich, meine Stimme wiederzufinden, und sagte dann das Erste, was mir einfiel. »Was genau erwarten Sie … was die Stelle angeht?«

Obwohl es albern war, hatte ich das mit der Stelle hinzufügen müssen. Irgendwie hatte ich den Eindruck, dass Smith zu der Sorte Mann zählte, bei der man sich unmissverständlich ausdrücken musste.

»Eine persönliche Assistentin.«

Er ging nicht weiter ins Detail. Anscheinend wollte er sich alles aus der Nase ziehen lassen.

»Hier?«, fragte ich und deutete auf das Büro, in dem wir uns befanden. »Würde ich Sie bei Ihren Fällen unterstützen?«

Ich war mir nicht sicher, ob ich ihm bei seiner anwaltlichen Tätigkeit wirklich eine Hilfe sein konnte, aber ich war ganz sicher in der Lage, zu tun als ob, bis ich wusste, was ich tat.

»Haben Sie vielleicht eine juristische Ausbildung, von der ich noch nichts weiß?« Sein Ton war leise und unterkühlt.

Ich unterdrückte den Impuls, in meinem Sessel zusammenzusinken. Wahrscheinlich hatte ich es mit meiner blöden Frage vermasselt. Stattdessen straffte ich die Schultern. Wenn er sich jetzt als Idiot entpuppte, würde ich nicht um den Job trauern. »Ich habe keine juristischen Fachkenntnisse«, erwiderte ich und versuchte, mich genauso cool zu geben wie er.

»Das ist in Ordnung, meine persönliche Assistentin unterstützt mich nicht bei den Rechtsfällen.« Während er sprach, grinste er selbstgefällig. Das konnte doch nicht wahr sein. Welcher erwachsene Mann grinste bei einem Vorstellungsgespräch?

Ich ignorierte das Grinsen. So langsam verlor ich die Geduld – mit mir selbst genauso wie mit ihm. »Wozu brauchen Sie mich dann bitte schön?«

Das selbstgefällige Grinsen wurde zu einem schiefen Lächeln und schwand binnen Sekunden. »Sie sollen mich bei meinen Privatangelegenheiten unterstützen. Es versteht sich, dass meine Sekretärin meinen Terminkalender und meine Gerichtstermine koordiniert. Sie aber kümmern sich um meine privaten Termine sowie um die persönlichen Beziehungen zu meinen Mandanten. Ich bin ein vielbeschäftigter Mann, Miss Stuart …«

»Belle«, unterbrach ich ihn.

»Miss Stuart«, wiederholte er. »Ich bin ein vielbeschäftigter Mann. Ich vergesse Geburtstage und kaufe keine Hochzeitsgeschenke. Außerdem gehe ich nie alleine essen.«

»Erwarten Sie, dass ich mit Ihnen essen gehe?«, platzte ich heraus. Die Sache klang allmählich sehr nach einer Ehe, allerdings ohne Zugang zu seinem Bankkonto – und ohne Orgasmen.

»Nicht jedes Mal«, fuhr er fort. »Ich habe oft Verabredungen zum Abendessen. An den Abenden, an denen ich keine Verabredung habe, oder bei Anlässen, zu denen ich eine Begleitung benötige, werden Sie dabei sein.«

»Mir war nicht bewusst, dass ich dermaßen eingespannt sein würde.« Die spitze Bemerkung rutschte mir heraus, ohne dass ich darüber nachgedacht hatte.

Smith spannte die Kiefermuskeln an, sagte jedoch nichts. Das Schweigen stand unangenehm im Raum. Dieser Job würde anstrengend werden. Die Frage war allerdings, ob es nicht noch anstrengender sein würde, etwas anderes zu finden. Denn trotz meiner Berufserfahrung und meiner erstklassigen Ausbildung hatte ich bisher noch nach jedem Bewerbungsgespräch vergeblich auf einen Rückruf gewartet. Doch ich durfte jetzt keinesfalls einen Fehler machen, nur weil diese Zurückweisungen an meinem Selbstwertgefühl nagten.

»Darf ich Sie etwas fragen?« Dies war der Zeitpunkt, Dinge offen anzusprechen – nicht erst dann, wenn ich bis über beide Ohren drinsteckte.

»Das haben Sie doch schon getan«, entgegnete er. »Und ich habe nicht gebissen.«

Bei seinen Worten glitt mein Blick zu seinen Lippen, und ich stellte mir unwillkürlich vor, wie es wäre, von ihm gebissen zu werden. Die Reaktion meines Körpers ließ darauf schließen, dass ich nichts dagegen hätte, wenn Smith Price mich beißen würde. Ganz im Gegenteil.

Jetzt wäre ein guter Zeitpunkt, die Flucht zu ergreifen.

Doch das wollte ich nicht. Ich fühlte mich wie an den Stuhl gekettet, an dieses Zimmer und an diesen Mann. Ich redete mir ein, dass das an den Chancen lag, die dieser Job mir bot, doch eigentlich wusste ich, dass es mehr war als das. Er war mir schon unter die Haut gekrochen. Ich spürte, wie er dort ein Kribbeln auslöste, dem ich allzu gern nachgegeben hätte. Zu bleiben bedeutete, diesem Verlangen widerstehen zu müssen – einfach zu gehen schien mir jedoch völlig unmöglich.

»Angenommen, ich käme für die Position in Betracht …« Ich machte eine Pause und fragte mich, ob er sich auf meine Spekulation einlassen würde. »… welche Gründe wären ausschlaggebend?«

»Es gibt eine Reihe von Gründen, weshalb Sie eine exzellente Bewerberin abgeben.« Er lehnte sich im Sessel zurück, verschränkte lässig die Arme hinter dem Kopf und taxierte mich. »Ihre Bildung zum Beispiel.«

Ich nickte, obwohl mir ein Studium in Oxford als reine Verschwendung erschien, wenn es nur darum ging, Besorgungen zu machen oder jemandem beim Abendessen Gesellschaft zu leisten.

»Sie sehen aus, als wären Sie anderer Meinung.«

»Nein, ich …«

»Lassen Sie mich das zu Ende führen.« Seine Worte klangen moderat, doch sein Tonfall war durchaus bestimmt. Er erwartete, dass ich schwieg. Dass ich ihn ausreden ließ. Und vermutlich erwartete er, dass ich dem zustimmte, was er gleich sagen würde. »Ihre Bildung kommt mir gelegen. Ich bevorzuge eine Begleiterin, mit der ich mich unterhalten kann. Bei geschäftlichen Anlässen weiß ich eine Dame an meiner Seite zu schätzen, die sich zu benehmen weiß. Diese Vorliebe teile ich nicht mit allen meinen Geschäftspartnern.«

Ich hob eine Braue. »*Vorliebe* klingt herablassend.«

»Nicht alle Huren stehen am Straßenrand, Miss Stuart. Die meisten suchen sich einen Mann, der bereit ist, für ihr Entgegenkommen teuer zu bezahlen. Ich kann zwar nachvollziehen, dass es bequem ist, jemanden zu Hause zu haben, der stets verfügbar ist, doch solche Beziehungen sind eine Bürde, die allzu oft in Peinlichkeiten oder mit Erpressung enden«, schloss er.

Er hatte nicht ganz unrecht, auch wenn er sich gerade ein paar Extrapunkte auf meiner Schwachmaten-Skala eingehandelt hatte. »Doch wie Sie bereits erwähnten, bin ich nicht dumm und deshalb vielleicht durchaus imstande zu erkennen, wo sich Erpressung lohnt und wo nicht.«

»Sie müssen eine Verschwiegenheitserklärung unterzeichnen«, klärte er mich auf. »Und ich versichere Ihnen, dass Sie allen Grund haben werden, sich sowohl daran als auch an meine Person gebunden zu fühlen.«

Das musste ich erst einmal sacken lassen. Gebunden? Wollte ich an ihn gebunden sein? Zumindest vertraglich? Schwer zu sagen, angesichts der Bilder, die seine Wortwahl in mir heraufbeschwor. Um das zu verdauen, würde ich wohl mehr als einen Schnaps brauchen – eher die ganze verdammte Flasche.

»Es gibt auch noch andere Gründe«, fuhr er fort. »Als ich Erkundigungen über Ihr Umfeld eingeholt habe, habe ich festgestellt, dass Sie eng mit unserer neuen Königin befreundet sind. Mich hat ziemlich beeindruckt, dass Sie es geschafft haben, nicht in der Presse zu erscheinen. Offenbar haben Sie ein Talent dazu, unter dem Radar zu bleiben.«

»Oder ich bin wirklich langweilig«, konterte ich.

»Das bezweifle ich«, antwortete er mit einer leisen Stimme, bei der ein Kribbeln über meinen Rücken glitt. »Meine Geschäfte erfordern Diskretion. Ich brauche jemanden, der das versteht.«

»Ich war mit Clara befreundet, lange bevor sie Alexander kennengelernt hat.«

»Das ist eine Auszeichnung.« Smith wartete, ob ich seiner Einschätzung widersprach. Als ich es nicht tat, fuhr er fort. »Und außerdem haben Sie auch optisch etwas zu bieten.«

»Ich habe optisch etwas zu bieten?«, wiederholte ich. Ich traute meinen Ohren nicht, das hatte er sicher nicht so gemeint, wie es klang.

»Sie sind eine schöne Frau. Warum sollten wir drum herumreden.«

Ich versuchte, cool zu bleiben, und scheiterte jämmerlich. »Das grenzt gefährlich an sexuelle Belästigung am Arbeitsplatz.«

Smith Price war mir ein Rätsel. Oder vielleicht auch nicht. Alles, was er wollte, war ein hübsches Mädchen, das nicht auf den Kopf gefallen war und ihm jeden Wunsch erfüllte. Wenn ich so darüber nachdachte, war es eigentlich genau das, worauf alle Männer aus waren. Nur mit dem Unterschied, dass er bereit war, dafür zu zahlen, ohne im Gegenzug Sex zu erwarten. Diese Erkenntnis hätte mich weder schockieren noch enttäuschen dürfen, tat jedoch beides.

»In Firmen ist es absolut üblich, attraktive Menschen einzustellen. Es ist wohl kaum gesetzeswidrig, so etwas zu einer

Einstellungsvoraussetzung zu machen.« Smith zuckte mit den Schultern, beugte sich vor und legte die Hände auf den Schreibtisch, wo sie reglos verharrten. Er klopfte nicht etwa nervös mit den Fingern auf die Tischplatte. Er hatte die Situation und sich selbst vollkommen unter Kontrolle. Das war es, was mir Angst machte.

Und das war es auch, was ich spannend fand.

»Es sollte aber zu jedem Zeitpunkt klar sein, dass ich für Sie arbeite und nicht Ihre Freundin bin.« Was ich damit meinte, lag auf der Hand. Vielleicht hatte er mich nur deshalb die ganze Zeit so eingehend gemustert, um mich besser einschätzen zu können – es hatte sich jedoch zumindest zeitweise so angefühlt, als würde er mich mit seinen Blicken vögeln. Dass Männer davon träumten, mich flachzulegen, war ich gewohnt. Ich hatte nur kein Interesse daran, ihnen diesen Traum zu erfüllen, und ich wollte auch nicht dazu verführt werden, es mir vielleicht noch anders zu überlegen. Angesichts der Tatsache, wie mein Körper auf seine durchdringenden Blicke reagierte, musste ich das von Anfang an klarstellen.

»Ich kann Ihnen versichern, dass ich keinerlei Interesse an einer Affäre habe. Andere Männer würden vielleicht ihre Machtposition Ihnen gegenüber ausnutzen, Sie mit Geschenken bestechen oder Ihnen unsittliche Anträge machen. Aber unsere Beziehung wird rein geschäftlicher Natur sein.« Seine Stimme verebbte, so als ließe er etwas aus, eine Bedingung oder einen Hintergedanken, den er nicht weiter fortführte. »Haben Sie noch weitere Fragen an mich?«

Das sollte ich, aber mir fielen keine ein. Es fiel mir zunehmend schwer, in seiner Gegenwart einen klaren Gedanken zu fassen. Ich schaffte es lediglich, den Kopf zu schütteln.

»Dann sind wir hier fertig.« Das Vorstellungsgespräch ging jäh zu Ende, das hatte ich schon geahnt.

So war es am besten, da war ich mir sicher. Doch trotz der überdeutlichen Warnzeichen und trotz der in mir schrillenden Alarmglocken, was diesen Mann anging, bedauerte ich, dass es nicht klappen würde. Es wäre eine gut bezahlte Stellung gewesen. Zwar kam ich trotz der umwälzenden Ereignisse der letzten Monate finanziell über die Runden, doch das verdankte ich hauptsächlich meiner Tante Jane, die sich weigerte, Miete von mir anzunehmen, und meinen engsten Freunden, die ständig für mich mitbezahlten.

Ich kratzte den letzten Rest Stolz zusammen und zwang mich zu lächeln. »Ich würde mich freuen, von Ihnen zu hören.«

»Das wird nicht nötig sein«, sagte er in einem herablassenden Tonfall, bei dem mich der Mut verließ. »Ich erwarte Sie morgen um dreizehn Uhr hier, damit wir meine aktuellen Termine und Wünsche durchsprechen können.«

Ich sah darüber hinweg, dass er meine Einwilligung offenbar voraussetzte, und konzentrierte mich lieber auf die Tatsache, dass ich den Job tatsächlich bekommen hatte. »Ich werde da sein.«

»Seien Sie pünktlich, Miss Stuart. Ich warte nicht gern.«

Ein heftiger Schmerz durchzuckte meine Unterlippe, ich hatte vor Anspannung draufgebissen. Smiths Blick hing an meinem Mund. Er hatte es schon vor mir bemerkt, und ganz gleich, was er über unsere zukünftige Beziehung sagte – seine lustvollen Blicke waren alles andere als geschäftlich.

Ich musste hier raus und wieder einen klaren Kopf bekommen. Nur so konnte ich entscheiden, ob ich wirklich morgen Mittag in diesem Büro antreten oder doch nur feige eine E-Mail schicken würde. Ich schnellte von meinem Stuhl hoch und war froh, in meinen hohen Pumps die Übersicht zu haben. Vor seinem Schreibtisch hielt ich inne.

»Eine Sache muss ganz klar sein. Ich werde tun, was Sie von mir erwarten. Ich arbeite von Ihrer Wohnung aus, wenn es sein muss, aber ich werde nicht mit Ihnen schlafen.«

»Klar«, sagte er, aber seine Antwort klang alles andere als vertrauenswürdig. Ich war mir nicht sicher, ob er mich als Herausforderung empfand oder ob er davon ausging, dass er mich bereits so gut wie rumgekriegt hatte. Eins stand jedenfalls fest: Es würde nicht leicht werden, in der Gegenwart von Smith Price standhaft zu bleiben. Vielleicht sogar unmöglich.

Doch auf diese Herausforderung ließ ich mich gern ein.